処刑寸前の悪役令嬢なので、死刑執行人（第二王子）を体で誘惑したら絶倫化した

朧月あき

ill. 天路ゆうつづ

eロマンス ロイヤル

Contents

Since she's the daughter of a villain who is about to be executed, she seduces the executioner ~actually the unfortunate second prince~ and he turns into a Yandere.

Characters

ジョスリアン・ネイト・ナサレア
（22歳）

ゲームのロザリー処刑エンドにのみ登場する屈強な死刑執行人。その風貌から『金眼の死神』とユーザーに恐れられている。なぜかロザリーの命乞いを聞き屋敷でかくまい、ロザリー溺愛のワンコ化する。エドガーの影として従順に汚れた任務をこなしているものの、本当は純朴で心優しい青年。人参が苦手。

ロザリー・アンヌ・フォートリエ
（19歳）

乙女ゲーム【恋の欲求～異世界王宮物語～】の悪役令嬢。世間では万能で冷徹な女として通っているが、実は魔力が乏しく努力や自ら発明した道具で補ってきた秀才。断罪後の処刑寸前に前世の記憶を取り戻してしまい、類まれなるナイスバディで処刑人ジョスリアンを誘惑。九死に一生を得るが……？

リ　ナ
（20歳）

異世界からナサレア王国を救いに来た聖女。その天真爛漫さでエドガーの心を射止める。ゲームでは清純なヒロインだったけど……？

エドガー・シャルル・ナサレア
（23歳）

ロザリーの元婚約者で攻略対象である王太子。見た目だけは完璧な王子だけど、我が儘で自分勝手。巨乳が好き。

ミシェル・ジルドー・ラバス
（25歳）

ナサレア王国の王宮魔導士長で攻略対象。童顔で可愛いキャラだが実は毒舌。エルネストとは乳兄弟。

エルネスト・ロジェ・ランブラン
（25歳）

ナサレア王国の若き宰相で攻略対象。冷静沈着なドSキャラ担当……のはずだが秘密の願望がある。

プロローグ

前世の覚醒が遅すぎる

ガリ、ガリ、ガリ。

漆黒の鎧に身を包んだ男が、巨大な斧を砥石に擦りつけている。

男は斧を研ぎ終えると、カシャンカシャンと足音を響かせながら、両手を縄で縛られ冷たい床でうなだれているロザリーに近づいてきた。

漆黒の鉄兜から見えるのは、金色に光る獣じみた目だけ。

牢獄の中という悪条件もあって、地獄の番人のようなおどろおどろしさだ。

今までに会った誰よりも背の高い彼を見上げながら、ロザリーはこれでもかというほど目を見開いた。

（ちょっと待って！　このシーン、ものすごく見覚えがあるんだけど！）

心臓がバクバクと鳴り、ロザリーの脳裏に、あっという間に前世の記憶がよみがえる。

（【こいよく】で、悪役令嬢が迎えるバッドエンドのシーンに、そっくりなんだわ！）

予想どおり、死刑執行人が斧を振り上げた。

キラリと光るよく研がれた斧に映るのは、背中まで伸びた波打つピンク色の髪に、猫に似た紫色の目をした、気の強そうな女。

自分――ロザリー・アンヌ・フォートリエは、前世でハマっていたゲーム【恋の欲求～異世界王宮物語～】略して【こいよく】に出てくる悪役令嬢、ロザリーで間違いないだろう。

（私、異世界転生してたってこと!?　ていうか、思い出すの遅すぎ！　普通こういうのって、エンディングの数ヶ月前とか子供の頃とかに思い出して、バッドエンド回避していくんじゃないの!?）

それが悲しいかな、斧はロザリーの細い首に、すでに狙いが定まっている。

ロザリーとして生きた十九年の人生が幕を閉じるまで、あとわずか。

その一瞬のうちに、ロザリーは全力で考えを巡らせた。

【こいよく】の中で悪役令嬢ロザリーは、主人公の聖女リナをいじめた罪で、王太子のエドガーに婚約破棄を言い渡され、処罰される。

たしか、幽閉エンド、追放エンド、処刑エンドの三パターンがあったはずだ。

中でも一番レアな処刑エンドのラストシーンは、トラウマものの恐ろしさと話題になっていた。

金色の目をギラギラさせた漆黒の鎧姿の死刑執行人に、斧を振り下ろされ、画面が真っ赤に染まってジ・エンドという、乙女ゲームにあるまじき鬱展開が繰り広げられるのだ。

処刑シーンにしか出てこないインパクト大の彼は、〝金眼の死神〟と呼ばれ、一部に熱狂的なファンがいた。

〈あれはえぐい。ロザリー嫌いだけど同情しちゃう〉

〈ざまぁ通り越して後味悪い〉

そんなふうに、SNSでも波紋を広げていた。

（よりにもよって、どうしてレアな処刑エンドなのよ！　ていうかエドガー様は、パーティーでの

断罪のとき、離塔に幽閉処分って言ってなかった⁉　いつの間に死刑になったの⁉）

そもそもこうして前世の記憶を取り戻した今にして思えば、ロザリーは主人公の聖女リナを、まったくいじめていない。

リナが突然ロザリーの目の前でステンと転び、『ロザリー様に突き飛ばされましたぁ！　でも、こんなところを歩いていた私が悪いんですぅっ！』とエドガーにすがりついたり。

身に覚えがないのに、ロザリーが水魔法でリナをビショビショにしたと泣かれたり、火魔法でリナのドレスの裾に火をつけたと騒がれたり。

ロザリーがリナに渡した飲み物に、なぜか毒が入っていて、殺人犯扱いされたり。

『どれも覚えはないけど、リナ様に勘違いさせて、エドガー様を怒らせたのは私の責任。甘んじて断罪を受け入れましょう』

記憶を取り戻す前は、そんなふうに受け入れていた。

けれども。

（絶対に受け入れちゃいけない！　濡れ衣もいいところ！　こんなことで処刑されるなんてあり得ない！）

と、ロザリーがここまで考えたのが、時間にしておよそ一秒半。

「待って‼」

大声を張り上げると、振り下ろされた斧がピタリと止まる。首の皮すれすれに当たった冷たい感触に、背筋がゾッと震えた。

「私、無実なんです！　信じてください！」

死刑執行人が、斧を下ろしたままの姿勢で小首を傾げた。

子供じみた仕草と凶悪な見た目のギャップが激しくて、ものすごく怖い。

(なにこの強烈なサイコパス感……!)

ギラギラの目が、ロザリーの戯言など信じていないと言っている。

きっとこれまでも、数多くの罪人が、彼に命乞いをしてきたのだろう。

だが、ロザリーの場合は正真正銘の無実。ここであきらめるわけにはいかない。

「信じて! 私は本当に無実なの! お金でも土地でもなんでもあげるから殺さないで!」

必死に喚くと、死刑執行人が今度は反対側に小首を傾げた。

まったく話が通じていなさそうだ。

考えてみれば、ボロのワンピースを身に纏い、両手を縄で縛られている自分が、金や土地を与えると言っても、何ひとつ真実味がない。今すぐ差し出せるものでなければ、彼もなびかないだろう。

絶望に苛まれながら必死に考えを巡らせたロザリーは、ふと、自分の胸元に視線を落とした。

(これだわ……!)

さすがは悪役令嬢と称えるべきか、ロザリーはほかに類を見ないほど、魅惑的な体をしていた。

豊かな胸にほっそりとした腰、張りのあるお尻。

白い肌も艶めかしく、すれ違う男たちに全身を舐め回すように見られるのは、日常茶飯事である。

とりわけ胸は、元婚約者である王太子エドガーのお墨付きだった。

『お前の胸は本当に美しくて心地いいな。こうして永遠に触れていたいほどだ』

そう言って、盛った犬のように鼻息を荒くしていたっけ。

(ていうかあのエロ王太子、婚約中の身でありながら何度も胸を揉んでくるってあり得ないんだけど！　そしてあっさり捨てるとかクズすぎるんだけど！　挿れられてないのがせめてもの救いだわ)

前世の記憶を取り戻し、彼への恋心がみるみる冷めてしまったロザリーにしてみれば、悔やんでも悔やみきれない。

とはいえ、今はそれどころではない。

目の前の人間離れした死刑執行人を、この体でどうにか誘惑し、命乞いするのだ。

「か、体！　好きにしていいから！　胸も、いくらでも触っていいから！」

豊満な胸を突き出し、見せつける。

だが、彼は無反応だった。ロザリーの体になど、まったく興味がなさそうだ。

だとしても、今のロザリーが彼に差し出せるのはこの体のみ。何としてでも、なびいてもらわなければならない。

(こうなったら、一か八よ)

ロザリーは、藁にもすがる思いでぎゅっと目を閉じた。額から汗が噴き出すほど力を込めて、意識を集中させる。

――バンッ！

ロザリーの体から、疾風が湧き起こる。それはワンピースのボタンを胸元だけ弾き飛ばし、豊満なふたつの膨らみを露にした。

そう、ロザリーは風魔法が使えた。

だが微量も微量、ようやくカーテンの裾をひらひらと動かす程度のしょぼさである。とはいえ王太子の婚約者である以上、魔力に乏しいなどとは言えず、『火・水・土・風、すべての魔法を自在に使いこなせる』と大ボラを吹いてはいたが。

だからそもそも、リナがロザリーに魔法で意地悪をされたと訴えていたのは、とんだお門違いなのである。だが大魔法使いと嘘をついている手前、『マホウツカエマセンカラ、ムリデスケド』とは弁解できなかったのだ。

そのため、胸元のボタンを弾き飛ばすほどの威力を発揮したのは、生まれて初めてである。さすが、火事場の馬鹿力といったところか。

薄暗い牢獄内にふるりと現れた乳房は、豊かで張りがある。薄紅に色づく乳首も、さんざんエドガーに褒められたから悪くないはずだ。

「こ、この体、全部あなたのものにしていいから！　だから、どうか命だけは奪わないでっ！」

金眼の死神も、所詮は男。裸の胸そのものを見せられたら、情欲を煽られるかもしれない。

と、なけなしの希望をかけたのだが。

死刑執行人はじっと裸の胸を見つめたあとで、ぐわっともう一度斧を振り上げた。

（……ですよね！　サイコパス野郎には、こういうの効きませんよね！）

分かってた、分かってたけれども！

ああ神様、悪役令嬢に転生させたのなら、せめて断罪回避の機会を与えてほしかった！

（終わった……）

ロザリーは、裸の胸を放り出したまま、天に召される覚悟で固く目を閉じた。

ここナサレア王国の王太子であるエドガーと婚約したのは、ロザリーが五歳の頃だった。

ロザリーの生家であるフォートリエ公爵家は、国内でも屈指の高位貴族である。財力は国内一で、財政難続きの王室は、フォートリエ公爵家の後ろ盾を喉から手が出るほど欲していた。

それゆえ王太子と年の近いロザリーが産まれて間もなく、がっつくように婚約を打診されたわけである。

初めて会ったとき、エドガーは九歳。金糸のように煌めく髪と、湖の水面のように澄んだエメラルドグリーンの瞳を持つ、特別美しい少年だった。

今にして思えば、ひと目見た瞬間に恋に落ちたのは、悪役令嬢の宿命だったのだろう。

一方で、彼はロザリーにたいして興味がないようだった。そもそも彼は、ロザリーのようなきつめの顔立ちが好みではなかったのである。

だからロザリーは、彼に好かれるよう必死に努力した。

妃教育は過酷だった。

寝ても覚めても授業、授業、授業。そして夜遅くまで自主勉強。おかげで八歳になる頃には、一日に一時間しか寝ない驚異のショートスリーパーに仕上がってしまったほどである。

前世の常識からすれば、虐待と呼ばれてもおかしくない過剰な教育だったが、ロザリーは決して音を上げなかった。王太子妃にふさわしい完璧な淑女になれば、エドガーに好きになってもらえると信じていたからである。

だがどんなに教養を積み、周りから称賛されても、エドガーはロザリーに冷たかった。

やがてロザリーは、エドガーに認めてもらえない原因が、自分の魔力の乏しさにもあるのではないかと考えるようになる。

ナサレア王国では、魔法を使える者が重宝される。いずれは国を統べる立場として、エドガーは伴侶に強力な魔力を求めているのかもしれない。

だがロザリーは、微かな風魔法が使えるレベル。魔力の大きさは生まれつき決まっているので、努力ではどうにもならなかった。

だからロザリーは、魔力が乏しい分、魔道具でカバーしようと考えた。そこでとある魔導士にこっそり弟子入りし、日々の妃教育に加え、魔道具開発に勤しむようになる。

結果、わずか十二歳で、魔力を増大させる魔道具〝魔強の鏡〟を完成させた。驚異の大発明だが、ロザリーは公にはせず、自分のためだけに〝魔強の鏡〟を使った。そして本来はわずかしか使えない風魔法の威力を増大させ、ここぞというときに突風を起こし、周りを驚かせた。

さらに実際は風魔法しか人前で使っていなくとも、『火・水・土・風、すべての魔法を自在に使いこなせる』という噂をせっせと広めたおかげで、ロザリーはナサレア王国屈指の大魔法使いとして知られるようになる。

エドガーが十七歳で立太子してからは、執務も全面的にサポートするようになった。

それでも、エドガーはロザリーを冷遇し続けた。

だが、唯一興味を示したものがある。ロザリーの体だ。

初めて彼に体を求められたのは、十八歳になってすぐだった。

勢いに押され、胸に触れることまでは許したが、それ以上は断固として拒んだ。結婚までは処女を貫(つらぬ)き通すべきだと、妃教育で学んだからである。

以降エドガーは、たびたびロザリーの胸に触れてくるようになった。

いつも素(そ)っ気(け)ない彼が、胸に触れているときだけはロザリーに夢中になるのが、たまらなくうれしかった。

本当は好かれているのかもと期待してしまったほどである。

だがそんな期待は、聖女リナが現れるなり打ち砕かれてしまう。

ナサレア王国は、獰猛(どうもう)な人食い魔獣であるオーガの住む谷に隣接している。古(いにしえ)よりオーガによる国民の殺戮(さつりく)があとを絶たず、人々を悩ませてきた。

あるとき、異世界から召喚された聖女が、オーガの侵入を防ぐための結界を張った。おかげでナサレア国民は、オーガの脅威に怯(おび)えずに済むようになった。

聖女の死後も、およそ百年、結界はナサレア王国を守り続けた。だが近年その効力が薄まり、再びオーガが侵入してくるようになる。

神官たちは、新たな聖女を召喚しようと躍起(やっき)になった。

そして、ついに聖女リナが現れたのだ。

リナと初めて会ったとき、エドガーは、ロザリーには一度も見せたことがない柔らかな笑みを浮かべた。

ふんわりとした薄茶色のボブヘアに、潤(うる)んだ琥珀色(こはくいろ)の瞳の愛らしい顔立ち。ロザリーと真逆の少女のような見た目をしたリナは、エドガーの好みど真ん中だったのだ。

極めつきは、リナが来て間もなくの頃に起こった、エドガーの落馬事件である。

訓練中に落馬したエドガーは、打ちどころが悪く、このままでは歩けなくなると医者に宣告された。そこで、治癒魔法の使えるリナが治療に乗り出した。

だがリナの力では、エドガーの重い怪我を治すまでには至らなかった。それを陰から見ていたロザリーは、こっそりと〝魔強の鏡〟を使用し、リナの魔力を増大させた。

結果、奇跡的にエドガーの怪我は完治。落馬前と変わらない健康体を取り戻したのである。

ロザリーの陰の功績などつゆ知らず、エドガーは命の恩人であるリナを崇拝するようになる。もともと好みのタイプなだけに、骨抜きにされるのはあっという間だった。

一方ロザリーのことは、怪我で苦しんでいる婚約者を放置した悪女として、人前でも罵る始末。

やがてエドガーは、リナの訴えを信じ込み、彼女をいじめるロザリーをひどく嫌うようになる。

そしてロザリーに、リナを毒殺しようとしたという冤罪をかぶせ、あっけなく婚約破棄になったというわけだ。


つまりロザリーは、婚約破棄、ましてや処刑されるような悪事は何ひとつ働いていない。

（ああ、なのに死んでしまうなんて悔しい）

心の中で嘆きながら、ロザリーは目を開けた。

ん？　目が開いた？

「あれ？　生きてる……？」

蔦模様の天井が視界に入り、ロザリーは体を起こす。

「ここはどこ……？」

先ほどまでいた、牢獄ではない。見たことのない部屋のベッドの上だった。

（え？　金眼の死神に殺されたんじゃなかったっけ？）

もしかして、誰かが助けてくれた!?

淡い期待を抱いたのは束の間のことだった。

気配がして視線を移したロザリーは、ひぃぃっ！と心の中で絶叫する。

金眼の死神――もとい死刑執行人が、ベッドサイドに置かれた椅子に座り、あのギラギラバッキバキの目で彼女を見下ろしていたからだ。

第一章　なぜか監禁された

人生に期待してはいけない。

人生は、うまくいかないようにできているから。

それが、ロザリーが前世で得た教訓だった。

家族も恋人もいなかった。

乙女ゲームの開発に携(たずさ)わりたくて大学でプログラミングを学んだのに、就職活動に失敗。就(つ)いたのは事務ソフト開発の仕事だった。

モラハラの横行しているブラック企業で、それでも、精神安定剤を飲みながら懸命(けんめい)に仕事に励(はげ)んだ。頑張れば頑張るほど人として成長して、満足のいく人生を送れるはずだと、バカみたいに信じていた。

唯一の楽しみは、寝る前に布団の中で【こいよく】をプレイすることだけ。二十年近く前にリリースされた古い乙女ゲームをやり続けていたのは、プログラマーになる夢を抱(いだ)くきっかけを作った思い出のゲームだからである。

だが、終電に間に合うように、必死に会社から駅まで走っていた深夜十二時近く。横断歩道を右折してきたトラックに跳ねられて、呆気(あっけ)なく人生が終わってしまった。

努力など報われたためしのない、うまくいかないことだらけの人生だった。

だから、生まれ変わった今世も期待してはいけない。

どうやら死刑執行人は、ロザリーを殺さずにこの場所に連れてきたらしいが、助けてくれたとは思わない方がいい。

(彼が私を生かしてここに連れてきた目的が、何かあるはずだわ)

ロザリーはベッドに横になったまま、死刑執行人を注意深く観察した。

漆黒の鎧姿の彼は、相変わらず金色の目をギラギラ光らせて、ロザリーを見下ろしている。

そこにいるだけで息が詰まりそうになるほどの威圧感に、冷や汗が出た。

しばらくの間、そのままひたすら見つめ合う。

死刑執行人は、声ひとつ出そうとしない。

(ていうかなんなの、この時間)

「あ、あの……」

痺れをきらしたロザリーは、思い切って話しかけてみた。その瞬間、彼の脇に携えられたおぞましいものの存在に気づく。

(え、斧……？　斧って、普通部屋に持ち込むっけ？　しかもでっか)

よく研がれているお陰で、刃先がダイヤモンドのごとくキラキラと輝いている。

ロザリーは真っ青になった。

(もしかして、すぐには殺さずに、恐怖に怯える私の様子を楽しもうってこと？)

こんな風貌だ。そういった嗜虐思考を持っていそうである。考えれば考えるほど、なぶり殺しにするためにここに連れてこられたとしか考えられなくなっていた。

急にガタガタと激しく身を震わせたロザリーを、死刑執行人はなおもじっと見つめていた。

緊迫した時間が流れる。

一時間ほど過ぎたところで、死刑執行人はようやく立ち上がると、カシャンカシャンと足音を響かせながら部屋を出ていった。

ひとりになったとたん、ロザリーは全身の力を抜いた。

「とりあえず、助かったみたい……」

ふうーっと長い吐息が漏れる。

死刑執行人は、ロザリーを殺すまで、この部屋に監禁するつもりなのだろう。

そう考えると決して喜ばしくはないが、ひとまず命拾いできてホッとする。

室内には、ロザリーが今いるベッドのほかに、チェストと洋服ダンス、テーブルと椅子が置かれていた。すべての家具がダークブラウンのロココ様式で統一されていて、高級感があり、掃除も行き届いている。

アーチ窓には臙脂色のカーテンが掛かっており、隙間から見える空は暗い。いつの間にか日が暮れたらしい。

「監禁部屋にしては、素敵なお部屋ね」

なにせつい先ほどまで、牢獄にいたのだ。悪臭が漂い、ネズミが走り回り、家具など皆無、窓もないため昼夜の区別すら分からないほどだった。劣悪な環境にいたせいで、まるで天国に来たかのような気分である。

すると突然、ドアをノックする音が響いた。

（ひ……っ！）

死刑執行人が戻ってきたのかもと、ロザリーは怯えた。

だが部屋に入ってきたのは、黒のタキシードを着た、見るからに温厚そうなおじいさんだった。

真っ白な口髭（くちひげ）を生やし、細フレームの丸い眼鏡（めがね）をかけている。

おじいさんが、にこにこと笑みを浮かべた。

「私はこのお屋敷の執事をしております、アルフレッドと申します。以後、お見知りおきを。さっそくですが、ご夕食をお持ちいたしました」

「あ、え？　はい……」

ロザリーは拍子抜けした。ほんわかとした彼の雰囲気は、監禁されてなぶり殺しにされようとしている今の状況には、まったくそぐわない。

（執事？　夕食？　頭が追いつかないわ）

「お疲れでしょう。すぐにご用意いたしますから、もうしばらくお待ちくださいませ」

アルフレッドが銀色のワゴンをガラガラと押して、再び室内に入ってくる。

テーブルの上に、手際よく食事が並べられた。

テリーヌにオムレツ、魚の蒸し料理、ローストビーフ、野菜たっぷりのサラダ、焼きたてのクロワッサン。

命の危機に瀕（ひん）していたためすっかり忘れていたが、ロザリーは投獄されてからの二日間、わずかなパンしか食べていない。

香ばしい湯気を立ちのぼらせている料理を目にして、涎が出そうになった。

どんな状況下でも、人間は食欲には抗えないらしい。さすが、人間の三大欲求の頂点と言うべきか。

「ささ、お座りくださいませ」

そんなロザリーの心情を知ってか知らでか、アルフレッドが椅子を引いて座るよう促してくる。

「……本当にいいの？」

「もちろんです。ご令嬢のためにご用意したのですから」

「私のために……？」

いつの間にか体が動いて、椅子に座っていた。

「ご遠慮なさらずにどうぞ」

「あ、はい。いただきます」

ナニコレどういう状況？という戸惑いはひとまず置いておいて、ロザリーはおずおずとナイフとフォークを手にした。

まずは、オムレツを口に入れてみる。ふわふわの卵が濃厚なデミグラスソースと絶妙な具合に絡まり合い、舌の上で溶けていく。

「おいしい……っ！」

頰に手を添え、うっとりとつぶやいた。空腹だったのもあって、天に昇ったかのような心地である。ほかの料理も、余すところなく美味だった。

夢中で食べているロザリーを見て、アルフレッドが微笑ましげに目を細める。

「喜んでくださったようで、何よりです。ジョスリアン様がご令嬢を連れ帰られたとのことで、シェフが腕によりをかけましたので」

「ジョスリアン様？　どなたかしら？」

「このお屋敷のご主人様ですよ。先ほどまで、お部屋でともに過ごされていましたでしょう？」

ごくり、とロザリーはローストビーフを嚥下(えんげ)した。

ともに部屋で過ごしたというか、ロザリーをなぶり殺しにしようとしている男なら、いたにはいたが。

「……その、ジョスリアン様とはもしや、あの金色の目の方のことですか？」

死刑執行人ですか？とは聞きにくい。

するとアルフレッドは、我が子について語る親のように目を輝かせた。

「ええ、そうなのです！　ジョスリアン様は、美しい目をしておられますでしょう？　照れ屋さんですが、とても心の優しい方なのですよ！」

「………はぁ」

思いっきり白けた声が出た。

心の優しい人間が、死刑執行人という職業に就くものなのか、疑問でいっぱいだ。とにかく彼にはジョスリアンという名前があり、屋敷を所有し、執事まで雇っているらしい。

（金眼(きんがん)の死神にこんな細かな裏設定があったなんて、驚きだわ。それにしても、優しいってどういうこと？）

そういえば彼は、ロザリーを処刑する寸前、念入りに斧を研いでいた。あれは苦しむことなく一発で逝かせてあげようという、優しさによるものだったのかもしれない。

にこにこと朗らかに微笑んでいるアルフレッドを見ていたら、そんなふうに思えてくる。だがロザリーはすぐに我に返り、頭をブンブンと振った。

(いやいや！　彼が優しい人なわけがないじゃない！　こうして私をもてなしているのだって、何か裏があるはずよ！)

たとえば、油断させておいてある日突然斧を振りかざし、絶望に喘ぐ顔を見て興奮したいとか。どこぞの魔女みたいに、監禁して太らせてから食べたいとか。

そもそもアルフレッドが美しいと称えたあの金色の目は、ロザリーにはギラギラバッキバキの獣じみた目にしか見えない。

(アルフレッド、大丈夫？　ちゃんと目が見えているのかしら？　うーん、にこにこ笑ってばかりで心の中が読めない。そしてとりあえず、ご飯おいしい)

腑に落ちないことばかりだが、食欲には抗えない。結局完食してしまった。

「ごちそうさま」

「しっかり食べてくださって、うれしい限りです。ジョスリアン様もお喜びになられるでしょう」

アルフレッドは最後まで笑顔を崩さないまま、食器を下げ、部屋から出ていった。


その後はソフィーと名乗るメイドが来て、湯浴みを手伝ってくれた。

ソフィーは赤毛でおさげの、十六、七歳の女の子だ。

「ロザリー様は本当にお美しいですね！　こんなにきれいな方、初めて見ました！　うっとりしてしまいます」

キャッキャと繰り返し容姿を褒めちぎられ、ここでもロザリーは戸惑った。エドガーの婚約者として城に滞在するようになったここ数年、褒められることなどないに等しかったからだ。

清潔な夜着を着せてもらい、ベッドに入る。

胃が重いくらいにお腹がいっぱいだ。

「こんなに食べたの、いつぶりかしら」

暗闇の中で、ロザリーはしみじみとつぶやいた。

思えばエドガーの婚約者になった五歳の頃から、食事は控えめに、ときつくお灸を据えられてきた。いずれは王太子妃、そして王妃となるからには、全力で美しさに磨きをかけよと。

毎食、脂肪分少なめのサラダを中心とした食事。甘い飲み物は控えていたし、大好きなチョコレートも食べなかった。いつも飢えていた。それでも気にならなかった。

エドガーに釣り合う、美しい婚約者でいたかったからだ。

「私、本当は、思いっきり食べたかったんだ……」

エドガーに好かれたいがために、自分の欲求を抑え込んでいたのだと、今になって気づく。

我慢に我慢を重ねてきた。

常に気を抜かず、周囲に目を配り、王太子の婚約者としての振る舞いに全力を注いできた。

他人に厳しく言うときもあったが、間違ったことは言っていない。王太子妃となる自分が弱さや甘さを見せたら、城内の規律が乱れるからだ。

リナからの身に覚えのない言いがかりも受け入れ、改善しようと努力した。

どんなに人から嫌われようと、自分が至らないせいだと戒め、耐え続けた。

（そういえば、私を目の敵にしていた宰相のエルネストと王宮魔導士長のミシェルも、【こいよく】の攻略対象だったのね）

エルネストは、長い銀髪を後ろでひとつに束ねた、知的な雰囲気の眼鏡美男子だ。ミシェルは、青い髪のかわいい系イケメン。見た目のよさゆえ、王宮ではやたらと女子たちをキャーキャー賑わせていたが、そういうことか。

どうしてことごとく人に嫌われてしまうのか、前世の記憶が戻った今になって、ようやく腑に落ちた。悪役令嬢として生まれたロザリーは、何をどう頑張っても、人から嫌われ断罪される運命だったのだ。

「ほんと、バカみたい……」

今さらのように、心がほろりと崩れる。気づけば、ロザリーの頬を涙が伝っていた。

（エドガー様も、婚約破棄だけならまだしも、よりにもよって死刑にするなんてあんまりよ……）

虚しさと悔しさで、涙があふれて止まらない。

エドガーと婚約してからの十四年間、ロザリーは本当に彼のことが好きだったのだ。

ロザリーはひっくひっくとしゃくり上げながら、ベッドの中でひとり泣き続けた。

目が覚めると、窓の向こうがうっすら明るくなっている。夜明けを迎えたらしい。

体を起こし、大きく伸びをする。

壁掛け時計を見て、思わず目を瞠った。

「え？　三時間も眠ったの？　嘘でしょ」

妃教育のため、子供の頃から夜遅くまで自主勉強をしていたロザリーは、一日一時間以上眠れない体質になっていたのに。

「お腹がいっぱいになったからかしら？　それとも、妃教育から解放されて、気持ちが楽になったから？」

理由は分からないが、とにかく体がスッキリしている。

そして、いつになく気分も晴れやかだった。

監禁二日目も、食事は三食きっちり、アルフレッドが部屋に運んでくれた。おまけにおやつの時間まである。甘いアップルティーとチョコレートケーキの組み合わせなんて、まるで夢のようだった。

食事以外は、読書と刺繍をして過ごした。

こんなにまったり一日を過ごしたのは、幼いとき以来だ。

だが、夕食後。

――カシャン、カシャン。

相変わらずの仰々しい漆黒の鎧に身を包み、金色の目をギラギラ光らせながら、彼がやってきた。

のんびりと読書中だったロザリーは、自分の置かれている状況を思い出し、恐怖に凍りつく。

（そうだった！　私、なぶり殺しにされてる最中だった！　今日こそ殺られるかもしれない！）

死刑執行人――ことジョスリアンが、ベッドに座っているロザリーと向かい合うようにして椅子に腰を下ろした。

そしてまた、あのギラギラの瞳でじっと見つめてくる。

つい先ほどまで楽しい一日で浮かれていたのに、天国から地獄に突き落とされた気分である。

(何？　なんなの？　殺るならひと思いに殺ってほしい！)

体を震わせながらジョスリアンの動向をうかがうものの、彼はいっこうに動く気配がない。

よく見ると、トレードマークのようなあの斧を持っていなかった。

(斧がない？　私を殺すつもりなんじゃないの？　いったい何を考えているのかしら？)

こてんと首を傾げると、ロザリーを見つめる金色の瞳が戸惑うように揺らいだ。

サッと視線を逸らされる。

しばらく間を置いてからおずおずとまたこちらを見て、目が合うと、またサッと逸らされた。

(ん？)

なんだか今日は、金眼の死神が人間っぽい。

(それによく見ると、それほど怖い目でもないわね)

暗がりだとギラギラバッキバキに見えた金色の瞳は、ランプのともった室内で見ると、違った印象を受ける。

よく見ると月の色に似ていて、アルフレッドの言うように、美しく見えないこともない。

ふと、こんな目をどこかで見た気がした。

だが、ないような気もする。

決定的なことは何ひとつ思い出せない。ただの勘違いかもしれない。

ジョスリアンはその後もしばらく部屋にいたものの、結局何もせずに去っていった。

監禁されて、四日が過ぎた。

豪華な料理、甘いおやつ、毎日の湯浴み。読書し放題、ベッドに寝転がり放題の快適な日々。

毎日、肌触りのいいドレスまで用意されている。コルセットの装着を強要するような人はおらず、サラリと身に纏(まと)えるので快適だ。朗らかな執事と明るいメイドもいる。

夜になると必ずジョスリアンが部屋に来たが、無言でじっと座っているだけで、何もせずに帰っていく。

ロザリーの中で、ジョスリアンに対する警戒心が、少しずつほぐれていった。

ひょっとして、ひょっとしたら。アルフレッドの言うように、ジョスリアンは優しい人なのかもしれない。

処刑寸前に命乞(いのちご)いをした際、同情心が芽生え、助(すく)い出してくれたのかもしれない。

色仕掛けになびいた線は、絶対にないだろう。

ていうか放り出した乳のことは、速やかに忘れてほしい。

(とにかくこの暮らし、悪くないわ。ジョスリアン、ありがとう!)

そんなふうにジョスリアンに感謝の気持ちすら抱くようになった、五日目のことだった。

夕食後にシェフ特製の濃厚クリームブリュレを食べ終えたロザリーが、満足気分でひと息ついていると。

ズリ、ズリ、ズリ。

窓の向こうから、妙な物音がする。

気になったロザリーは、アーチ窓からそっと外の様子をうかがった。

すっかり日の落ちた殺風景な庭を、人影が横切っている。まがまがしい漆黒の鎧――ジョスリアンだ。彼は、血にまみれた肉の塊のようなものを引きずっていた。

「ひ……っ！」

恐怖のあまり、しゃっくりのような声が出た。

はっきりとは見えなかったが、人間の死体かもしれない。

ジョスリアンは、死刑執行人なのだから。

ガタガタと、全身が小刻みに震える。

(私、何を呑気にしていたのかしら？　彼はあの金眼の死神なのよ！　人を殺めるのを生業としているような人なのよ！　雰囲気に流されてこの屋敷でまったり暮らしていたけど、近いうちに私もあんなふうに殺されるんだわ！)

今すぐに逃げないと！

恐怖に駆られたロザリーは、そのこと以外考えられなくなっていた。

死体を引きずったジョスリアンが、建物の角に消えるのを見届けてから、アーチ窓に手をかける。

窓は意外にもすんなり開いた。

「外側から鍵がかけられていると思ったのに」

どうして？と疑問が浮かんだが、今はそれどころではない。いつものようにジョスリアンが部屋を訪れるまでに、速やかに逃げ出すのだ。

ロザリーは窓枠に乗り上げると、薄黄色のドレスのスカートを翻し、音を立てないように注意しながら夜の庭に降り立った。

広い敷地を忍び足で進み、鉄製の門からそうっと外に出る。あたりには延々と墓地が広がっていた。闇の中、恐怖に震えながら全速力で走る。

(ここはおそらく十九区ね)

ナサレア王国の王都ダンバルアは、城のある一区を中心に、円状に二十の区画に分かれていた。数字が大きいほど郊外になり、墓地は十九区に集中している。

二区にあるフォートリエ公爵家の屋敷までは、馬車で三時間といったところ。

(民家を見つけたら、お願いして馬車に乗せてもらえばいいわ。屋敷に着いたら、お父様が金貨をたんまり払ってくれるだろうし)

民家を求めて、ロザリーは一心不乱に走り続けた。だがなかなか見つからず、気づけば森に迷い込んでいた。

「どこに行くんだい？」

ゼエゼエと息をつきながらひと休みしていると、背中から声がした。

まさかこんなところに人がいるとは思いもよらず、「きゃっ」と肩を跳ね上げる。

人相の悪い男たちが三人、ランタンを手にしてニヤついていた。

身なりからして盗賊だろう。最悪だ。

「おい、すげえ美人だぜ」

「こんな森の中でこんないい女に出くわすなんて、ついてるな」

「見ろよ、あのエロい体」

舐めるような視線。

男たちの狙いをすぐさま察知して、ロザリーは彼らを睨みつけながら、じりじりと後退した。

「来ないで！」

「そんな目で睨んでも、そそられるだけだぜぇ」

男のひとりが、ロザリーの腕をガッとつかんだ。

「離してっ！　噛みつくわよ！」

「ハハッ、威勢がいいな！　すぐにヒイヒイ言わせてやるからよ！」

男たちは下劣な笑いを響かせながら、ロザリーの体めがけていっせいに手を伸ばしてきた。

(クズ王太子からどうにか貞操を守ったというのに、結局こんなやつらに強姦されるの？　なんてみじめなのかしら……)

悔し涙が目に浮かんだそのとき。

――ドゴォォォォンッ！

闇を切り裂く勢いで、あたりに轟音が鳴り響いた。

ロザリーたちがいる場所の近くの木が折れ、地面に倒れたのだ。

「な、なんだっ!?」

男たちが驚きの声を上げる。

――カシャン、カシャン、カシャン。

聞き覚えのある音を耳にして、ロザリーは潤んだ目を見開いた。

うっそうと木々が生い茂る中に、漆黒の鎧姿の男が現れる。獣じみた金色の目が、闇の中でギラギラと妖しい光を放っていた。

(ジョスリアン……)

逃走したロザリーを、こんなところまで、執念深く追いかけてきたのだろう。

彼から逃げ出してきたというのに、なぜか彼の姿を見てホッとしている自分がいる。

ジョスリアンが、ぐんぐんこちらに迫ってきた。手には、あの大斧が握られている。先ほどの木は、男たちを脅すために彼が切り倒したようだ。

「なんだよ、お前！　近づくな！」

「この女は俺たちが先に見つけたんだ！　てめえにはやらねぇよ！」

得体の知れないジョスリアンの様子に慄きつつも、男たちはロザリーを放そうとはしなかった。

するとジョスリアンが、こちらに向かって斧を勢いよくブンッと放り投げた。

――ガンッ！

クルクルと回転しながら勢いよく飛んできた斧が、ロザリーを羽交い絞めにしている男の頭上すれすれを通過して、背後の木に刺さる。

「ひぃぃぃっ！」

男は悲鳴を上げると、ロザリーから飛びのいた。

「なんだっ、このでけぇ斧は！　こんなん放り投げるなんて、化け物か！」

「おい、こいつやべぇよ！　よく見たら血まみれじゃねえか！」

「目もバッキバキだぜ！　絶対正気じゃねえ！」

ほかの男たちも、みるみる顔を青くした。

「殺されるっ!!　ずらかるぞっ!!」

三人の男は、もつれ合うようにして、あっという間に森の奥へと逃げていった。

男たちがいなくなったとたん、安堵から、ロザリーはへなへなと地面に座り込む。

強姦を免れたところで、目の前には自分の命を狙っている死神がいるというのに。

(どうしよう、逃げなくちゃ)

そうは思うものの、腰が砕けて、立てそうもない。もはやこれまでと目を閉じたとき、体がふわりと宙に浮いた。

ジョスリアンが、ロザリーを抱き上げたのだ。そのままカシャンカシャンと足音を響かせながら歩き出す。

ジョスリアンの腕の中で、ロザリーは困惑していた。

彼にとって、ロザリーはただのなぶり殺し用の獲物。だから荷物のように担がれたなら理解できるが、どういうわけか、大事そうにお姫様抱っこをされている。

「体は無事か?」

鉄兜の中から、声がした。彼の声を聞くのは初めてで、ロザリーはきょとんとする。

想像とは違う、若くてきれいな男の声だったからだ。

「へ……?」

「さっきの男たちに、体を触られていないか?」

「あ、ええと……腕以外は、触られていないわ」

「……そうか」

それきりジョスリアンは口を閉ざした。

森の入口に繋がれた馬に乗せられ、あっという間に彼の屋敷に連れ戻される。

その頃にはもう、ロザリーの中で、ジョスリアンに対する警戒心はほぼ消えていた。

強姦されそうになったロザリーを助け、優しく抱き上げ、無事を確認してくれた。それだけで、彼の好感度が大分上がった。

ぽすっと、いつもの部屋のベッドに座らされる。

ジョスリアンの鉄兜の中の眉間(みけん)に、血が付着しているのが見えた。

よく見ると、鎧のそこかしこも血で汚れている。死体のようなものを引きずっていた彼の姿を思い出し、恐怖心がぶり返した。

反射的にビクッと体を揺らすと、ジョスリアンが首を傾げる。

「どこか痛いところがあるのか？」

「そういうわけではなくて……。その……、お顔に血が」

ああ、とジョスリアンは合点がいった声を出す。

「オーガを倒したばかりだからな。今日は三体も倒したから、返り血を多く浴びてしまった」

「オーガ……？」

ロザリーは目を瞬(しばた)かせた。

どうやら彼の鎧に付着している血は、人間ではなく、オーガのものらしい。

それなら先ほど引きずっていたのも、オーガの死体だったということだろうか。

（ジョスリアンは、死刑執行人だけでなく、オーガ討伐もしているってこと？　え、なに、どういう職業？）

聖女リナが召喚され、新たな結界を張ったはずだが、未だオーガの侵入は続いているようだ。

「三体って……いったい何人で倒したの？」

「俺ひとりだ」

「え、ひとりで……？」

（オーガをひとりで三体も討伐するなんて、並みの人間じゃないわ）

オーガは凶暴で残忍な性格をしていて、捕食目的で人間を殺戮する。人間の二倍以上ある巨体で、本来であれば手練れの騎士が束になってかからないと倒せないほど、力も強い。

改めてジョスリアンの強さにゾッとしていると、彼が唐突に鉄兜を脱いだ。

露出した黒髪をブンブンと振り、手の甲で眉間についた血を拭っている。

その様子を眺めていたロザリーは、一瞬、息をするのを忘れていた。

ジョスリアンが、驚くほどの美男だったからだ。

ややクセのある黒髪に、鋭い金色の目、整った男らしい眉毛、高い鼻梁に形のいい唇。ほどよく男臭さのある、精悍な好青年である。

エドガーをはじめとした【こいよく】の攻略対象を凌ぐほどのイケメンぶりに、呆気にとられた。

もはや鉄兜を彼の顔だと思っていただけに、驚きもひとしおだ。下にちゃんと顔が、それもこんな超ド級のイケメンが隠れているなんて、思いもよらなかった。

（処刑シーンにしか出てこない彼が、どうしてこんなにかっこいいの!?）

それに。

「……あなた、何歳なの？」

「二十二だ」

（二十二？　私と三歳しか違わないのね。ゲームでは一切顔が出ないから、こんなに若いと思わなかったわ）

戸惑っているうちに、彼は血を拭い終え、素顔でロザリーを見つめてきた。

鉄兜をかぶっているとやたらギラギラ感じた金色の目は、こうして見るとすごく美しい。

「あ、まだついているわ」

彼の頬に拭き残しを見つけ、懐からハンカチを取り出すと、立ち上がり背伸びをして拭った。

（せっかくかっこいい顔をしてるのに、汚れてるなんてもったいない）

ゴシゴシと自分の頬を拭うロザリーを、ジョスリアンはなぜか驚いたように見ている。

（これでよし、と）

きれいになり、思わず微笑んだところで、間近で思い切り目が合った。

ひたむきにロザリーを見つめる金の瞳は、何かを言いたげだ。

こうして素顔を見た今、彼への恐怖心は完全に消えていた。そもそも乙女ゲーをたしなむ程度には自分は面食いなのだ。

そのせいか、ずっと聞きたかったことが、するりと口をついて出てくる。

「あの……。どうして毎晩、私の様子を見にくるの？」

夕食後に部屋に来ては、何をするでもなくじっと見つめて帰っていく、あの謎の行動。

なぶり殺し目的ではないのなら、いったい何の意味があるというのか？

ごくり、とジョスリアンの喉元が動いた。

逡巡（しゅんじゅん）するように、金色の瞳が揺らぐ。

「以前、俺に言っただろう？　命を助けたらその体は俺のものだと」

たっぷり間を置いたあとで、彼が決意を固めたように口を開いた。

「え？　あ、たしかに言ったけど……」

「だから君の体は、もう俺のものだということだ。だが、言い出しにくかった」

「……？　言い出しにくいって、何を？　どうぞおっしゃって」

「いいのか？」

「ええ」

こくりとうなずくと、ジョスリアンがすうっと息を吸い込む。

それからその整った顔でまっすぐにロザリーを見つめ、きりりとした口調で言った。

「胸を、揉ませてくれないか」

「へ……っ!?」

彼がどうして自分を助けたのか、ずっと疑問だった。

だが、ただ単純に――思いっきり色仕掛けに引っかかっただけだったらしい。

＊＊＊

「これにて、ナサレア王国王太子、エドガー・シャルル・ナサレアと聖女リナの婚約が成立いたしました！」

ナサレア城にある大広間にて、大臣が高らかに宣言した。

婚約式に参列した貴族たちから、拍手喝采が湧き起こる。

エドガーは満ち足りた気分で、隣に立つ新たな婚約者を眺めた。薄茶色のふんわりとしたボブヘアに、仔リスを彷彿とさせる琥珀色の瞳のかわいらしい顔立ち。小柄だが、白いドレスの胸元は豊かに膨らんでいる。

童顔なのに巨乳。そこがまたたまらない。

エドガーの視線に気づいたリナが、恥じらうように微笑み返してきた。

あまりの愛らしさに胸が高鳴る。

「この国の未来を担う王太子様と、この国の救世主である聖女様。なんて素晴らしい組み合わせなのかしら」

「悪名高い前の婚約者とは大違いね。リナ様、あんな悪女にいじめられて怖かったでしょうに」

婦人たちの囁き声が、拍手の音に入り混じり、ヒソヒソと響いていた。

（ようやくあの目障りな女を追い出して、愛しいリナを手に入れることができた）

リナの手を取り玉座へと歩みながら、エドガーは感慨にひたっていた。

聖女として彼女が異世界から召喚されたその日、エドガーの運命は変わった。

いつもツンと澄ましている婚約者とは真逆の、庇護欲をそそられる見た目。性格も素直で、彼女と一緒にいると、ロザリーに削がれた男としての自尊心がみるみる回復していった。

たとえばリナは、どんなプレゼントでも目いっぱい喜んでくれた。

『エドガー様！　かわいいドレスをたくさん贈ってくださって、ありがとうございます！』

欲しいものも、惜しみなく声に出して言ってくれた。

『おいしいお菓子をたくさん食べたいです！　それからヘアアクセサリーも欲しいし、靴も欲しいし、あと部屋の模様替えもお願いしていいですかぁ？　ピンクで統一したら、かわいいと思うんです！』

何を贈っても国庫の無駄遣いだとあしらい、欲しいものひとつ口にせず、王太子である自分の顔を立てようともしなかったどこぞの女とは、まるで違う。

エドガーがリナを求めるようになったのは、自然の成り行きだった。

あの女もリナのような愛くるしさと素直さを持ち合わせていたなら、今頃はまだ王太子の婚約者でいられたのに。

ロザリー・アンヌ・フォートリエ。

エドガーは、初めて会ったときから彼女が気に食わなかった。

女という生き物は、男を立てながら陰で生きるべきだと思っている。気の強い女は苦手で、あの猫に似た勝気な目を見た瞬間に、嫌悪感を抱いた。

婚約者になってからは、よりいっそう彼女がうっとうしくなった。

品行方正で非の打ちどころのないロザリーは、どこに行っても称賛された。

『あんな婚約者がいてエドガー殿下は幸せ者だ』

耳にタコができるほど、そんな声を聞いた。

違うのだ。

――俺の婚約者になれて、彼女の方が幸せ者なのだ。

次第にロザリーは、エドガーの仕事にも口出しするようになる。

『こちらの書類ですが、間違いが五ヶ所ありました。印をつけたところを修正してください』

『干害対策の予算ですが、これでは足りません。王宮運営費を削って補塡したらよろしいかと』

毎度しゃしゃり出てくるロザリーには、ほとほと嫌気が差していた。王太子である自分をどれだけコケにしたら気が済むのかと、腸が煮えくり返る思いだった。

一方でリナは、従順で、ひたすらエドガーを尊敬してくれた。

異世界から来たがために、この世界のことを何も知らないリナに、あらゆる物事を教える日々は至福だった。いつもエドガーと一緒にいたがるリナに応え、なるべく行動をともにした。

ロザリーは、エドガーの気持ちがリナに傾くのを見ていられなかったのだろう。エドガーのいないところで、執拗にリナをいじめていたらしい。

だからエドガーは、愛するリナを守るべく、ロザリーに婚約破棄を告げ断罪した。

今頃は僻地にある寂れた塔で、後悔しながら暮らしているに違いない。

(まあ、あれでも体は悪くなかったから、事が落ち着いたら愛妾として迎えてやるか)

フフンと口角を上げ、そんなことを考えながら、エドガーは玉座の前に膝をついた。

隣にいるリナも、慌てて隣に膝をつく。ぎこちなく、所作としてはまるでなっていないが、そんな不出来なところがまた愛おしい。

「国王陛下。リナとの婚約を認めてくださり、感謝いたします」

「……うむ」

父であるナサレア王は、幼い頃からエドガーにことごとく甘かった。エドガーが欲しがるものはなんでも与えてくれたし、やることなすこと、すべてを受け入れてくれた。

だが今回ばかりは苦渋の決断をしたようで、やや表情が険しい。

ロザリーの生家であるフォートリエ公爵家は、国内屈指の資産家だ。此度のエドガーとロザリーの婚約破棄で、王室は強力な資金源を失ったわけである。

(まあいい、いずれなんとかなる。なにせ、リナは聖女なのだ。その気になれば錬金術でも使ってこの国を豊かにしてくれるだろう。強力な治癒魔法で、落馬で再起不能とまで言われた俺を救ってくれたほどなのだから)

「リナ嬢」

ナサレア王がリナを呼んだ。

「あっ、はい」

「異世界から来たそなたには、妃教育は少々荷が重いかもしれない。心して励まれよ」

「はい、王様！　私、頑張ります！」

額に片手をかざす謎のポーズをして、意気揚々と答えるリナ。

エドガーはまたしても口角を緩める。

王室のしきたり、作法、王太子としての威厳、云々かんぬん。常日頃からそんな言葉しか口にしなかったロザリーに比べ、王室色に染まっていない自然体のリナは、エドガーの目を楽しませた。

ところが、ナサレア王はますます苦い表情を浮かべる。この国の君主を前にしても最敬礼すらせず、平民のような言葉遣いで答え、意味不明な所作をしたリナを、無作法ととらえたのだろう。

リナの無礼な態度に、周囲もざわついていた。

彼女の愛らしさが理解できないとは嘆かわしい。

(礼儀などどうでもよい。待ちに待った聖女であるリナは、そんなものより大きな利益をこの国にもたらすのだからな。愚か者どもめ、いずれ思い知れ)

婚約式が終わったあと、エドガーはリナと手を繋ぎ、仲睦まじく王宮の回廊を歩いていた。

リナはシュンと肩を落としている。

「エドガー様。なんだか王様、怖い顔してませんでした？　私、嫌われちゃったのでしょうか？」

「そんなことはない。君のあまりのかわいらしさに、言葉を失っていたのだよ」

「えっ、そうだったんですか!?　王様がそんなことを？」

リナが、きゃっと頬に手を当てる。

そんなリナの華奢な肩を、エドガーは優しく抱き寄せた。リナはされるがまま、素直にエドガーに身を預ける。

「君は、やることなすことすべてがかわいいな」

「やだっ。そんな言い方、恥ずかしいですわ」

鼻をツンと指先でつついてやると、リナは木苺のように頬を染めた。ロザリーに同じことをしたら、全力で拒絶されていただろう。

「恥ずかしがる姿もまたかわいらしい」

「んもうっ、エドガー様ったら！　かわいいって、何回言うんですか？」

ぷんすかと怒る顔も、また愛らしい。

くりぬき窓の連なる階段を上る途中で、エドガーは何気ないふうを装って切り出した。

「寝所のことだが、婚約者となったからには、早いうちにともにしたいと思わないか？」

暗に、君を抱きたいと言っている。

「もちろんです！　うれしいです！　早くエドガー様と一緒に寝たいです！」

リナはパアッと顔を輝かせ、ふたつ返事で応じてくれた。

エドガーは目を細める。

(婚約中だからと寝所をともにすることを拒み、最後まではやらせてくれなかった誰かとは大違いだな)

「そうか。俺もその日が待ち遠しいよ」

自分の腕に絡みつくリナの胸を、チラリと盗み見る。

やはり、華奢なわりに大きい。

リナの体に触れる日のことを想像して、エドガーは頬が緩むのを必死にこらえていた。

＊＊＊

ナサレア王国の宰相、エルネスト・ロジェ・ランブランは、元来、極めて冷静な男である。

議会でしっちゃかめっちゃかな騒ぎや喧嘩(けんか)が起ころうと、緊迫した空気が流れようと常に動じないため、〝氷の宰相〟と陰で呼ばれていた。

氷を彷彿とさせる銀色の髪と瞳も由来となっているのだろう。

だがその彼は今、激しく動揺していた。

原因は、王太子の新たな婚約者の、婚約式での傍若無人な態度だ。

（あれは、大丈夫なのだろうか）

エルネストはしかめ面をしながら、指先でくいっと眼鏡を押し上げた。

リナは国王を相手に、ろくに挨拶もせず、砕けた口調で受け答えしていた。礼を欠いた行動に、周囲の人間が固唾を呑んだことにすら気づいていない様子でもあった。

（ロザリー様にいじめられ、精神的ショックから適した振る舞いができずにいるのだと、エドガー殿下はおっしゃっていたが）

ロザリーの悪女ぶりは、リナが来てからというもの、瞬く間に広まった。

格式高きフォートリエ公爵家で、蝶よ花よと育てられ、高慢な性格に育ったのだろう。気位の高さは表情や態度にありありと出ており、彼女が王宮内を歩いているだけで、ピリリと空気が張りつめていた。

たとえるなら、男を罵りながら、ハイヒールで踏みつけそうなタイプの女である。

彼女を見るたびに、抗えないゾクゾクとした欲望が込み上げたのを覚えている——じゃなくて。

エルネストは、コホンとひとつ咳ばらいをした。

（ロザリー様はもういない。だからリナ様は、精神的ショックから解放されたはずだ。なのにどうしてまだ、あんな態度なのだろう？　それに、リナ様がこの世界に召喚されて三ヶ月も経つ。普通

は礼の仕方くらい身につけているものだが）

悶々としながら、急ぎ足で廊下を歩む。

正直、婚約式になど立ち会っている余裕はなかった。このところエドガーの業務が滞り、こちらにまでツケが回ってきているのだ。

早々に執務室に戻り、対応しなければならない。

「エルネスト、待って。大事な話があるんだ」

すると、王宮魔導士長のミシェルが、背後からエルネストを呼び止めた。

ミシェル・ジルドー・ラバス。

青い髪に茶色の瞳を持つ彼は、童顔のためまだ十代のように見えるが、実際はエルネストと同じ二十五歳である。

ラバス子爵家の三男で、母親がエルネストの乳母だったため、乳兄弟として育った。侯爵子息であるエルネストと子爵子息であるミシェルが、身分の差を越えて気の置けない仲となったのには、そういう事情があった。

ミシェルは生まれつき魔力が強く、物心つく頃には魔導士として魔塔に従事していた。そのうち魔導士の中でも群を抜いた魔力が認められ、王宮魔導士長に就任した。

「なんだ、お前か」

エルネストはミシェルを一瞥する。

宮中で会うたびに、この幼なじみに仔犬のように寄ってこられるのは日常茶飯事だ。

「相変わらずつれないね、ちょっとは相手してよ。幼なじみが王宮で寂しい思いしてるんだからさ」

「王宮魔導士長になってもう三年だろ。いい加減慣れろ」

「嫌だよ慣れないよ。だって僕、若いのにいきなり王宮魔導士長に抜擢されちゃっただろ？　魔導士仲間からのやっかみがすごいんだ」

大きな目をうるうるさせながら言うものの、彼がそれしきではへこたれない激強メンタルの持ち主であることを、エルネストは知っていた。見た目とは裏腹に、肝の据わった抜け目のない男なのである。

「エルネストも、婚約式に参加してたの？」

「ああ、そうだ」

「リナ様、かわいかったね。純粋そうで、エドガー殿下が好きになっちゃう気持ちも分からないでもないな。ロザリー様が悪女だったから、なおさらかわいさが身に染みるよ。でも今にして思えば、ロザリー様みたいな気の強そうな女性に踏みつけられるのも、悪くないとは思わない？」

呑気に語るミシェルを、エルネストは思わずぎくりとして見た。

ミシェルが、不思議そうに首を傾げる。

「――って冗談だけど。あれ？　エルネストまさか君、そっち系？」

「違うっ、そんなわけがないだろ！　ところで、大事な話とはなんだ」

再びコホンと咳ばらいをして、心の動揺を隠す。

ミシェルが周囲に目を配り、真面目な顔で切り出した。

「あのさ、リナ様が治癒魔法でエドガー殿下の怪我を治したっていうのは、本当なの？」

「本当だ。俺を含め、多くの目撃者がいる。再起不能とまで言われた大怪我で、最初はリナ様が治癒魔法を使っても回復の兆しを見せなかったが、ある日を境にみるみる回復していったんだ」

「再起不能の大怪我ねえ」

ミシェルが、もの言いたげに腕を組んでいる。

「それが、どうしかしたのか？」

「いやね、あれ以来、リナ様は目立った治癒魔法を見せないんだよ。魔法支部に運ばれてくる怪我人の治療を、たまーにお願いしてるんだけどね。昨日は骨折すら満足に治癒できなかったほどだ。あれなら、一介の治癒魔導士の力と大差ないんじゃないかな」

「調子が悪かったんじゃないのか？」

「どうだろう。とにかく、あれでエドガー殿下の大怪我を治したというのは解せない」

エルネストは押し黙る。

この不可思議な現象を、どう解釈したらいいのか、頭脳明晰な彼でも分かりかねた。

「それに、結界の方もますます脆弱になってるし」

ミシェルが声を潜めて言った。

「結界が？　まさか、まだ強度が戻っていないのか？」

「ああ。それどころか、次から次へと穴が開いている。結界を修復するには、かなりの数の魔導士が必要だ。そのためには遠征資金がいるんだ、どうにかならない？」

エルネストは眉をひそめた。

ナサレア王国において、結界の強度は、国の存続を左右する。

百年前に先代の聖女が張った結界が弱まり、ようやく聖女リナが召喚されて新たな結界が張られたのは、つい三ヶ月前の話である。

これでオーガの恐怖に怯えることなく暮らせると、国を挙げて喜んだのも束の間。

リナの張った結界は徐々に力を失い、半月ほど前から、またオーガが侵入してくるようになった。

議会でこの問題を取り上げたとき、エドガーは『ロザリーにいじめられたせいで、リナの精神が不安定になっているのが原因だ。ロザリーがいなくなれば結界の強度も戻る』と強気に出た。そのため様子を見ていたが、ロザリーがいなくなった今も、結界の強度は低下を続けているらしい。

「分かった。今度の議会で、資金の補塡を掛け合ってみよう」

「頼んだ、死活問題なんだ」

エルネストは不安に駆られていた。

百年ぶりに現われた聖女リナを、この国の人間たちは心から歓迎した。

なにせ、聖女である。強大な神聖力と魔力を持ち、慈悲深く、知性にもあふれているのだろうと、誰もが思い込んでいた。

ロザリーに冷たかったエドガーがあっという間に骨抜きにされたことも、大きく影響していた。

聖女リナは、愛さずにはいられないような特別な存在なのだろうという印象を国民に与えたのだ。

だが実際は無作法で、聖女としての力も疑わしい。

（それに、ほかにも気になることがある）

エドガーは以前、ロザリーがいつも書類仕事の邪魔をすると言っていた。

余計な口出しをしてきて、いっこうに仕事が進まないらしい。エドガーの言葉を信じていたエルネストも、ロザリーを厄災のように思っていた。

ところがロザリーがいなくなってからというもの、エドガーの仕事はめっきり滞っている。仕事の出来もロザリーがいた頃の方が、はるかによかった。

それはロザリーの口出しがあったからこそエドガーが仕事をこなせていたことを、暗に示している。

だが、そのロザリーはもういない。

だからエルネストは、リナにエドガーの仕事のサポートを頼んだ。簡単なところだけでいいと譲歩したが、リナの返事は予想の斜め上をいっていた。あろうことか、砂糖をぶちまけたような甘ったるい声で、エルネストを誘惑してきたのだ。

『私、難しい話はよく分からないんです。エルネスト様、そんなことより私と遊びませんかぁ？踏みつけてあげますよぉ。ハイヒールの先で、ぐりぐりぐりって』

その瞬間、エルネストは震え上がった。

なぜ自分がひた隠しにしている性癖を知っているのだ——ではなく、大事な話をはぐらかし、婚約者がいるのにほかの男を誘惑するなど、人として信用に欠ける。ロザリーにいじめられたという彼女の証言までもが、怪しく思えてきた。

（ロザリー様は、本当に悪女だったのだろうか？）

エルネストはそんな疑いに行き着いた。

ロザリーが悪女ではなく、すべてがリナの虚言(きょげん)で、冤罪(えんざい)だったなら大問題だ。

本性を知りたいところだが、考えてみれば、彼女はいつもひとりだった。親しくしていた人間など、王宮内にはいなかった気がする。

（そういえば、ロザリー様が王宮魔導士のワーグレと一緒にいるところを、見たことがあったな）

ワーグレは灰色のボサボサ頭でいつもプルプル震えている、おじいさん魔導士だ。

今にも倒れてしまいそうなひょろひょろの風貌で、どうして解雇されないのだろうと、皆に不思議がられていた。一説によると、先代の王宮魔導士長ホワキンがワーグレをかわいがり、彼を除籍してはならないという遺言を残したらしい。

ちなみにホワキンは、史上最強の魔導士として名高い。

火・水・土・風の四元素魔法に加え、白魔法と黒魔法、それから治癒魔法、さらには禁忌魔法まで操ると噂されていた。

ワーグレとロザリーが並んで魔法支部の地下に入っていく姿を見たのは、一度や二度ではない。フードをすっぽりとかぶっていたため、周囲にはロザリーだと気づかれていないようだったが、エルネストにはすぐに分かった。

ロザリーを見るたびに感じたあのゾクゾクとさせるオーラが、薄汚れたローブの背中から漏れ出ていたからだ。

ワーグレなら、ロザリーの本性を知っている——そんな予感がする。

「ミシェル、頼みがある。魔導士のワーグレに会わせてくれないか？」

「ワーグレじいさんに？　いいけど、どうして？」

「ロザリー様は冤罪の可能性がある。ワーグレが、何か知っているかもしれない。ふたりが一緒にいる姿を何度か見かけたんだ」

「ロザリー様が冤罪だって？　だとしたら、エドガー殿下は重罪だね」

ミシェルがなぜか、愉しげに口角を上げている。

「それに、ワーグレじいさんとロザリー様の組み合わせなんて、たしかに興味深い。だけどワーグレじいさんは今、ある重要な任務のために、魔法支部ではなく魔塔に滞在しているんだ」

「魔塔か、ちょっと遠いな……」

業務の立て込んでいる今、エルネストがすぐに魔塔に向かうのは難しい。

エルネストはミシェルと数日後に魔塔に行くことを約束し、回廊の途中で別れた。

第二章　君の体は俺のもの

『胸を、揉ませてくれないか』

あけすけすぎるお願いを、精悍（せいかん）な顔つきのイケメンにきりりと言われた。

そんな経験のある令嬢が、この世にいるだろうか。

「……あ、はい。どうぞ」

度肝（どぎも）を抜かれはしたが、しばらく考えて、ロザリーは冷静に答えた。

命と引き換えなら、胸のひと揉みふた揉みなんて安いものである。

「いいのか？」

ジョスリアンが驚いたような顔をする。

そんな態度が新鮮で、ロザリーは思わずどんと来いというふうに、部屋のベッドに座ったまま両手を広げた。

「はい」

エドガーに初めて体を求められたときは、『お前は俺に身を捧げて当然』という態度でぐいぐい迫られ、最後までは無理だと拒絶すると、露骨に不服そうな顔をされた。

先ほどの盗賊たちにしてもそうだ。ロザリーのことを、ひとりの人間ではなく、自分たちの性欲の捌け口としか見ていなかった。

だから胸を揉むだけのことで丁重に許可を求めるジョスリアンは、ロザリーの目には紳士にしか映らなかったのだ。

意を決したような言い方のせいか、卑猥なはずの言葉でも、嫌悪感はない。

背筋を伸ばし、ジョスリアンと向き合う。

ジョスリアンはゴクリと喉を動かすと、ロザリーの隣に腰を下ろした。

漆黒の硬質そうな手甲が、目の前に掲げられる。

「あの……痛そうなので、それは外してもらっていいかしら？」

「あ、ああ」

日々欠かさず武器を扱っている男の、節くれだった手が露になった。

その手が、ロザリーの胸のふたつの膨らみにそっと置かれる。

ロザリーの胸は、彼の大きな手のひらにも余るほどの大きさだ。貧相な体つきだった前世を思い出した今となっては、奇跡のようなプロポーションに圧倒されてしまう。

ジョスリアンが、ゆっくりと胸を揉み始める。やわやわと様子をうかがうような動きだった。

「ずいぶん柔らかいんだな……」

感動したように囁く低い声が、耳に心地いい。

(優しい手つき)

真剣に胸を見つめ、ゆっくりと手を動かすジョスリアンの整った顔を、ロザリーは心ゆくまで観察した。

長くて黒い睫毛に、惚れ惚れするほど整った鼻筋。絶妙なバランスで男らしさと美しさが同居していて、いつまでも見飽きない。

胸を触りたいと告げるのに、彼は今日までの四日間、躊躇し続けていたらしい。

だから、部屋を訪れ無言で帰るという、奇怪な行動を繰り返していたのだ。

（かっこいいのに、変な人）

思わず、クスリと笑みが漏れる。

「……痛くないか？」

「大丈夫よ」

「……そうか」

淡々とした口調なのに、優しく感じてしまうのは、その手つきのせいだろうか。

下からすくい上げるように揉み込まれたり、両脇から内側に寄せて谷間を浮き出させたり。ぎこちなかったジョスリアンの手つきが、徐々に大胆になってくる。

興奮を抑えたような表情に、どうしてか胸が高鳴った。

堪能するように胸を揉みしだかれているうちに、ロザリーの体の奥がじわじわと熱くなってくる。

息を潜め、快感を拾おうとする本能をこらえていると、彼の右手が胸の先をかすめた。

「ん……っ」

思わず声を漏らすと、ジョスリアンがピタリと手の動きを止める。

「痛いのか？」

「あ……いえ」

「それならなぜ、苦しげなんだ？」

「それは、その……」

察してほしいところである。

（この人、童貞なのかしら？）

その整った容姿をまるっと鎧に包んで生きてきたのだとしたら、あり得ることだ。女どころか、人間そのものが寄って来なかっただろう。

ロザリーが言い淀んでいると、ジョスリアンが眉根を寄せ、考え込むような素振りを見せた。そしてあっさり胸元から手を離す。

「これ以上はやめておこう」

「え？　終わり？」

「ああ、今日のところは。君の体を傷つけたくはない」

生真面目な顔で告げるジョスリアン。

火がつきかけた状態で体を放り出され、ロザリーは、なぜか物足りない気持ちになる。

しん、とふたりの間に沈黙が落ち、今さらのように気まずい空気になった。

世の中の男女は、胸を揉み終えたあと、いったいどんな会話をするのだろう？

視線を泳がせていると、ジョスリアンが再び鉄兜を手に取った。

ロザリーは目を瞬く。

「どうしてまたかぶるの？」

「？　人前に晒すような顔ではないからだ」

何を言っている?という目をされ、ロザリーは唖然とした。

(いやいや！　こんなイケメン顔、人前に晒すべきでしょ！)

考えるよりも先に、ロザリーは鉄兜をかぶろうとするジョスリアンの手をガシ！とつかんで止めていた。

「かぶらないでいいわ。絶対その方がいい！」

ジョスリアンが、驚いたように目を瞠る。

「君は、俺の顔が怖くないのか？　醜いだろう」

「醜い？　いや、ぜんっぜん！　鉄兜をかぶっていない方が断然いいわ！　なんなら、その鎧も脱いでほしいくらいよ」

どうやらジョスリアンは、自分の顔を醜いと思っているようだ。

なんという倒錯した思考！

(いったい誰に吹き込まれたのかしら？　その人は、きっと醜い顔の持ち主なのね。ジョスリアンのかっこよさに嫉妬したんだわ)

ロザリーがこれほど言っても、ジョスリアンは未だ困り顔をしている。

そんな彼の両手を、ロザリーはきつく握りしめた。

「いい？　あなたは醜くなんかないわ。もう一度言うわよ、あなたは醜くなんかない。だからどうか、屋敷の中でまで、鉄兜をかぶるのはやめて。もったいないから！」

【こいよく】の中のイケメンたちに夢中だった前世の気持ちで、真摯に語りかける。正直ジョスリアンは、どの攻略対象よりもずっと好みの顔をしている。

ジョスリアンは、そんなロザリーをまじまじと見つめていたものの、やがてこくりとうなずいた。

「分かった。君がそう言うのなら」

「本当？　約束してね」

「ああ、約束する」

（やった！　これで毎日この顔を拝める！）

うれしくて少女のように微笑んだロザリーを、ジョスリアンはほんのり目元を赤らめながら見つめていた。


アーチ窓から、燦々と朝の光が降り注いでいる。

目を覚ましたロザリーは、ベッドの中で大きく伸びをした。

（うーん、爽快な朝だわ）

時計を確認すると、なんと四時間も眠っていた。

（ストレスから解放されて、よく眠れるようになったのね。監禁生活も悪くないわ）

ソフィーに着替えを手伝ってもらいながら、そんなことを考える。ふと、脱走しようとした際にすんなり窓が開いたことを思い出した。

「そういえば私、もしかして監禁されているわけじゃないの？」

「監禁？　とんでもございません」

ソフィーが、驚いたように答えた。

「ジョスリアン様から大事な客人としてもてなすように仰せつかっておりますので、自由に出歩いていただいて大丈夫です。ずっとお部屋にいらっしゃるから、ロザリー様はお部屋がお好きなのだと思っておりました」

なんと、ロザリーが勝手に、監禁されていると思い込んでいただけのようだ。

「そうだったのね！　じゃあ、さっそく屋敷の中を歩きたいんだけど、いい？」

「ええ、もちろんです」

屋敷の中は、想像以上に広かった。長く伸びた廊下と、無数の部屋。装飾品の少ない質素な内装ではあるが、家具やカーテンはひと目で分かる高級品だ。

芝生が広がる庭から、隣接しているおどろおどろしい墓地さえ見えなければ、悪くない環境である。

(死刑執行人が、どうしてこんなに立派な屋敷を所有しているの？)

不思議に思いながら歩いているうちに、回廊から繋がる庭先のガゼボに辿り着いた。

何かが風を切る音がする。ガゼボの裏手で、ジョスリアンが斧の素振りをしていた。

半裸の彼に、目が釘付けになってしまう。

ほどよく分厚い胸筋、引き締まった六つの腹筋、硬く盛り上がった上腕筋。彼が斧を振るうたびに鍛え上げられた筋肉が躍動し、汗がほとばしる。むんと香る男の色気に、立ち眩みしそうだった。

(こんなに男らしい体、初めて見たわ)

体のところどころに走る傷痕が、彼の生きてきた環境の過酷さを物語っている。切創が多いため、オーガと戦った際にできた傷ではないようだ。オーガは武器を持たないからである。

三年前、結界が脆弱になっている窮地につけ込んで、隣国アズルーラがナサレア王国に攻め込んできたことがあった。エドガーが先陣を切って次々と敵兵を倒し、見事勝利を勝ち取ったと言われている戦だ。

もしかしたらジョスリアンも、兵士として戦に加わっていたのかもしれない。微マッチョのエドガーなんかより、明らかに強そうだから。

胸が無性にドキドキして、ロザリーはとっさにガゼボの柱の陰に身を隠した。

考えてみれば、鎧を身につけていない彼の体を見るのは初めてだ。

あんなにもセクシーな体を隠していたなんて！　つくづくもったいない！

「くしゅんっ！」

息を潜めて覗（のぞ）き見するはずが、肌寒さでついくしゃみをしてしまった。外にまで出るつもりなどなかったため、ショールを羽織（はお）って来なかったのだ。

すると、斧の素振りに没頭していたジョスリアンが、ぐわっとこちらに目を向ける。

金色の目が、ギラギラバッキバキに変わる瞬間を目の当たりにして、ロザリーはひぃぃっと震え上がった。

「そこで何をしている？」

「え、ええと。散歩してたらたまたま通りかかったの」

あなたの裸に盛り上がってましたとは言えず、てへへ、と誤魔化（ごまか）し笑いをする。

ジョスリアンが、厳しい表情のままズンズンとこちらに近づいてきた。

(殺される！)

とっさにそう感じ、ぎゅっと目を閉じたのは、彼の第一印象のせいだろう。なにせ初対面では彼に斧を振り上げられ、殺されかけたのだ。徐々に印象がよくなったとはいえ、鮮烈な出会いの場面は脳に焼きついている。

ところが。

ふわりという感触とともに背中が温かくなり、ロザリーは目を開けた。

ジョスリアンが、脱ぎ捨てていた彼の上着をかけてくれたのだ。

「そんな格好でいたら体を冷やす。君の体はもう君だけのものじゃない。大事にしてくれ」

「え……？　あ、ありがとう」

思いがけないほど優しい言葉に、ロザリーは魂を抜かれたようになった。

ジョスリアンは怒っていたのではなく、ロザリーの体を心配してくれていたらしい。

(もう私だけの体じゃない、って)

まるで妊娠した妻を慮（おもんぱか）る夫のようなセリフだ。だがロザリーは、妊娠してないし彼の妻でもない。

ハッとする。

(そうだわ。私は命と引き換えに、この体を彼にあげたのよ)

死にたくない一心で、この体はあなたのものだと叫んだ。

つまり彼が優しいのは、ロザリー自身のためというより、自分のものになったロザリーの体を守るためなのだろう。

実直すぎて浮世離れ（うきよばな）したところのある彼らしい考え方だ。

「俺の着ていたものだから嫌かもしれないが、我慢してくれ」

「嫌なんかじゃないわ」

男らしい香りが、鼻腔をくすぐる。ジョスリアンの匂いに包まれて、胸がきゅんとした。異性にこんなにも大事に扱われたのは、生まれて初めてだ。

エドガーはいつもロザリーをぞんざいに扱った。王太子の婚約者に積極的に関わろうとする、肝の据わった男性もいなかった。

「毎朝、ここで訓練しているの？」

「ああ。少しでも怠ったら、体がなまるからな。兄上の期待にはなるべく応えたい」

「お兄様がいらっしゃるのね」

言葉の雰囲気からして、彼は兄を慕っているようだ。

きっとジョスリアンに似て美形で優しいお兄様なのね、と勝手な妄想を膨らませてニヤついていると、視線を感じた。

ジョスリアンのどこか苦しげに見える表情が、胸に引っかかる。

「どうかした？」

「いや……」

歯切れ悪く答えると、ジョスリアンはまた一心不乱に斧を振り始めた。

訓練を見ていた流れで、ロザリーは、玄関口まで仕事に行くジョスリアンを見送ることになった。

「アルフレッドに案内役を頼んだから、屋敷の中を見て回るといい」

「まあ、ありがとう。そうさせていただくわ」

「ああ。では、行ってくる」

「行ってらっしゃいませ」

手を振るロザリーをなぜか何度も振り返りながら、ジョスリアンが厩舎の方へと遠ざかっていく。

ジョスリアンの姿が見えなくなると、ソフィーが興奮気味に駆け寄ってきた。

「ロザリー様、ありがとうございます！」

「え？　私、何かした？」

「ジョスリアン様に、鎧を脱ぐように言ってくださったのでしょう？　あの暑苦しい、重苦しい、ガシャンガシャンうるさい鎧を！」

「あ。そういえば、そんなことを言ったわね」

たしかに彼は、今朝から鉄兜も鎧も身につけていない。先ほど出ていくときも、黒いロング丈の上着を羽織っていた。

「今までどんなに言っても、頑なに鎧を脱いでくれなかったのですよ！　屋敷の中でも、ずうっと鎧姿だったのです。それが今朝は着ていらっしゃらないから、使用人一同驚きましたよ！」

「そうだったのね。約束を守ってくださったようでよかったわ」

「ロザリー様は女神です！　ようやく、ジョスリアン様の美しいお顔を惜しみなく鑑賞できるようになったのですから！」

ソフィーが声高に言った。

ほかの使用人たちも、口々にロザリーを称えてくる。ロザリーとしてはたいそうなことをした覚えがないのだが、こうして皆に褒められるのはうれしい。

(王宮の使用人たちは、私に対して冷たかったもの。リナが現れてからは、よりいっそうひどくなったのよね)

辛い過去を思い出し、胸がじいんとなった。

その後はジョスリアンの言葉どおり、アルフレッドが屋敷の中をくまなく案内してくれた。

最後に連れていかれたのは、図書室だった。天井までぎっしり書物の詰まった本棚が、ズラリと並んでいる。個人宅とは思えない蔵書数だ。

「ものすごい数の本ね」

「ジョスリアン様は読書家でいらっしゃいますから。勉強熱心で、とても頭のいい方なのですよ」

誇らしげなアルフレッドは、よほどジョスリアンのことが好きなのだろう。口髭(くちひげ)を整えつつ、好々爺然(こうこうやぜん)とした笑みを浮かべている。

「政治学に経済学、それに帝王学の本まであるわ」

本棚を眺(なが)めながら、ロザリーは目を瞠った。

高位貴族でもなかなか所蔵していない本が、どうして死刑執行人を生業(なりわい)としている人間の屋敷にあるのだろう?

「あの方は、いったい何者なの?」

どう考えても、只者ではない。

アルフレッドは、意外にもあっさり答えてくれた。

「ナサレア国王陛下(へいか)のご子息にございます」

「あらそう、陛下のご子息だったの。――って、王子ってこと!?」

驚きのあまり、声がひっくり返る。

「はい。あまり知られていないものの、この国の第二王子でいらっしゃいます。エドガー殿下とは、お母様が異なりますが」

「うそ。冗談よね」

「冗談ではございません」

衝撃の真実に、言葉を失った。

(ジョスリアンが『兄上』と呼んでいたのは、エドガー様のことだったの?)

まったく似ていないので、気づく由もなかった。

だかたしかに彼が王子なら、立派な屋敷を所有し、高位貴族顔負けの蔵書を誇っていることにもうなずける。

そういえばいつだったか、エドガーには、重病で寝たきりのため王室とは関わりのない弟がいるという話を耳にした。重病というのは偽りだったということか。

「この国の第二王子が、どうして死刑執行人をしたり、オーガを討伐したりしているの?」

「ジョスリアン様はエドガー殿下の僕に徹していて、命じられたことならなんでもされるのです。言うなれば、エドガー殿下を陰で支える存在といったところでしょうか。表ではエドガー殿下の功績とされていることが、実はジョスリアン様の功績だったことも、これまで数多くありました」

アルフレッドが切々と語る。

「三年前のアズルーラとの戦で、戦略を練ったのも、先陣を切って敵兵を倒したのも、表ではエドガー殿下とされていますが、本当はジョスリアン様がなさったことなのです」

(なんてこと。あのポンコツ王太子、本当にサイテーね)

ロザリーは、腸が煮えくり返るような気分になった。

今すぐエドガーの胸倉をつかんで、ボコボコに殴ってやりたい。

「ジョスリアン……様は、どうしてそこまでしてエドガー殿下の言うことを聞くの？　理不尽だとは思わないのかしら？」

ロザリーが首を傾げると、アルフレッドが険しい表情になる。

「おそらく、エドガー殿下を陰で支えるよう、何らかの力で洗脳されたのだと思います。ジョスリアン様が重病にかかられたというでっち上げを理由に、強制的にこのお屋敷に住処を移されたあたりから、ご様子がおかしくなられたので」

「まあ、なんてひどい話なの……！」

ロザリーは声を震わせた。

輝かしい表側の人生を歩んでいるエドガーと、ひっそりと裏側の人生を歩まざるを得なかったジョスリアン。

同じ王子とはいえ、彼らの生き方はあまりにも対極的だ。まるで、光と影のように。

(洗脳って、誰が指示したのかしら？　国王陛下？　それともエドガー様？　どうやったのか知らないけど、エドガー様にだけ忠実に生きてきたから、異様なほど純粋というか世間知らずな感じなのね)

ひどく恐ろしい雰囲気なのに紳士的だったり、子供みたいな裏のない優しさを見せたり、童貞感ダダ漏れだったり。

(なんだか私みたい)

陰でエドガーを支えてきたにも関わらず、悪女と罵(ののし)られ処刑まで言い渡された自分と、非道な死刑執行人として恐れられているジョスリアン。

アルフレッドの話を聞きながら、ロザリーは彼に親近感を覚えるようになっていた。


厚みのある男らしい手のひらが、豊満な胸をやわやわと揉みしだいている。

「心地いいな」

陶酔したようにつぶやくジョスリアンは、今宵も紳士だった。夜着の上からロザリーの胸を揉むだけで、それ以上のことはしようとしない。

今度は、円を描くように胸を揉み回してきた。少し手慣れてきたのか、強弱のつけ方が絶妙だ。

ロザリーは、およそ一時間、こうして彼に胸だけを責められている。

胸の先はすでに硬く立ち上がり、布越しの鈍い刺激にじっと耐(た)えていた。下腹部が徐々に潤(うるお)ってきたのも分かる。

彼に、そこに触れてほしいと思っている自分がいた。

エドガー相手だと、絶対に思わなかったのに……。

(でも、そんなはしたないこと言えないわ)

赤らんだ顔で、ジトッと恨(うら)めしげにジョスリアンを見る。

ジョスリアンは、浮ついた表情でロザリーの胸を弄（もてあそ）び続けていた。

きっと彼は今日も、あのポンコツ兄のために奔走してきたのだろう。

「お仕事、お疲れだったでしょう」

「……ああ」

うれしそうだったジョスリアンの顔に、陰が落ちる。

ふと思った。

ジョスリアンは、死刑を執行したりオーガを討伐したりする仕事を、喜んでやっているのだろうか？　エドガーに命令されたから従っているだけで、本音では、やりたくないと思っているのではないだろうか？

本当の彼は、気遣いのできる優しい人なのに……。

ロザリーの体に触れるとき、必ず痛くないか確認してくれるところとか。

くしゃみをしたら、上着をかけてくれたところとか。

（この国の王子ともあろう御方なのに、かわいそうな人）

癒やしてあげたい、と心から思った。

ロザリーはほとんど無意識に、ジョスリアンの方へと手を伸ばしていた。彼の後頭部を引き寄せ、優しく胸に抱き込む。胸の谷間に、熱い吐息を感じた。

「こうすると、もっと心地よくありませんか？」

彼の耳が、みるみる赤くなっていく。

「あ、ああ……」

くぐもった声が胸元から聞こえた。

「息苦しいのに心地いい。これは新鮮な感覚だ……」

何やらボソリとつぶやいたあと、ジョスリアンは、高い鼻梁を胸の膨らみにスリスリと擦りつけてきた。顔全体で柔らかな肌の感触を堪能したあと、幸せそうにため息をつく。

(ふふ、かわいい)

たまらなくなって、ロザリーはますますジョスリアンを強く抱きしめた。

よしよしと、黒髪を梳くようにして頭を撫でる。

「よく頑張ったわね、ジョスリアン。それなのに、世の中は本当に不平等ね」

それは彼を労わるための言葉だったが、自分に向けた言葉でもあった。

──『俺が怪我で寝込んでいる間、婚約者の君は何をやっていたんだ。リナはこうして献身的に尽くしてくれたのに』

エドガーの、ロザリーを卑下する冷たい視線を思い出し、胸がつきんと痛む。

悪役令嬢である限り、どんなに努力しても、嫌われてしまう運命だったなんて。

ふいに、胸から温もりが消えた。

いつの間にかジョスリアンが顔を上げ、金色の目でじっとロザリーを見つめている。

(しまった、出すぎたことをしてしまったわ)

仮にもこの国の王子である彼を、子供のように扱ってしまった。

自尊心を傷つけたかもしれない。

固唾を呑んでジョスリアンの出方をうかがう。すると彼が、唐突にフッと相好を崩した。

笑う姿を見るのは初めてだ。

思いがけないほど無邪気な笑い方に、不意打ちでドキリとさせられる。

「いいな、それ。もっと言ってくれ」

「嫌じゃないのですか？」

「嫌じゃない。もっと聞きたい」

「分かりました。……ジョスリアン。あなたは本当によく頑張っているわ」

ジョスリアンが、心地よさそうに目を閉じた。

求めていた言葉が聞けてうれしいのか、ロザリーの肩のあたりに、スリスリと頭を寄せてくる。

（なんだか、大きな犬みたい）

そんなふうに微笑ましく思うのに、ロザリーはなぜか、これまでにない胸の高鳴りを感じていた。


その日から、乳揉みの他に、胸スリスリがジョスリアンのラインナップに加わった。

ジョスリアンは胸に触れることと、顔を胸に埋めてスリスリ以上のことはしようとしない。

ロザリーは今はもう、彼の純粋さを分かっていた。

あの人間味のなさは、猟奇的な気質によるものではなく、彼の恐ろしいほどの純粋さによるものだったのだ。

（ジョスリアン様の洗脳を解いてあげたい）

サイテーな兄から解放し、自由にしてあげたい。

けれどもジョスリアンは、粛々とエドガーの指令に従っているようだった。

そして出かけるたびに、疲れた顔をして帰ってくる。オーガの血にまみれ、ぐったりしていることもあった。

ジョスリアンを救いたくとも、今のロザリーには何もできない。

そもそもジョスリアンは、エドガーの命令に背いてロザリーを助けたのだ。ロザリーが変に歩き回ったら、生きていることがエドガーにバレて、彼が罰せられるかもしれない。

そんなふうに煮え切らない思いを抱えてはいるものの、ロザリーの毎日は充実していた。

使用人たちとお茶を楽しんだり、部屋の家具の配置を変えてみたり、図書室で読書に没頭したり。

殺風景な庭のリフォームも頑張った結果、なかなか見事な円形の花壇が出来上がり、使用人たちが喜んでくれた。

さらに、隣接している墓地の掃除にも精を出している。

広大な墓地は、ジョスリアンの管理下にあるらしい。墓地の管理などという罰ゲームのような役どころを与えたのも、おそらくエドガーなのだろう。

とことん嫌な男である。

「ロザリー様、墓石がピカピカじゃないですか！　あんなに苔にまみれていたのに」

墓掃除に付き合ってくれているソフィーが、感嘆の声を上げる。

墓石をひとつ完璧に磨き終えたロザリーは、額の汗を拭いながら「ふう～っ」と息を吐いた。

「コツコツ頑張るのは昔から得意なの」

「こんなにも墓石がきれいになって、ご遺族も喜ばれますよ。ロザリー様は優しい御方ですね」

ソフィーが、いつものようにロザリーを褒めてくれる。

ジョスリアンの屋敷に来ておよそ十日、ロザリーは今では使用人たちとすっかり打ち解けていた。

それだけではない、五時間も連続して眠れるようになっていた。背負っていたストレスから、ほぼ解放されたのだろう。精神的にはかなり満たされている状況である。

「よし、じゃあ次は隣の墓石ね」

タワシを手に移動したところで、空になったバケツに気づいた。

「あら、もう水がないわ」

「あっ、また汲んできますよ！　少々お待ちくださいね」

ソフィーが朗らかに答える。

(さっきも汲んできてもらったばかりよね……。何度も重たい水を運ばせるのは、気の毒だわ。私に水魔法が使えたら、こんな苦労はかけなかったのに)

申し訳なさから、拳をぎゅっと握り込む。するとにわかに指先が冷たくなり、ロザリーは慌てて拳を開いた。指先が白く光っている。

「え……？」

驚きつつ、よく観察しようと手をかざすと、指先からシュバッと水が放たれた。

「ロザリー様⁉　まさか、水魔法が使えるのですか⁉　すごいです！」

その様子を見ていたソフィーが、表情を輝かせた。

「私が水魔法？　うそ……」

思い切って墓石に両手を向け、念を込めてみる。すると今度は手のひら全体が白く光り、水がしぶきを上げながら墓石に降り注いだ。

「きゃー！　こんなにすごい水魔法は初めて見ました！」

ソフィーが子供のようにはしゃいでいる。

(何がなんだかよく分からないけど、水魔法が使えるようになったみたい)

使えるのは、ほんのすこーしの風魔法だけだったはずなのに。

なんと、それプラスわりとすごい水魔法が使えるようになったらしい。予期せぬレベルアップだ。

エドガーの婚約者だった頃、魔力の乏しさにさんざん悩んだのに今さらとは思うが、うれしいものはうれしい。

「こうなったら、全部の墓石に水をかけるわ。一気に終わらせましょう」

調子に乗って、天に両手を掲げ、墓地全体に勢いよく水を放つ。

まるで雨が降ったように、数多ある墓石が、まんべんなく水に濡れた。

「ええっ、こんなにいっぺんに水が出せるんですか!?　すごいです！　そしてちょっと私に散ってます、冷たいです！」

ソフィーはますますうれしそうだ。

水を浴びた墓石が、太陽光を受けてキラキラと輝いている。墓地に生えている草や木々も、煌めく滴を纏っていた。やがて、墓地にうっすらと虹が架かる。

みずみずしい景色の真ん中で、ロザリーはまるで生まれ変わったかのような、清々しい気分になっていた。

墓掃除を終えて屋敷に戻ると、玄関ホールに、なぜか大量の人参が入った木箱が置かれていた。

「どうしたの、これ？」

出迎えてくれたアルフレッドに聞く。

「ジョスリアン様が、処刑場で内密に保護された方からの、お礼の品です」

「内密に保護？　……まさか、処刑を言い渡されたのに、執行しなかったってこと？」

「はい。ジョスリアン様は、事前に罪人について調べられ、明らかに無罪の方はこっそりとお救いしているのです」

知らなかった。

ジョスリアンは操り人形のようにエドガーの命令に従う一方で、そんな一面も持ち合わせていたらしい。優しくて真面目な、本来の彼らしい行動だ。

（だから私のことも救ってくれたの？　じゃあ、胸を放り出さなくても結局救われてたってこと？）

これでは、乳の放り出し損だ――とは思わなかった。

体と引き換えに命を助けてほしいという条件を受け入れたがために、毎夜ロザリーの胸を弄ぶジョスリアンを見るのは好きだった。

大型犬を甘やかしているような幸福感にひたれるのだ。

「どうやら農民だったようですね。それにしてもこんなに人参を送って来られるなんて。ジョスリアン様の人参嫌い克服に協力してくださっているとしか思えません」

アルフレッドがほくほくと微笑んでいる。

ジョスリアンは人参が苦手だった。ロザリーは何度か彼と一緒に食事をしたことがあるが、人参を目にしたとたんに青ざめるのだ。

その度に『頑張ってください！　ジョスリアン様！』と、使用人たちがいっせいにエールを飛ばすハートフルな光景が繰り広げられる。

だが結局、ジョスリアンはいつも人参を食べられずに終わる。よほど嫌いなのだろう、小指の大きさほどの人参を前に、ガタガタと震えているときもあった。

それでも使用人たちは、ゼリーにしたり、砂糖漬けにしたり、フライにしたり、あの手この手でジョスリアンの人参嫌いを治そうとしている。

そんなふうにジョスリアンは、屋敷の使用人たちにこよなく愛されていた。

真面目すぎて怖い部分もあるが、優しくて憎めないからだろう。

人参が食べられなかったり、シャツのボタンが掛け違っていたり、朝には小さな寝癖がついていたり。そんな子供じみたところが放っておけないようで、アルフレッドを筆頭に、使用人たちは皆かいがいしくジョスリアンの世話を焼いている。

（ジョスリアン様、今日はいつ頃お戻りになるのかしら？）

山盛りの人参を眺めているうちに、ロザリーは、たまらなくジョスリアンに会いたくなっていた。


その夜。

ジョスリアンが部屋に来てすぐ、ふたりでベッドに腰かけながら、ロザリーは彼に聞いてみた。

「ジョスリアン様は、もしかして私の無実を知っておられたのですか？　だから処刑せずにお救いくださったの？」

「それは違う。俺は、君の罪状を疑っていなかった。調べても、悪い噂しか耳にしなかったからな。君を救ったのは、あくまでも交換条件を受け入れたからだ」

「そうですか……」

あっさりと否定されて、ロザリーはガッカリと肩を落とす。

もしかしたらジョスリアンだけは、ロザリーの無実を分かってくれていたのかもと、期待してしまったのだ。

皆がリナを信じ、ロザリーの言い分など聞こうともしなかった日々を思い出し、気持ちが沈む。

うつむいたロザリーの頭に、ジョスリアンがそっと手を置いてきた。

「だが今は、君が罪を犯したとは思わない」

ロザリーは、弾かれたように顔を上げる。

金色の目が、ひたむきにロザリーを見つめていた。

彼の眼差しは、いつ見てもまっすぐすぎるほどまっすぐだ。

「この屋敷の使用人たちは皆、君を慕っている。君がここに来てから、皆が目に見えて楽しそうだ。そんな人間が、罪状に書かれていたような悪事を働くとは思えない」

心が震えた。

鼻の奥がつんと痛くなり、目頭が熱くなる。

ロザリーの人となりを見て、どういう人間かを判断してくれた彼の誠実さが、身に染みたのだ。

エドガーは、ロザリーのことなど、何ひとつ見てくれなかった。リナの虚言だけをまるまる信じ込み、ロザリーを悪女と罵った。

それなのにジョスリアンは、たった十日で、本当のロザリーを見抜いてくれた。

胸がいっぱいになり、目から涙がぽろりとこぼれ落ちる。

するとジョスリアンが、ロザリーの頰を伝う涙を舌先でベロリと舐め取った。

「え……？　い、いま、舐めました!?」

驚いて身を引くと、その振動で、今度は反対の目から涙がこぼれ落ちる。

ジョスリアンがロザリーの肩に手を置き、そちらも舐めてきた。それから涙の跡を一掃するように、ロザリーの顔を舐めまくる。

ぬめった感触を顔中に浴びながら、呆然としてジョスリアンを見つめるロザリー。

「な、何をされているのですか……？」

「君の体は、もう俺のものだろう？　涙一滴だって、無駄にはさせない」

ジョスリアンが、しごく真面目な顔つきで言った。

(何その理論。当たり前みたいに言ってるけど、だいぶ変だわ)

やっぱりこの男は、人間離れしている——けど、嫌じゃない。

しつけを放棄されてきた野生の大型犬を、手なずけてしまった気分だ。

「ふふっ」

「どうした？」

「いいえ、なんでもございません」

どうにか笑いをこらえようとしても、耐えきれず、また吹き出してしまう。

この屋敷に来てから、こんなふうに、よく笑うようになった。

ロザリーの笑いに釣られたのか、ジョスリアンも相好を崩す。

だがその直後、弾かれたように体を離し、頭を抱えた。

「うぅ……っ」

突然呻き出したジョスリアンを見て、ロザリーは動揺する。

「ジョスリアン様!? 急にどうされたのですか!?」

慌てて様子をうかがうと、顔色がひどく悪い。

「もしかして、オーガを倒したときにどこか怪我でもされたのですか!?」

「……怪我を……しているわけではない」

苦悶の表情を浮かべつつ、ジョスリアンが答える。

彼の額に手を当てたが、熱はないようだ。言葉どおり、怪我をしている様子もない。それなのに、ひどく苦しそうなのはなぜなのか。

「……心配するな、よくあることだ。兄上の命令に背いたら……いつもこうなる」

「命令に背いたら……?」

ロザリーはハッとした。昼に見たお礼の品——木箱に山盛りになった人参を思い出す。

ジョスリアンはひょっとして、今日も無実の罪人を救ったのではないのだろうか?

(命令に背いたら苦しむように洗脳されてるってこと? 弟にこんなことをするなんて、エドガーっていよいよサイテーね!)

心の中で罵りながら、ロザリーはジョスリアンの頭を優しく撫でた。

やがてジョスリアンが、気持ちよさそうに目を閉じる。

「君に触れられると心地いい……」

「本当ですか？」

「ああ……」

たしかに、彼の顔色がいくらかよくなっている。息遣いも少し落ち着いたようだ。

（もしかしたらこの症状は、心が癒されたら改善するのかしら？　だったら――）

「失礼します」

ロザリーは思い切って両手を広げると、ジョスリアンの頭を優しく抱き込み、座ったままの状態で胸にぎゅうっと押しつけた。

彼は色仕掛けになびくほど、ロザリーの胸を気に入ってくれている。だからこうすることが、心の癒しになるのではと考えたのだ。

「ハア……」

ジョスリアンの吐息が、胸の谷間にかかる。

彼はすぐ、いつものように鼻先を胸の膨らみに擦（こす）りつけてきた。

「君の体は、心を落ち着かせる妙薬のようだな」

苦しげだった声が、穏やかになっている。

（よかった、効いたみたい）

ジョスリアンが、夜着から覗くロザリーの胸元に、熱い視線を注いでいた。

今宵の夜着はいつもより襟ぐりが広いため、谷間が大きく見えている。

「君のここは美しかったな」

牢獄で見せた胸を思い出しているのか、ジョスリアンが、うっとりとつぶやいた。

「もう一度見てもいいのですよ」

鼻梁を擦りつけるジョスリアンの動きが、ピタリと止まった。膨らみに顔を埋めたまま、視線だけを上げてじっくりロザリーを見つめてくる。

「いいのか？」

「はい」

ロザリーはにこっと微笑むと「少々お待ちくださいね」と夜着の前ボタンに手をかけた。

シルク素材のワンピースタイプの夜着を、スルリと肩から落とす。胸元のボタンだけ外したので、腰のあたりで引っかかりはしたものの、人よりも大きく育った胸の膨らみが惜しげもなく露になった。

白く滑らかな肌に、紅色に色づいた胸の先端。

そこは先ほどの刺激で、ほんのり勃ち上がっていた。

剥き出しの胸に、男の視線を焦げそうなほど感じる。

「すごい……」

興奮を隠せない様子で、ジョスリアンがつぶやいた。

表情に、目に見えて情欲が浮かんでいる。金色の目も、酩酊しているかのようにうつろだった。

直に胸を見せただけでそんなにも興奮してくれるなんて、女冥利に尽きる。

(童貞、悪くないかも)

「まるで女神のようだ……」

「そんな、大げさですわ」

女神どころか、悪役令嬢ですから！

そんなツッコミをするわけにもいかず、苦笑いを浮かべるにとどめる。

「大げさではない。俺には女神のように見える。これまで、血生臭いものばかり見てきたからな。君の体はこの世の何よりも美しい」

ジョスリアンはなおも、ロザリーの体を賛美した。

ジョスリアンの言葉には嘘がない。

嘘という概念すら持ち合わせていないような人だから、素直に心に響くのだ。

「触れてもいいか？」

「はい、どうぞ」

こんな状況になってもなお遠慮がちに許可を求めてくる彼は、やはり紳士だった。

ジョスリアンの大きな手のひらが、膨らみの下に添えられた。

両手で、もにゅっと揉み上げられる。

「吸いつくように滑らかな肌だ……」

自分の手の動きに合わせて形を変える白い柔肉を、恍惚として見つめるジョスリアン。

手のひらはやがて、胸全体を包み込んでいった。

少し強めに、ゆっくりと揉みしだかれる。

「……ん」

布を挟んでいるのと直に触れられるのとでは、拾う感度の大きさが違う。裸の上半身を見られているという羞恥心も刺激となって、ロザリーは体が熱を帯びていくのにじっと耐えた。

「先の色も美しいな。芽吹く前の蕾のようだ……」

存在を主張し始めた胸の先に、熱い視線が注がれた。

感触を確かめるように、そうっと指先でつつかれる。胸を揉まれるのとは違う、ピリリとした刺激が体の奥に伝わり、ロザリーは身悶えた。

「ん……っ」

「痛いのか？」

ジョスリアンが、心配そうに聞いてくる。

「いえ、そうではなくて……」

呆れるほど鈍感な彼を恨めしく思いながら、唇を食み、真っ赤な顔でじっと見つめた。

ロザリーのその視線でようやく気づいたのか、ジョスリアンが金色の瞳を揺らめかす。

「気持ちいいのか？」

ロザリーは、赤らんだ顔のままこくこくとうなずいた。

「そうか、気持ちよかったんだな……」

ボソリとつぶやくジョスリアン。

伝染したように、彼の顔も赤く染まっていく。

そういえばエドガーは、胸に触れる際、ロザリーが恥じらえば恥じらうほど喜んでいたっけ。

勝気な女が急に弱々しくなるギャップがたまらないそうだ。彼らしい、歪んだ性癖である。

思い出したくもない過去が脳裏をよぎり、ロザリーは眉根を寄せた。

その瞬間、両胸の先端をぎゅっと摘まれる。

「あ……っ！」

ビクンと背筋がのけぞると同時に、過去の男のことは頭の中から消えていた。

そのままジョスリアンは、硬質な指先で、ロザリーの両乳首をスリスリと擦り始めた。

押し黙ってはいるものの、激しく上下している胸板から、彼が興奮を必死に抑えているのが伝わってくる。

「んぁ……っ！」

乳首だけをひたすら擦られると、よりいっそうの刺激が、細い電流のように体の奥へと突き抜けていく。

ジョスリアンはその後も、ロザリーの様子を確認しながら、乳首を擦ったり、軽く引っ張ったり、人差し指で弾いたりと、さまざまな触れ方を試してきた。

ロザリーが快感に戸惑ってかぶりを振ったり、吐息を震えさせたりするたびに、動きが大胆になっていく。

ロザリーの体が高みに昇っているのを、彼も感じ取ってくれているようだ。

紅色の先端はこれ以上ないほどツンと尖り、誘うように艶を帯びていった。

「硬くなってきた……」

うつろな顔で急くように呼吸をしているジョスリアンは、限界に近づきつつあるようだ。

「こんなにコリコリさせて……。そんなにいいのか？」

濡れた吐息が耳朶をかすめ、下腹部がまたとろりと潤った。

見つめた彼の金色の目は、熱く溶けきっている。

猟奇的に見えたり、子供みたいに無垢だったりしたあの目が、いつの間にか、女を捕食しようとしている男の目に変わっていた。

ロザリーの直感が恐怖を拾い、無意識に逃れようと体を引く。

すると、片方の胸をむぎゅっと握られ、動きを阻止された。

「おいしそうだ。舐めてもいいか？」

「そんなことまで——」

聞かないで、と答える前に、突き出された胸の先端をぱくりと食まれた。

夢中になって乳首を吸われる。

「あぁっ、そんなふうにしたら……っ」

ロザリーの喉から、悲鳴に似た嬌声が漏れる。

ジョスリアンはちゅうちゅうと乳首を吸い上げながら、甘い声を漏らすロザリーをとろけた目で眺めていた。ちゅぽんと胸の先から唇が離される刺激にさえ、腰がわななくのを止められない。

「あぁんっ」

「ああ、いい声だな。もっと聞いていたい……」

彼の肉厚な舌が、乳首に当てられた。尖り切った形を確かめるように、ゆっくりと舌先を動かされる。

ジョスリアンは、ロザリーの胸の先を丹念に刺激しながら、ますます息を荒くした。

彼の片手がもぞもぞと動き、こらえきれないというように、自ら下衣をずり落とす。

飛び出した赤黒い怒張を、乳首を舐めしゃぶりながら自らしごき始めた。

「ハァハァ……、ロザリー……」

盛った獣のように、胸の先に吸いつき、ロザリーの前で自慰行為を始めるジョスリアン。

チラリと見えた怒張に、ロザリーは目を疑った。

(え……？　嘘みたいに立派だわ)

閨(ねや)教育の際に見た張り型とは、比較にならないほど大きい。

思わず息を止めると、「うっ」と彼が呻き声を漏らし、背筋をぶるりと震わせた。

白濁した液が、ロザリーの胸元まで勢いよく飛んでくる。早くも終わりを迎えてしまったらしい。

「すまない……」

心なしか恥ずかしそうに目を伏せるジョスリアン。

早く射精してしまったことに対してか、ロザリーの胸元を汚してしまったことに対してか、よく分からない謝罪だった。

「大丈夫ですよ。心配しないで」

ロザリーは起き上がり、彼が安心できるように微笑んでみせる。

だが質量をまったく失っていない怒張が再び目に入った瞬間、言葉を失った。

ロザリーの視線に気づいたジョスリアンが、ますます恥ずかしそうにする。

「すまない、まだ収まりそうにない」

どうやら先ほどの謝罪は、精力が有り余っていることに対するものだったらしい。

巷(ちまた)では死刑執行人として恐れられているのに、今ここにいるのは、思春期真っ只中の少年のようにウブな男だった。

放っておけない気持ちが込み上げ、ロザリーは腰に引っかかっていた夜着をするりと床に落とす。生まれたままの姿になると、未だ臨戦態勢の怒張を豊かな膨らみで包み込んだ。

「こういうのはどうですか？」

「な……っ！」

ジョスリアンが、魂を抜かれたような顔をしている。

ロザリーは乳房を上下に揺らし、張りつめた彼の雄に刺激を与え始めた。

(たしか、閨の教本でこういう技を見たのよね。今までは、こんな破廉恥なこと絶対にできないって思ってたけど)

それが不思議と、ためらうことなく体が動いていた。ぎこちないジョスリアンを見ていると、どうにかしてあげたい気持ちが込み上げ、止まらなくなったのだ。

ジョスリアンの口から、すぐに断続的な吐息が漏れ始める。

「気持ちいいですか？」

「あ、ああ。気持ちいい……」

白い乳房の間から見え隠れしている、赤黒い彼の亀頭。先端からは透明な先走りの液が、ダラダラとしたたっていた。

「すごい光景だ。俺は、夢を見ているのか……？」

ロザリーの痴態を見つめるジョスリアンの目つきが、どろりととろける。額に汗をにじませ、初めての快楽に悶えている彼は、匂い立つような色気を霧散していた。

ふたつの柔肉で、よりいっそう、彼の昂ぶりを丁寧にしごき上げる。

「ああ、もう……」

彼が苦しげに顔を歪めた。

あっと思ったときにはもう、ロザリーの鎖骨のあたりに白濁がパタパタと落ちていた。

自分の精液にまみれたロザリーをぼうっと眺めたあとで、彼がまた申し訳なさそうにうなだれる。

「すまない、まだ鎮まりそうにない」

(ええっ、まだなの……!?)

彼の言うように、そこは未だガチガチだ。

なかなか収まらない欲望を自分でもどうしたらいいか分からないのか、ジョスリアンが狼狽えている。そして助けを求めるように、チラリと上目遣いで見てきた。

だがかわいくない昂ぶりを前にそんな迷い犬のような仕草をされても、ロザリーとしても、どうしたらいいのか分からない。

先ほどは勢い余ってあんな乳技を披露してしまったが、あれが限界だ。

なにせこちらだって、立派な処女なのだから。

「ええと……」

もじもじしながら顔を逸らすと、ジョスリアンが、ロザリーの頬に触れてきた。やや強引に、彼の方を向かされる。

そこには、色欲の限界を超えた男の顔があった。整った眉が苦しげに歪み、吐く息も震えている。

救いを乞うような目に魅せられているうちに、頬にあった彼の手が、ロザリーの首筋から脇腹へと流れていく。大きな手に腰を撫で回されたあとで、今度は尻を揉まれた。

そのままジョスリアンは、本能に従うように、ロザリーの体を無作為にまさぐり始める。

肌をすべる手のひらの熱さに、全身が溶かされていくようだ。

体の奥が煮立ったようになり、「はぁん……」と甘い吐息を漏らしたロザリーの首筋に、ジョスリアンが優しく口づけた。太ももを撫で上げた大きな手が、内股を這っていく。

ちゅく、とその場所から音がした。彼の目が見開かれる。

ジョスリアンは早急にロザリーの両足を開くと、股間にじっとりと視線を注いだ。

ロザリーはかあっと顔を赤くする。

そこがはしたないことになっているのには、大分前から気づいていた。

「濡れている……」

薄闇に、ため息に似た声が落ちる。

恥ずかしさのあまり、ロザリーは顔を両手で覆った。

「そんなところ、見ないでください……！」

「見れば見るほど、トロトロとあふれているぞ」

「やだ、説明しないで……」

ロザリーは顔を手で覆ったまま、ふるふるとかぶりを振った。

「こんなにしたたって、もったいない。ここも、余すところなく俺のものなのに」

にわかに、ジョスリアンが身をかがめた。

ロザリーの思考が追いつく間もなく、ぬめりとした感触がその場所に落ちる。

肉厚な舌が、あふれる蜜を丹念に舐め取っていく。蜜口の中までずっぽりと侵入してきて、未知の刺激に、ロザリーは腰をひくつかせた。

「やぁっ、そこは……っ！」

「なんて甘いんだ……。まるで糖蜜のようだ」

ジョスリアンはうっとりとつぶやくと、手の甲で唇を拭いながら顔を上げた。

顔を真っ赤にして震えているロザリーと目が合うなり、金色の目にますます情欲がともる。

急くようにして、ロザリーの太ももをさらに大きく開くと、今度は女陰に勢いよくむしゃぶりついてきた。

音を立てながら、愛液を啜られる。一滴も漏らすまいとでもいうように、余すところなくピチャピチャと舐め取られた。

「あぁぁっ……っ！」

上部の突起に彼の舌が触れたとき、ロザリーはひときわ甲高い嬌声を上げた。

「ここがいいのか？　ああ、いっぱい出てきた……」

早くも勘づかれ、今度は執拗にそこばかりを舌でつつかれる。

いたいけな蕾はすぐに硬くしこり、赤く熟れ、よりいっそう敏感になっていく。濃厚な愛撫による強烈な刺激から、ロザリーはとっさに逃げたくなったが、両足を固定している鍛え抜かれた腕に敵うはずもなかった。

「ん、や、あぁ……っ！」

さんざんねぶられたそこを強めに吸われたとき、これまでにないほど腰が跳ねた。

ピリピリとした緊張が全身を駆け巡り、末端へと抜けていく。目の前に白い火花が無数に弾けた。

「んんっ、あぁぁ……っ!!」

視界がすべて真っ白に染まり、洪水のごとくあふれ出た愛液が内股をしとどに濡らす。

興奮を滾らせたジョスリアンの顔が視界に入った直後、ロザリーは意識を手放した。

＊＊＊

彼女の痴態に脳が飽和したようになり、触れてもいないのに、ジョスリアンのそこはまた勢いよく精液を飛ばしていた。

ロザリーは全身を小刻みに震わせたあと、ガクンと動かなくなる。

(まさか、死んだのか?)

慌てて彼女の首筋に指先を当てる。脈動を感じて、ホッと胸を撫で下ろした。

よく見ると、胸も規則正しく上下している。どうやら眠っているだけのようだ。

ジョスリアンはひと息つくと、横たわる彼女を改めて眺め回した。

一糸纏わぬ姿の彼女は今、ジョスリアンの吐き出した精にまみれている。

三度吐精した自身はようやく鎮まったようだが、彼女のあられもない姿を眺めているうちに、またぐっとくるものがあった。

(これではキリがない)

ジョスリアンはどうにか平常心を取り戻すと、ロザリーを横抱きにし、備え付けの浴室に連れていく。バスタブにそっと寝かせ、丹念に体を洗った。

泡をつけた手で彼女の体をまさぐっているうちに、昂ぶりがまたぶり返す。

どうにもこらえ切れなくなり、仕方なく、目の前の彼女の裸体をオカズにして自身を慰め、また吐き出した。

罪悪感を覚えつつ、手早く彼女の体を洗ってタオルで拭う。ベッドに連れ戻し、脱ぎ捨てられていた夜着を着せ直しているうちに、また勃起していた。

「はあぁ……」

ジョスリアンはため息をつくと、ひとりで浴室に戻り、自己処理を終える。

彼女をこの屋敷に連れ込んでから、すぐに反応するようになってしまったそこは、これでようやく大人しくなったようだ。

スヤスヤと眠る彼女の隣に身を横たえ、その柔らかなピンク色の髪を指先で撫でた。

強気な印象を与える顔立ちだが、眠ってしまえば少女のようにあどけない。

彼女の寝顔を見ていると、心がホッと和んだ。一方で戸惑いも感じる。

(性欲などとは無縁の人生だったのに、俺はいったいどうしたというのだ)

貧しい庶子ではあったが、王家に引き取られたあと、ジョスリアンはそれ相応の教育を受けた。だから、何をどうやって人間が子を宿すのかも分かっている。

とはいえ、これまで女を抱きたいと思ったことはなかった。

女の裸を目にしたことはあるが、性的興奮など覚えたためしがない。ジョスリアンの頭脳は、たとえ女の裸であろうと、人体としてしか認識できなかった。骨格標本や人体解剖図を見たときと、同じ感覚である。

そう思っていたのに。

『こ、この体、全部あなたのものにしていいから！　だから、どうか命だけは奪わないでっ！』

処刑場で彼女の裸の胸を目にしたとたん、頭の中に轟々と嵐が吹き荒れた。

硬い鎧の下で、自身の雄があっという間に反応したのを覚えている。

――揉みたい、舐めたい、自分のものにしたい。

そんな欲求が胸の奥底から突き上げ、斧を振り上げた手とは反対の手で、彼女の首の裏をトンと打っていた。

意識を奪ったロザリーを自分の屋敷に連れ帰る途中で、ジョスリアンは思い出した。

――そうだ。俺は、彼女を子供の頃から知っていた。

少女だった彼女は、王宮の図書室で、いつも懸命に勉強に励んでいた。分厚い本を一心不乱に読んだり、何百回も詩を唱えたり、ひとりでダンスのステップを繰り返したり。

ジョスリアンは、そんな彼女をいつも窓から見ていた。

彼女は侍女が迎えに来ると、先ほどまで必死だったのが嘘のように、決まってツンとする。

人前では決して弱みを見せないのに、陰で懸命に努力している彼女は、自分と同じく孤独なのだと思った。

彼女を眺めている時間だけが、ジョスリアンの癒しのひとときだった。

一度だけ、窓越しに目が合ったことがある。

猫に似た紫色の瞳が自分に向けられた瞬間、時間が止まったようになり、恋心を自覚した。

それなのに彼女への想いは、いつしかジョスリアンの頭の中から消えていた。

少女の頃の彼女の姿が封印され、敬愛する兄の婚約者としか把握できなくなっていたのだ。

(好きな子のことを忘れていたとは、俺の頭の中はいったいどうなっているのだ)

「ん……」

ロザリーが寝返りを打ち、身を寄せてきた。

ジョスリアンの肩に額をつけるようにして、またスースーと寝息を立てる。

まるで猫のような気まぐれな仕草に、ジョスリアンの心がほころんだ。

(かわいいな……)

よみがえった彼女への想いは、淡い恋心を優に超えている。

この先一生、隣で彼女の笑顔を見ていたい――そんな願望を抱いているものの、兄の指令を無視して彼女を囲い込んだことは、いつかバレてしまうだろう。

兄はおそらく、ジョスリアンからロザリーを奪う。処刑を言い渡したくらいだから、殺す可能性だってある。

そうなったら自分がどう出るか、自分でも分からない。

この世の何よりも慕う兄の頭を、斧で叩き割りたい衝動に駆られる。

彼女の美しい体に、婚約者だった兄が触れたかもしれないと考えると、なおさらだった。

(兄上は俺のすべてだ。それなのに、俺は何を考えている?)

自分の心境の変化に、ジョスリアンは戸惑わずにはいられなかった。

第三章 ロザリーの才能

朝の光の中で、ロザリーは目を覚ました。

いつの間にか、きっちり夜着を着てベッドに横になっている。

ボタンがひとつ掛け違えているから、おそらくジョスリアンが着せてくれたのだろう。精液まみれだったはずの体も、さっぱりとしていた。

昨夜気を遣(や)って、そのまま眠ってしまったところを、彼がきれいにしてくれたらしい。

(まさか、あんなことまでされるなんて)

ちょっとだけ癒すつもりが、かなりのところまで踏み込んでしまった。

とはいえ、これは裸の胸を晒(さら)したロザリーが悪い。

だが、後悔はしていなかった。そんなことよりも。

(……ものすごいものを見てしまったわ)

出しても出しても萎(な)えない棒。

前世で見た、倒れても倒れても起き上がるあの古風な玩具のような。

「起き上がりこぼし……だったっけ?」

「なんですか、おきあがりこぶしって?」

ソフィーが赤いおさげを揺らしながら、ひょこっと顔を覗き込んでくる。

ロザリーは「わっ！」と肩を跳ね上げた。

「ソフィー、いたの？」

「今来たところです。少し前に、ジョスリアン様はご自分のお部屋に戻られましたよ。いつもより大事にロザリー様を扱うよう、私に言付けて」

むふふ、と口をにんまりさせているソフィーは、ロザリーとジョスリアンが体の関係を持ったと勘違いしているようだ。

あれは彼の心を癒すためにしたことであり、最後までは致していない――そう伝えたくとも、情事のあと感満載の敷布が目に入り、ロザリーはかあっと顔を赤くした。伝えたところで言い訳がましくなるだろうと考え、あきらめる。

身支度を終えて食堂に行くと、ジョスリアンはすでに席についていた。

朝の鍛練後なのか、羽織ったただけのシャツから、汗で濡れた胸板が覗いている。毎度、ガン見せずにはいられない見事な胸筋だ。

目のやり場に困って、ロザリーは視線を外しながら、自分の定位置である彼の隣に座った。

「おはようございます、ジョスリアン様」

「ああ。よく寝れたか？」

「はい、ぐっすりと」

「そうか、それはよかった。昨夜は疲れただろう」

言ったあとで、みるみる顔を赤くするジョスリアン。分かりやすく、昨夜のあれやこれやが頭の中によみがえっている表情をしている。

そんな主に、アルフレッドを筆頭とした、周りにいる使用人たちが温かな眼差しを送っていた。

『祝！　ジョスリアン様、脱童貞！』ムードが露骨に流れている。

いや、実際は童貞のままなのだけれど……。

（ジョスリアン様は、本当に皆に愛されているのね）

ふと、実家を思い出した。

城では冷遇されていたロザリーだが、実家のフォートリエ公爵家では両親に愛され、使用人にも好かれ、毎日幸せだった。実家の人たちも、この屋敷の人たちのように、善人ばかりなのだ。

（お父様とお母様はどうされているかしら？　私が死んだと思って、悲しんでいるんじゃないかしら？　だったら気の毒だわ）

運ばれてきた朝食に、手がつかなくなる。

両親のことは、ずっと気がかりだった。

「どうした？　食欲がないのか？」

ジョスリアンが聞いてくる。

「……あの、ジョスリアン様。実家に、手紙を書いてもいいでしょうか？　私が無事だということだけでも知らせたいのです」

両親に手紙を書くことは、ジョスリアンにとってはリスクしかない。ロザリーが生きているとどこかから漏れたら、彼が罰せられるかもしれないからだ。

それなのに、ジョスリアンはふたつ返事で了承してくれた。

「分かった。では、あとで手紙を書くのに必要なものを部屋に持っていこう」

「本当ですか？　ありがとうございます！」

　パアッと輝くように微笑んだロザリーを、うっとりと見つめるジョスリアン。

　そんなジョスリアンを、使用人たちはやはりにこにこ笑顔で見守っている。

　朝食の終わり頃、いつもの時間がやってきた。

　皿に残されたひとかけらの人参とジョスリアンが対峙する、この屋敷ならではのひとときである。

　人参は、今日はクマの形に飾り切りされていた。

「ジョスリアン様のために、シェフに頼んで、人参をかわいくしてみました」

　アルフレッドが誇らしげに言う。

「ああ、かわいいな……」

　まったく感情のこもっていない声で答えるジョスリアン。

「ジョスリアン様、頑張ってください！」

「がんばーれ！　がんばーれ！」

　いつものように、使用人たちのエールが飛んできた。ぐ、とジョスリアンは歯を食いしばり、皿の上のクマ型人参を睨んでいる。

　額には汗がにじみ、目もバキバキになりかけていた。

（お優しい方だから、みんなの期待に応えたいのね。だけどどうしても食べられなくて困っているのだわ）

　ロザリーは、ジョスリアンがかわいそうになってきた。

自分に何かできないかと考え、そうだわ、と閃く。

思い切って身を乗り出した。

「失礼します」

ジョスリアンのフォークを借りて、クマ型人参に刺す。

それからドレスの襟ぐりを下げ、ジョスリアンに胸の谷間を見せつけながら、「あーん」とクマ型人参を彼の口元に持っていった。

(ジョスリアン様は、私の胸が大好きだから)

昨日もオカズにして自慰行為をしていたようなので、うぬぼれではないだろう。

案の定、ロザリーの胸の谷間に釘付けになったジョスリアンの口が、あんぐりと開く。

その隙に人参を放り込むと、彼は呆然としたまま咀嚼して、あっという間にごくりと飲み込んでしまった。

「おおおおおっ!!」

「ジョスリアン様が、人参を召し上がったわ!!」

使用人たちが、わっと歓声を上げる。

「人参が食べれる男の人って、素敵ですわ」

拍手喝采が湧き起こる中、ロザリーがにっこりととびきりの笑顔を見せると、ジョスリアンは耳まで顔を赤くした。

「……おかわりを」

コホンとひとつ咳ばらいをしたあとで、背後にいるアルフレッドにきりりと告げる。

「おかわりですって！　あの人参嫌いのジョスリアン様が！」

「ロザリー様はやっぱり女神だわ！」

きゃぴきゃぴと、メイドたちが盛り上がりながらロザリーを褒め称えた。

その後ジョスリアンは、ロザリーの『あーん』で、立て続けに五かけらも人参をおかわりしたのだった。


朝食後、ロザリーが部屋でまったりしていると、ジョスリアンが約束どおり便箋と封筒を持ってきた。使用人に頼むと思っていたので、ロザリーは驚く。

「わざわざ申し訳ございません」

「たいしたことではない。今日は仕事もないからな」

ロザリーは、さっそく両親に宛てて手紙を書いた。

死刑になったが運よく生きていること。

とある屋敷に匿ってもらっていること。

元気だから心配しないでほしいということ。

「きれいな字だ」

近くの椅子に座り、ロザリーが手紙を書くのを見守っていたジョスリアンが、感心したように言う。

「そうやって机に向かう君を見ていると、懐かしい気持ちになる」

ジョスリアンのその言葉に引っかかりを覚え、ロザリーは顔を上げた。

「前にどこかでお会いしたことが？」

「あ、いや」

ジョスリアンが、気まずそうに視線を泳がせる。

それから、どこか寂しげに微笑んだ。

「君に手紙を書いてもらえる両親がうらやましい。俺は手紙をもらったことがないからな」

「え、そうなのですか？」

「ああ、書いたこともない」

「………」

ロザリーは切ない気持ちになった。

エドガーの影として生きるジョスリアンの孤独は計り知れない。

常に鎧（よろい）に身を包み、罪人を処理し、オーガを討伐する毎日。王子なのに城からは追い出され、兄はあのとおりのクズ。使用人たちに愛されていることだけが、唯一の救いだ。

「俺は化け物だからな。そんな資格がないことも承知している」

ポツリとそんなことを言われた。

「何をおっしゃっているのです？　醜くないって言いましたよね？」

ロザリーは思わず語気を強め、ジョスリアンにつっかかる。

「ああ、もう醜くはないと思っている。君がそう言ったからな。だが、化け物であることに変わりない」

『醜い』と『化け物』の何が違うのか。

「……エドガー様が、あなたにそんなふうに言ったのですか？」

問うと、ジョスリアンは何も答えずに目を伏せただけだった。

(やっぱりそうなのね。あんにゃろめ……！)

今すぐ城に乗り込んで、エドガーに『あなたの方がよほど化け物よ！』と罵ってやりたい。

怒りの気持ちに引っ張られるように、ロザリーは立ち上がると、向かい合うようにしてジョスリアンの膝の上に腰を下ろした。

突然のスキンシップに狼狽えている彼の唇に、迷わず自分の唇を重ねる。

彼の唇は、熱くて柔らかかった。

そういえば昨日はあんなことまでしておきながら、キスはまだだった。

しばらくしてからそっと唇を離すと、ジョスリアンの顔は火がついたように真っ赤になっていた。

「私、化け物にはこんなことはしません」

にっこりと微笑むと、ジョスリアンの喉仏がごくりと動く。

「そ、そうか……」

うれしそうな顔で、先ほどの感触を確かめるように、自分の唇に触れるジョスリアン。

おそらく、ファーストキスなのだろう。ちなみにロザリーも初めてだった。エドガーは体は求めてもキスは求めてこない、そういう男だった。

ふと、ロザリーのお尻のあたりにゴリッと何かが当たる。

「あ……、ごめんなさい。またあなたをこんなにして」

一回こうなったらなかなか鎮まらないのに、反応させてしまった責任は重い。

おずおずと彼の股間に視線を落とす。

「気にするな。そこは先ほどからずっとそうなっていた。今に始まったことじゃない」

「先ほどからって……いつからですか？」

「君に人参を食べさせてもらったときからだ」

（えっ、食堂からずっとこの状態だったってこと？）

誰かに見られてない？とドギマギしていると、目の前が陰って、ちゅっと唇にキスが降ってきた。うれしげに、何度もちゅ、ちゅ、と口づけられる。

よほどキスが気に入ったらしい。

ロザリーは彼の背中に手を回し、されるがまま、つたないキスに応えた。

子供のようなじゃれ合いが心地いい。

――と思えたのはほんのひとときだった。

ハァ、とジョスリアンが熱いため息をついたのをきっかけに、キスが深くなっていく。唇を何度も食まれ、誘われるように開いた隙間から舌が侵入してきた。口腔内をぬめぬめと蹂躙される。

「ん……」

粘膜をねぶられるぞわぞわとした感覚と息苦しさで頭の中がぼうっとし、ロザリーは次第に何も考えられなくなっていく。激しいキスに生気を吸い取られ、体がくったりとしてきた。

ジョスリアンは口づけを繰り返しながら、ますます昂ぶった己を、ぐりぐりとロザリーの股に押しつけてくる。

「あぁ……っ！」

ジョスリアンの灼熱が、ドロワーズ越しに敏感な箇所に執拗に当たり、腰が砕けたようになった。口の中とそこを同時に刺激され、とろんとした表情を浮かべるロザリーを、ジョスリアンは陶酔したように見つめている。

「ああ、ロザリー……」

泣き声に似た声でロザリーを呼ぶと、ジョスリアンは腰を動かしながら、今度は胸の谷間に顔を埋めた。服の上から指先でスリスリと胸の尖りをいたぶられると、ますます腰がぐずぐずになっていく。

降って湧いた情欲を持て余し、無意識にジョスリアンの雄に、疼いて仕方がないその部分を擦りつけていた。

それを合図としたように、ジョスリアンがロザリーの耳元に囁きかける。

「ここに、触れてもいいか?」

低くて、甘い声だった。

ドロワーズ越しに、トン、と優しくその場所をつつかれる。

ロザリーは真っ赤になりながら、こくこくとうなずいた。

ジョスリアンはドレスのスカートの中に手を入れると、ドロワーズをずり下げる。伸びてきた指先が、遠慮がちに花弁の間を撫でた。

「ああ、すごい……」

そこはすでに、滴るほど濡れていた。

熱い息を吐きながら、ぎこちなく指を滑らすジョスリアン。

そろりと蜜口に触れられる。

「ここが、子を宿す場所か……」

ひとりごとのように、ジョスリアンがつぶやいた。

情欲に満ちた金色の目と、間近で視線が合う。

その瞬間、蜜壺にわずかに指が入り、ロザリーは身を震わせる。

「んぁ……」

「痛くないか？」

「……痛くは、ありません」

こちらの様子を注意深く観察しながら事を進めるジョスリアンは、やはり優しい人だ。

ロザリーの返事に勇気を得たのだろう。ジョスリアンが、よりいっそう奥に指を進めた。

節くれだった男らしい指に、中をぐちゅりと擦られる。これまでとは違う直接的な快楽が、子宮にズンと響いた。

「んんっ……！」

まだ午前中のため、廊下から使用人たちの足音が聞こえる。ロザリーは、漏れ出る嬌声(きょうせい)を抑えるのに必死だった。

そんなロザリーの頬(ほお)に、ジョスリアンはあやすようなキスをすると、自分のシャツの肩口を摘まみ上げる。

「声を抑えたいなら、ここを噛(か)むといい」

「でも、そんなとこ……」

「本当は首に噛みつかれたいが、君は嫌だろう」

言いながら指の動きを速められ、ロザリーは「はぁん……っ」とのけぞった。

どうにも声を止められなくなり、彼に言われるがまま、遠慮がちにシャツに歯を立てる。

彼の指の動きが、上下するものから、膣壁の一点を突くようなものに変わっていった。

「こういうのも、いいのか？」

「……っ！」

尿意すれすれの快楽がそこから伝わり、羞恥と恐怖がないまぜになって、ロザリーを高みへと押し上げていく。

「んんん……っ」

遠慮することを忘れて彼のシャツの肩口を食み、背中にしがみつきながら、ロザリーは激しく腰をわななかせて昇り詰めた。ジョスリアンは色欲に溺れた目で、果てるロザリーをつぶさに観察している。

「はぁ……。君がかわいくておかしくなりそうだ……」

名残惜しそうに指を引き抜かれた。

彼の下衣の中心が、はち切れんばかりに布を押し上げている。見るからに苦しそうだ。

「あの……、私も、しましょうか？」

息をつきながら聞いてみたが、彼は頑なに首を振る。

「いや、これ以上無理をさせたくない」

「でも……それはそのままでも平気なのですか？」

うっ、とジョスリアンが思い詰めた顔をする。

「……浴室を借りてもいいか？」

「はい、どうぞ」

いいも何も、そもそもここは彼の屋敷である。

ロザリーの許可を得るなり、ジョスリアンがそそくさと浴室に消えていく。

そのまま彼は、小一時間、そこから出てこなかった。きっと、一回では済まなかったのだろう。

(なんだか大変そう)

ロザリーは、ジョスリアンの特異体質にしみじみ同情した。


父から返信が届いたのは、四日後のことだった。

応接室にて、アルフレッドに手紙を渡される。

《離塔に幽閉処分と聞いていたが、処刑場に送られたとはどういうことだ？　とにかく親切な御仁に助けられたようでよかった！　先日、エドガー殿下から、事が落ち着いたら妾としてお前を迎えたいと相談され、身勝手さに怒り狂っていたところだ。正気の沙汰とは思えない！　あのぼんくら王太子め、ギッタンギッタンにしてやる!!》

内容は、要約するとこんな感じだった。

ぎっしり隙間なくしたためられていることから、今にも噴火しそうな父の怒りを感じる。

父は、目に入れても痛くないほどロザリーをかわいがっているのだ。

「何と書いてあった？」

向かいのソファーに座っているジョスリアンが聞いてくる。

「お父様は、私が処刑場に送られたことを知らなかったようで、怒っていらっしゃいます。エドガー様が言い渡したのは幽閉処分だったので、私も処刑用の牢獄に連れていかれたときは戸惑いました」

単純に、エドガーの気分が変わったと考えるのが妥当だろう。

だがそれなら、ロザリーを妾にしたいという彼の申し出に矛盾する。死んだ女を妾にしたいと言い出すほど、彼も愚かではないだろう。

（もしかして、私が処刑場に送られたことは、エドガー様も知らなかった？）

そういえば、パーティーのあとで幽閉処分が決まり、離塔に向かっていたとき、途中で馬車を乗り換えた。そこでなぜかボロのワンピースに着替えさせられ、あれよあれよと処刑場に着いていたのだ。

エドガーの意図とは違うところで、何らかの動きがあったのかもしれない。

「ジョスリアン様。私を処刑するよう指示した、エドガー様の書状を見せていただくことはできますか？」

「ああ、構わない」

ジョスリアンが、書状を手にして応接室に戻ってくる。

そこには、たしかにエドガーの印章が押されていた。偽装されないよう綿密な紋様の彫り込まれた、この世にふたつとないものだ。日頃からエドガーの書類仕事を手伝っていたロザリーが、見間違えるはずがない。

この印章は、エドガーの執務室にある鍵付きの引き出しに入れられている。

入室を許可されていたのは、エドガー本人と、彼の側近、婚約者だったロザリー。

そして——。

「リナ……」

——『くしゅん！　ロザリー様の水魔法で、ビショビショになってしまいました！　でも、仲良くなりたくて笑いかけた私が悪いんです！　ロザリー様は悪くないです！』

——『ロザリー様がくれたお酒を飲んでから、気分が悪くなったのです。えっ、毒？　まさか、ロザリー様が……？　そんな、私は仲良くなりたかっただけなのに！』

彼女はことあるごとに嘘をついて、ロザリーを陥れた。

前世の記憶を取り戻す前、生真面目なロザリーは、悪いのはリナとうまくやれなかった自分の方だと思っていた。

だが、そんなわけがない。あの聖女、かなりあざとくて性悪だ。

エドガーを名実ともに手に入れるために、ロザリーを徹底的に排除しようとしたのだろう。幽閉処分では生ぬるいと考え、虚偽の書状を作り、処刑場送りにした線が濃厚だ。

とはいえ今のロザリーは、エドガーを憎んではいるが、リナに関してはそうでもなかった。

エドガーをもらってくれてありがとう！

そして、処刑場でジョスリアンと出会わせてくれてありがとう！

正直、そんなふうに思っている。

（それにしても、【こいよく】の中のリナはいかにもヒロインって感じの優しい子だったのに、どうしてああなった？）

古きよき時代のぶりっ子という雰囲気のリナを思い出しながら、ロザリーは首を傾げた。

＊＊＊

ナサレア城の東棟の廊下を歩きながら、エドガーは胸を弾ませていた。

今日から、リナと寝室をともにすることが決まったのだ。

『体をきれいにして待っていますね。エドガー様と、早くひとつになりたいです』

夕食後、そう告げてきたリナの恥じらう顔が、頭から離れない。

やはりリナは、エドガーに抱かれる覚悟ができているようだ。

あの憎い元婚約者は、胸までは許しても、それ以上は許さなかった。

婚約者という立場ながら、王太子である自分の意向に沿わないとは、今思い出しても腹立たしい。

寝室に行くと、月明かりだけが頼りの暗がりの中、ベッドにリナが座っていた。

薄ピンクのひらひらの夜着を身につけている。お腹と太ももが薄いレース越しに透けて見える、大胆なデザインである。非常によろしい。

「すまない、待たせたか？」

「いいえ、それほど待ってはいません」

隣に座るエドガーを、リナがはにかむように微笑みながら見上げた。

（愛らしい）

湯上りの薔薇(ばら)の香りがする彼女の唇を、我慢できずにすぐ奪う。

女を抱くのは、閨(ねや)教育の際、高級娼館に連れていかれて以来だ。これ以上は待てなかった。

「ん、ふ……」

リナが、鼻から抜けていくような声を出す。それだけのことで、ゾクゾクと興奮が込み上げた。

あの生意気で憎たらしいロザリーでさえ、体に触れたら心地よかったのだ。愛するリナに触れたら天にも昇る気持ちになるのではないか。そんな期待で、胸がはち切れそうだ。

「ああんっ！　エドガーさまぁっ」

リナが、エドガーの背中にガシッと両腕を回し、彼をベッドに押し倒した。月明かりの中、婀娜(あだ)っぽい笑みを浮かべる彼女の姿が浮かび上がる。

そしてエドガーに覆(おお)いかぶさり激しくキスをしてきた。舌を絡めるかなり濃厚なものである。

「む……」

意外と積極的なタイプのようだ。

ドジでおっちょこちょいで、男などまるで知らないような雰囲気だったのに。

想定外の行動だが、自分への愛が暴走しているのだろうと、エドガーは自らを納得させた。

「リナ、愛してる」

「私もです、エドガーさまぁ」

ねちっこいキスに応えながら、右手をそっと彼女の胸元に移動させた。

（あの巨乳に、ついに触れることができる！）

口元が自然とニヤついた。

だが、もにゅっといくはずだった手が、スカッと宙を切る。

（ん……？）

あの乳なら、このあたりで揉めると思ったのに。

興奮のあまり、距離感を誤認したようだ。改めて手を伸ばすと、ようやく柔らかいものに触れた。

だが、もにゅっとはいかない。ふにっといったところか。

「はぁぁ、気持ちいいですぅ」

リナが息を荒らげながら、自ら薄い夜着の紐を解いた。初めて見る彼女の裸に、エドガーは目を疑う。

（あの巨乳はどこに消えた？）

服の上からだとこんもり膨らんでいたのに、大分違う。想像とはかけ離れていた。

――『リナ様の胸、なんか怪しくないですか？』

いつだったか、王宮魔導士長のミシェルが、そう耳打ちしてきたのを思い出す。

仔犬のような顔でいつもニコニコ笑っているだけの、能無し魔導士だ。

愛するリナに向かって無礼な言葉を吐かれ、ムッとしたエドガーは、『このちんちくりんめが』とミシェルをあしらった。

だがどうやら、あのちんちくりんの勘は当たっていたらしい。

（詰めものをしていたということか……？）

三区に、そういったものを売っている店があると聞いたことがある。熟練の技工士の腕が光る一級品で、かなり精度が高く、騙される男が続出して問題になっているとかいないとか。

（……まあいい。愛するリナの胸なんだ。巨乳でなくてもかまわん）

エドガーは、とりあえず揉んでみることにした。

「んふぅっ、はぁんっ」と、リナは大げさなくらいに身悶えしている。

（揉み甲斐がないな。……いや、そんなことを思ってはならん）

どうにも盛り上がれずにいると、彼女がスルリと下方に移動し、上目遣いでエドガーを見上げてきた。

「エドガーさまのムスコさん、見てもいいですかぁ？」

「ムスコさん？」

わけが分からず、首を傾げる。

「俺に息子はいない」

「まったまたぁ！　こっちのムスコのことですよ」

局部を人差し指でツンッとつつかれ、バチッとウインクをされた。

それから、下衣を下着ごとぐいっと下ろされる。

「ぬおっ！」

「あらら、ふにゃふにゃ」

リナが、残念そうな声を出す。

「でも、心配しないでください！　ムスコさん、すぐに元気にしてあげますからね～」

（ムスコさん……。絶妙に萎える呼び方だ）

リナはためらうことなく、エドガーの局部に吸いついてきた。

だがムスコ呼びが頭に引っかかって、そこは一向に芯を持たない。

それどころか、平常時よりもしょんぼりしてしまう始末。

慣れた様子でそこにむしゃぶりつくリナの姿にも、どうにも興ざめしてしまう。

エドガーは恥じらう女に無理やり触れるが好きなのだ。

とりわけいつも強気な元婚約者が、体に触れているときだけ弱々しくなるのはたまらなかった。

「……すまない、今日はもう終わりにしよう」

これ以上は無理だと判断したエドガーは、すごすごと下衣を腰まで上げた。

「疲れが溜まっているようだ。この頃忙しかったからな」

(そうだ、そうに決まっている)

するとリナが、無邪気に言った。

「だいじょうぶです。勃起不全の男の人って、けっこういるみたいですから。きっといい道具がありますよ」

にこにこと屈託のない笑みを浮かべるリナを、エドガーは信じられない気持ちで見つめる。

「ぼっきふぜん……？　いい道具……？」

「はい！　効きそうな道具、見繕ってきてあげましょうか？」

「あ、いや。まだいい……」

ショックで頭の中が真っ白になったエドガーは、愛するリナの顔すらまともに見れなくなっていた。

ぼっきふぜん。

一生出会う予定のなかった不名誉極まりない用語が、頭の中を乱舞している。

(なんてことだ。俺は勃起不全で、道具とやらに頼らないと生きていけないような体になってしまったのか?)

翌日の夜、エドガーは極秘に馬車を出し、高級娼館に向かった。

己の権力で貸し切りにし、片っ端から娼婦を試してみる。

胸の大きい女、スタイルのいい女、顔のいい女、あらゆる性技に精通している女。

結果、どれも勃たなかった。

ショックのあまり、寝込んでしまいそうだ。

だが、ひとつだけ分かったことがある。

元婚約者のロザリーが、類まれなる魅惑的な体の持ち主だったということだ。

あの胸に繰り返し触れたせいで、ほかでは反応しない体になってしまったらしい。

(くそっ、ロザリーのやつめ)

目の前からいなくなってもなおエドガーを侮辱するとは、つくづく忌々しい。

だが、まだ希望はある。

なにせエドガーは、リナを愛しているのだ。

真実の愛はすべてを凌駕する——そう思っている。

(きっと、時間が解決してくれる)

エドガーはどうにか気持ちを切り替えると、夜明けの道を馬車で走り、愛するリナの待つ城へと戻っていった。

＊＊＊

王都ダンバルアの端、二十区にある魔塔は、城のある一区から距離がある。

宰相エルネストは多忙な毎日の中でようやく時間を見つけ、ミシェルとともに魔塔を訪れた。

目的は、魔導士ワーグレに会い、ロザリーの本性を知ること。

彼女は本当に悪女だったのか。その疑念は、ここ数日でますます膨らんでいた。

ロザリーがいなくなってから、宮中の雰囲気が悪化している。ロザリーの威圧感で大人しくしていた貴族令嬢たちが、女同士で露骨な諍いを繰り広げるようになり、家同士の闘争にまで発展しつつあるのだ。

エドガーの業務も、相変わらず滞っていた。そのせいで執務の進行具合が大きく乱れている。そのうえエドガーは、この頃妙にイライラしていた。周囲に当たり散らすことが多くなり、あらゆる部署からひんしゅくの声が届いている。

エルネストは、今でははっきり自覚していた。

(あれは、ろくでもない王太子だ)

国王が甘やかして育てたせいだろう。彼は、自分に瓜ふたつのエドガーをこよなく愛していた。

(ただでさえ、結界問題でこの国の未来が危ぶまれているのに。あんなのがこの国を継ぐなど、世も末だ)

魔塔の中にある螺旋状の階段を上りながら、そんなことを考える。

「あの王太子、最近なんであんなにイライラしてるのかな？　ほんと嫌になるよ」

隣にいるミシェルが、エルネストの頭の中を読んだかのように言った。

「勃たなくなる呪いにかかればいいのに」

笑顔で爆弾発言をするものだから、エルネストはぎょっとした。

「おい、不敬罪で捕まるぞ」

「心配ないよ。誰も聞いてやしない」

平然と言い放つミシェルは、以前エドガーから『ちんちくりん』とバカにされたことを、しつこく根に持っているようだ。かわいい顔をしているが、その実、この男はかなりねちっこい性格をしている。

「それにしても遠かったな。お前、転移魔法が使えないのか？　王宮魔導士長だろ？」

「そんな高難易度の魔法、使えないに決まってるじゃないか。使えたのは、ホワキン前王宮魔導士長くらいだ。無茶言うなよ」

ミシェルが笑う。

「だとしても、転移効果を持つ魔石があると聞いたぞ」

「あんな貴重なもの、これしきのことで使えるわけがないよ。王族以外はめったにお目見えできない特別な魔石なのに。君は頭はいいけど、魔法や魔石のことに関しては疎いな。それはそうと、帰りに十九区に寄っていい？　ホワキン前王宮魔導士長の墓参りに行きたいんだ」

「ああ、構わない」

三年前に逝去したホワキン前王宮魔導士長は、伝説の魔導士として、今でも人々に偲ばれている。もともと表に出たがるタイプではなかったが、晩年は魔塔にこもりきりで、よりいっそう姿を見かけなくなったことをなんとなく思い出した。

木の扉の前で、ミシェルが立ち止まる。

「さあ、着いた。ここがワーグレじいさんのいる特別室だよ」

「特別室？　そういえばワーグレは重要な任務のために魔塔にいると言っていたが、いったい何をしているんだ？」

「それは見てのお楽しみ」

ミシェルが意味深に微笑んだ。

「ワーグレさん、僕ですよ。入るね」

ギイ……とミシェルが扉を開ける。

無数の棚が並んだ狭い室内では、ワーグレと思しきよぼよぼの老人が、机に向かって何やら作業をしていた。落ちくぼんだ目に、しわしわの口もと。こちらにまで振動が伝わりそうなほど、全身がぷるぷるしている。

室内を見渡したエルネストは目を瞠った。

「こ、これは……」

ワーグレのぷるぷる具合に驚いたわけではない。棚という棚に、いかがわしい玩具が大量に並んでいたからだ。

多種多様な張り型や、たぶんあそこにああして振動を伝えるアレ、それから女性の胸をごく自然に大きく見せるという話題の器具まである。

「ワーグレじいさんは性玩具専門の魔道具師なんだ。ワーグレじいさんが作った魔道具はバカ売れで、魔塔と魔法支部の大事な資金源になってる。資金不足のときにこうして作ってもらって、三区の店で売ってるんだよ。王室がケチって、十分な資金をくれないからさ」

皮肉交じりにミシェルが言った。

「イメージが悪くなるから、公には言えないんだけどね。ホワキン前王宮魔導士長がワーグレじいさんを気に入っていたのは、こういう理由からだよ」

棚の一角を見て、エルネストはゴクリと唾を飲む。

(手錠と鞭……！)

思わず手に取りそうになったが、慌ててそうっと視線を外した。

ミシェルがワーグレに声をかける。

「久しぶりだね、ワーグレさん」

「おおう。誰じゃったかの？」

ワーグレがしわがれた声で答えた。

ぷるぷるなのに、細かなパーツを組み合わせている手つきは、驚くほど速くて的確だ。

「やだなーもう、王宮魔導士長のミシェルですよ。いつも同じ会話してるよね？」

あはは、とミシェルが笑う。

「忙しいところ悪いんだけど、この国の宰相様が、ワーグレさんに聞きたいことがあるらしいよ」

「なんじゃ？　玩具が欲しいのか？　ほれ、好きなのを持っていけ」

「えっ、いいのか？　……あ、いや、そうではなく」

コホンとひとつ咳ばらいをして誤魔化すと、エルネストは本題に入った。

「フォートリエ公爵令嬢のロザリー様とあなたが一緒にいるところを、何度か見たことがあるのだが。なぜ一緒にいたんだ？」

ワーグレが、ぴたり、と作業中の手を止めた。

それから、落ちくぼんだ目でじーっとエルネストを見つめる。体のぷるぷるが嘘みたいに止まっていた。

「そんな子、知らんのう。見間違いじゃないかのう」

棒読みでかなり怪しい。

「見間違いなんかじゃない、絶対に。ロザリー様について詳しく知りたいんだ。頼む、教えてくれ」

エルネストは目力を込めて言った。

ワーグレが、やれやれというようにかぶりを振る。

「はあー。だから嘘は苦手だと言ったんじゃ。ロザリーちゃんに口止めされとったが、降参じゃ。魔道具の作り方を教えておったのじゃよ」

「魔道具って……ここにあるような魔道具か？」

あらぬ想像をして、エルネストは顔を赤くした。

「いんや、あの子に教えたのは魔道具作りの基礎だけじゃ。なんでも、両親の寝室からわしの作った魔道具を見つけたらしくての。精巧な動きに感動したらしく、ルートを辿って、弟子にしてくれと頼み込んできたのじゃ」

（なんだ、そのトラウマになりそうなエピソードは）

　エルネストは複雑な気持ちになる。

「たしか、ここにロザリーちゃんの開発した魔道具〝魔強の鏡〟があったはずじゃが」

　ワーグレが、ぷるぷるの手で棚の引き出しを開ける。

　取り出したのは、女性の手のひらほどの大きさの、ピンク色をした丸い鏡だった。

「どういう魔道具なのですか？　暗いところでも見える鏡とか？　それとも、実物よりかわいく映る鏡とかかな」

　ミシェルが、にこにこと話に加わってくる。

「魔力を百倍にする鏡じゃよ」

「な……っ！」「レベルたかっ！」

　エルネストとミシェルの驚いた声が重なった。

「あの子は、かなりの努力家なんじゃ」

　ワーグレが、しみじみと言う。

「もともと、魔道具作りに必要な魔術式を編む才能はあった。基礎の習得が、かなり早かったからの。じゃが天才と呼んでもいいくらいにすいすい魔術式を編めるようになったのは、彼女が日々努力をしたおかげじゃ。そして、長い年月をかけて、この〝魔強の鏡〟を完成させたんじゃよ」

　エルネストは言葉を失った。

　エルネストの知っているロザリーのイメージとは違ったからだ。

彼女は、何もせずとも美しくて賢く、いつも高いところから他人を見下しているような女性だと思っていた。〝魔強の鏡〟をまじまじと眺めているうちに、ハッとする。

「まさかこの鏡。あのときロザリー様が持っていた鏡では……」

「あのときって？」

ミシェルが首を傾げる。

「エドガー殿下が落馬して、怪我の治療に当たっていたときのことだ。リナ様が必死に治癒魔法を使っている隣で、ロザリー様が呑気に鏡なんぞ眺めていたものだから、なんと怠惰な婚約者なのだと非難が殺到したんだ」

「それってつまり、ロザリー様がこっそり〝魔強の鏡〟を使って、リナ様の治癒魔法を強化してたってことだよね？　それは驚きだな。でもこれで、リナ様の魔力が思ったより微弱な理由が分かったよ」

ミシェルが腕を組みながら、納得したようにうなずいた。

再起不能とまで言われたエドガーの怪我を治療したことが決定打となり、王宮内でのリナとロザリーの立場は完全に逆転した。

エドガーを救った優しいリナと、エドガーが苦しんでいるのに何もしなかったロザリー。城中の人間がリナに心酔し、ロザリーを軽蔑した。

「ロザリー様は、どうして〝魔強の鏡〟を使ったことを言わなかったんだ？」

エルネストは頭を抱えた。

自分の手柄を正直に報告すれば、人々から軽蔑されるどころか、称賛を浴びていたはずなのに。

エドガーに婚約破棄もされず、今も隣で彼を支えていただろう。

「簡単なことじゃよ。本当は、しょっぼい風魔法しか使えんのがバレるからじゃ。ロザリーちゃんは魔道具作りの腕はたしかじゃが、魔法の方はからきしダメじゃったからの」

ワーグレが、ホッホッと肩を揺らして笑う。

エルネストは目を見開いた。

「しょぼい風魔法だけだと？　彼女は、大魔法使いだったはずでは？」

「いんや、それは大ボラじゃや。実際のロザリーちゃんの魔法は、スカート捲(めく)りも満足にできんレベルじゃったぞい」

「まさか……〝魔強の鏡〟で、大魔法使いに見せかけていたのか。それなら、リナ様がロザリー様に魔法でいじめられたとさんざん訴えていたのは、なんだったんだ？」

「嘘だろうね。大魔法使いと偽ってるから、ロザリー様も真実を口にできなかったんだろう」

ミシェルが言う。

(なんてことだ。やはりロザリー様は、悪女ではなかったのだ！)

極端に努力家で、極端に不器用。

本当のロザリーを知った今、エルネストは罪悪感で胸が苦しくなった。

すぐにでも彼女の無実を証明し、城に呼び戻したい。

(だがリナ様に骨抜きにされているエドガー殿下が、ロザリー様の冤罪(えんざい)を認めるだろうか？)

無理なように思う。あの王太子は、とことんまでポンコツだから。

どのようにしてロザリーを救うべきか。エルネストが首を捻っている横で、〝魔強の鏡〟を眺めていたミシェルが閃いたように目を輝かせた。

「ねえ、これさ、結界に使えないかな？　威力を百倍にできるんだろ？」

「無理じゃ。魔道具は魔力には効くが、聖力には効かないからの」

ワーグレが、ぷるぷるとかぶりを振った。

「そっか、それは残念ですね。これを使えば、結界の修復に頭を悩ませなくてもよくなるかと期待したけど、そんなに事がうまくいくわけがないか」

「結界の修復じゃと？　新たな聖女様が現れたというのに、お主たちはまだ結界のことで頭を悩ませておるのか？」

「新しい聖女の張った結界は、どんどん脆弱(ぜいじゃく)になってるんですよ。修復が追いつかず、オーガがこの国に大勢なだれ込んでくるのも時間の問題です」

「なんと。新たな聖女様が来て、結界問題は解決したのかと思っておったが」

「ぜんぜんですよ。前の聖女が百年前に張った結界の方が、頑丈だったくらいです」

するとワーグレが、何かを思い出したように席を立った。

のそのそと歩いて本棚に行き、持ち帰って来たのは、一冊のノートである。

赤茶けたなめし皮の表紙で、そこそこの年季が感じられた。

「なんですか、これ？」

ミシェルが問うと、ワーグレはずい、とそれを差し出してきた。

「ホワキン魔導士長が死の間際まで取り組んでおられた、結界に匹敵する魔法包囲網の魔術式じゃ。未完成じゃが、完成すれば、結界問題は解決するじゃろう」

エルネストは息を呑んだ。

結界に匹敵する魔法包囲網。

それはつまり、聖力ではなく魔力で、結界に似たものが作れる奇跡の魔術式だ。聖女の力を借りずとも、魔導士が束になれば築くことができる。

ノートを開いてみる。

一ページ目に記されていたのは、魔術式ではなく殴り書いたような文字だった。

《私は許されないことをした。せめてもの罪滅ぼしに、魔法包囲網の魔術式をこの世に遺す》

（どういう意味だ？）

ホワキンは、いったい何の罪を犯したというのか。

疑問は残るが、ひとまず置いておいて、ページを捲った。

その後は、ひたすら魔術式の羅列が続いていた。魔術式の知識などまったくないエルネストでも、ひと目で複雑だと分かるものである。

ミシェルが口を尖らせた。

「ワーグレさん。こんな貴重なノートがあるの、どうして教えてくれなかったんですか？」

「新たな聖女様が来て、結界はもう頑丈になったと思い込んでおったからの」

すまないのう、とワーグレがぷるぷる頭を掻く。

エルネストは、新たなる希望に胸を膨らませた。

「この魔術式を完成させれば、リナ様の力に頼らなくとも、この国を守れるのだな……！」

「でもめちゃくちゃ複雑だよ。そもそも未完成だ。続きを編める魔導士がいるかどうか」

ミシェルが困ったように言ったあとで、〝魔強の鏡〟に視線を移し、ハッとした顔をする。

おそらく、エルネストと同じ考えに行き着いたのだろう。

——ロザリーなら、この魔術式を完成させられるかもしれない。

＊＊＊

彼女の胸は心地いい。

柔らかく、甘い香りがして、永遠にこのまま顔を埋めていたい。

彼女の胸は、この世でもっとも崇高な存在だ。

眠る彼女の豊かな膨らみに鼻梁を預けながら、ジョスリアンは幸福にひたっていた。

ジョスリアンは、今宵もいつものようにロザリーの部屋を訪れた。

ほんの少し、キスをして。ひょっとしたらほんの少しではなかったかもしれないが。

それから夜着の上から彼女の胸をまさぐった。

だが、それ以上のことはしなかった。いろいろしてしまうと、収まりがつかなくなるからだ。

大事な彼女に、無理はさせたくない。

気づけばロザリーは、ジョスリアンを胸に抱いたまま眠ってしまい、そして今に至る。

「ん……」

眠ったままのロザリーが、ジョスリアンの頭を、ぎゅうっとますます胸に抱き込んだ。

柔肉の弾力に顔が挟まれて、息苦しくも胸が高鳴る。

そのまま、ジョスリアンの黒髪をよしよしと撫でるロザリー。

ジョスリアンは顔を赤らめながらも、素直に彼女へ身を委ねた。

（まるで天国にいるようだ）

あまり刺激されると、先ほどからずっと張りつめているそこが暴走しそうで怖いが、離れたくない。

――『金色の目のきしさま、ありがとうございました』

ふいに、あどけない声が耳によみがえった。

数年前、オーガに襲われていたところを救った、アイラという名の少女の声である。

アイラが住むトパ村は、オーガの谷に隣接しており、かつて奴隷階級だった者が強制的に居住させられていた。オーガが侵入してきた際、村人が犠牲になることで国民を守るという、残酷な目的のためである。

アイラが気がかりで、ジョスリアンはそれから何度もトパ村に行った。そして村の人々に食糧を配ったり、子供たちにお菓子を配ったりした。

どうしてこんなにアイラが気になるのか不思議（ふしぎ）だったが、今なら理解できる。

アイラは、出会った頃のロザリーにどことなく似ているのだ。とりわけ、意志の強そうな眼差しと、ピンク色の髪が。

ロザリーへの想いを忘れていたとはいえ、眠っていた初恋の記憶が、知らず知らずジョスリアンを動かしたのだろう。

貧しい者を盾にして自分たちの身を守ろうとする国策は、あまりにも鬼畜だ。ジョスリアンは前々から強い抵抗感を抱いていた。

聖女リナの結界は、日に日に弱まり、オーガの侵入が相次いでいる。

このままだと、トパ村の住人たちは、ひとり残らずオーガの餌食となるだろう。

どうにかして守ってやりたいと強く思う。

だが兄エドガーが推進している施策であるうえに、政治的な力を持たないジョスリアンには、どうすることもできなかった。

自分の役目はあくまでも、敬愛する兄を陰で支えることなのだから。

――コツコツ。

窓ガラスを叩く音がした。

ロザリーに抱きしめられながら、心の中で葛藤していたジョスリアンは、現実に引き戻される。

窓辺に、カラスがいる。

ジョスリアンは立ち上がると、窓を開け、カラスの足に装着された銀筒の蓋を開けた。

中から出てきたのは、見慣れた印章の押された紙である。兄からの指令が記された書状だった。

「いつもすまない」

頭を撫でてやると、カラスは誇らしげに胸を張る。それからチラリとベッドの上にいるロザリーに顔を向け、つぶらな瞳をキラリと光らせた。

やるな、おぬし――伝書鴉の彼とは長い付き合いだから、考えていることがなんとなく分かる。

ジョスリアンは、頬を赤らめながら、こくりとうなずいた。

応援してるぜ――そう言うかのように「カア!」と鳴くと、カラスは夜の帳の中を飛び去っていった。

《結界の一部に再び穴が開いた。さっさとオーガを倒しに行ってこい》

書状には、そういった内容が書かれていた。

すぐにでも身支度をして、出発しなければならない。

ジョスリアンは、いったん眠るロザリーのもとへと戻る。

ピンク色の髪を撫で、額にそっとキスを落とした。

(ああ、かわいいな)

彼女のそばを離れたくない。だが行かねばならない。

兄からの指令は、絶対だから。背くのは、よほどのときだけだ。

——『お前は醜い生物だ。よく覚えとけよ』

——『絶対に俺の上に立とうとするな。卑しい生まれのお前に許されることではない』

繰り返し聞いた兄の声が耳によみがえる。

ジョスリアンの胸の中に生まれたざわつきが、よりいっそう大きくなっていた。

オーガは獰猛で醜悪だ。

あさましいまでの食欲をその身に宿す魔獣。

長身のジョスリアンよりもはるかに大きな巨体、血のように真っ赤な瞳、全身をブツブツと覆うまがまがしい突起。ぎっしりと牙が生えている口からは、常におびただしい量の涎がしたたっている。

力は強いが、知能は低い。捕食のためなら手段を選ばず、共食いもすると聞く。

血と肉と悲鳴を好む、生まれ持っての殺戮集団だった。

「ガルルルル……！」

襲いかかってくるオーガを、斧を振り回して立て続けに二体退治した。

結界の穴から入り込んだオーガに怯えながら過ごしていた村人たちが、口々に感謝の言葉を伝えてくる。

「金眼の騎士様。うちでお食事でもいかがですか？」

すると、長い黒髪の女がいそいそと近づいてきた。

「お湯を用意しますから、ついでに体も洗われていかれてはどうでしょう？」

上目遣いでジョスリアンを見上げる女。

ロザリーに言われ、鉄兜を脱ぐようになってから、こんなふうによく女に声をかけられるようになった。怖がってはいないようだから、ロザリーの言うように、自分の素顔はそれほど醜くはないのだろう。

（それならなぜ、兄上は俺を醜いと言ったのだ？）

胸にモヤモヤとした思いが込み上げる。

「騎士様、さあ行きましょう」

ジョスリアンは、しなを作りながら自分の腕に抱き着こうとした女の手を払いのけた。

「いや、行かない。今すぐ帰りたい」

早くまた、あの柔らかな甘い香りに包まれたい。優しく撫でられ、『よく頑張ったわね』と、あのきれいな声で褒められたい。想像しただけで、口元がにやけてしまう。

ロザリーを囲うまでほとんど笑った経験がないので、顔の筋肉がこわばるが、それでも止められなかった。

真顔で「フフ」と声だけを漏らしているジョスリアンを見て、女が後ずさっている。

「そうですか……。ではまたの機会に」

女は引きつり笑いを浮かべると、逃げるように去っていった。

(もう、彼女なしでは生きられない)

ジョスリアンは、自分の屋敷めがけて愛馬を一心不乱(いっしんふらん)に走らせる。

ずっと、ロザリーのそばにいたい。

理不尽な目に遭っている彼女を守りたい。

彼女が笑顔で暮らせるよう、全力を尽くしたい。

それなのにやはり自分は、兄からの要請があったら、こうやって彼女のそばを離れて飛んでいくのだろう。まるで心に鉄杭を打たれたように、兄への忠誠心は、ジョスリアンを縛り付けていた。

兄への忠誠心と、ロザリーへのあふれてやまない恋情。

ジョスリアンは、ロザリーを屋敷に連れ帰ってからというもの、相反するふたつの思いを胸に抱えていた。

(俺の頭の中は、本当にどうなっているのだ)

自分で自分が分からなくて、この頃混乱ばかりしている。

第四章　禁じられた魔法

ロザリーが目を覚ますと、ジョスリアンは隣からいなくなっていた。

たしか昨夜はしつこくキスをされて、胸を触られて、そのまま彼を抱きしめながら眠ってしまったはず。

いつもの朝の訓練をしているのかと思ったら、アルフレッド曰(いわ)く、夜のうちに仕事に向かったとのことだった。ロザリーは、エドガーにいいように使われているジョスリアンが気の毒になる。

その日は一日、図書室で過ごすことにした。

『ナサレア王国建国史』――まずは分厚い歴史書を手に取った。

この世界は、三人の〝欲求神(ルキア)〟が創造した。

食欲神(フドルキア)、睡眠欲神(レムルキア)、性欲神(ロエルキア)。

神は世界を作り終えると、次に人間を作り、光になって人間の中に入り込んだ。

体内に宿る三つの欲求(キア)をバランスよく保つことで、人々は力を得て、世界を発展させたという。

（やっぱり【こいよく】の世界観と一緒だわ）

子供の頃から繰り返し学び、当然のように受け入れてきたこの世界の歴史だが、前世を思い出した今となってはちょっと笑える。『恋の欲求～異世界王宮物語～』というタイトルは、この独特な世界設定から来ているのだろう。

攻略対象によっては、欲求神(ルキア)の謎(なぞ)を解き明かすというストーリーもあったはず。たしか王宮魔導士長ミシェルのルートだったっけ。

歴史書を読み終えたあと、次に読む本を探していると、『魔術式応用教本』と書かれた背表紙が目に留まった。

「まあ、懐かしい本」

大魔法使いと周りに思い込ませるため、必死に魔道具作りの勉強をしていた頃、繰り返し読んだ本だ。

ロザリーは魔法は苦手だが、魔術式を編むのは得意だった。師匠の魔導士ワーグレを驚かせたことも何度もある。

(もしかしたら、前世でプログラミングを学んだおかげかも)

就職先で活かせなかったプログラミングの知識が、まさか来世で役立つとは思いもしなかった。

「この先、いったいどうなるのかしら」

ゲームのシナリオは、断罪が確定した時点で終わっている。だから、その先は分からない。

ジョスリアンの屋敷は居心地(いごこち)がいいが、ずっとはいられないだろう。

エドガーが自分を妾(めかけ)に望んでいるなら、なおさらだ。

(居心地がよくても、勘違いしちゃダメよ。ジョスリアン様は、本当の意味で、私を好きなわけではないのだから)

ジョスリアンが求めているのは、ロザリーの体だ。命の代わりに、ロザリーは彼に体を捧げたのだから。彼が優しいのは、あくまでも自分のものになったロザリーの体を守るためである。

ロザリーにしろ、彼の心までは求めていない。

悪役令嬢として生まれた自分が、何をどう頑張っても異性に愛されないのは、エドガーの件で思い知った。

そのはずなのに、幸せそうに自分の胸にすり寄るジョスリアンを見ていると、切ない気持ちになるのはなぜだろう。

日暮れ前に、ロザリーはソフィーを連れて墓場の掃除に行った。

「最近、墓石がすごくきれいになったと、お参りに来た方からよく褒められるのですよ。ロザリー様の水魔法のおかげです」

「まあ、それはよかったわ。では、今日もきれいにしなくちゃね」

両手を天にかざし、念を込める。すると中空から噴水のように水が吹き出し、墓場全体に降り注(そそ)いだ。

水魔法のコントロールにも、だんだん慣れてきた。最近では自分とソフィーが水で濡れないよう、細部まで調整できるほどだ。

「相変わらず見事な水魔法ですね！」

ソフィーがウキウキとはしゃいでいる。

「墓石を磨(みが)き終わったら、今日は草抜きもしましょうか」

「草抜き？　この間しなかった？」

「草って、しぶといくらいにまた生えてくるんですよ」

ソフィーの言うように、よく見ると、墓地（ぼち）のそこかしこに草が生えている。

「本当だわ。すごい生命力ね」

ロザリーはしゃがみ込むと、地面に生えた草に触れてみた。

すると突然、手のひらに熱を感じる。触れた箇所が白く光り、次の瞬間、草がひょこっと土の中に引っ込んだ。

（え……？　何、今の）

驚いて、別の草にも触れてみる。するとその草も、ひょこっと引っ込んでしまった。次から次へと草に触れてみたところ、周囲の草があっという間にきれいさっぱり消えてしまう。

（これって、土魔法の一種かしら？　草や木を土に引っ込める魔法があると、聞いたことがあるわ。私、土魔法も使えるようになったの？）

ほんの少しの風魔法に加え、わりとすごい水魔法、それからまずまずの土魔法まで習得したらしい。

（いったい、何がどうなっているのかしら？）

自分の変化に驚き、呆然（ぼうぜん）と両手を眺（なが）めていると。

「まさか雨が降るなんて思わなかったな。すっかりびしょ濡れだ。お前の魔法でどうにかならないか？」

「あとで風魔法で乾かしてあげるよ。そんなことより、気になることがある。魔力を感じたから、雨じゃなくて水魔法かもしれない。いったい誰がこんな大規模な水魔法を使ったんだろう？」

どこからともなく声が聞こえ、ロザリーは我に返った。

墓地全体に水をぶちまけてしまったが、ロザリーとソフィー以外にも人がいたらしい。

謝ろうとして声のした方を見たロザリーは、ギクリと凍りついた。

ひときわ大きな墓石の前に、宰相のエルネストと王宮魔導士長のミシェルがいたからだ。

(どうしてこんな辺鄙な場所に、あのふたりがいるの!?)

彼らには直接何かを言われたわけではないが、ロザリーを目の敵にしているようにしか見えなかった。

話をするとき、ミシェルはにこにこしているのに目が笑っていなかったし、エルネストに至っては露骨にこちらを睨んできた。エルネストからはねちっこい視線を感じることもあり、よほど嫌われているのだろうと思っている。

ふたりとも、【こいよく】の攻略対象者で、悪役令嬢のロザリーを嫌う運命なのだから、今となってはそんな態度もうなずけた。

ロザリーは、とっさに身を隠した。

ところが。

「あれ？　ロザリー様、どこですか？　ロザリーさまぁっ！」

ロザリーの姿が見えないことに気づいたソフィーが、大声を上げる。墓地全体に響き渡ったその声は、もちろんふたりの耳にも入ったようだ。

「エルネスト、今『ロザリー様』って声しなかった？」

「ああ、聞こえた。『ロザリー様』って、まさかあのロザリー様か？」

エルネストとミシェルがきょろきょろし始める。ロザリーは身をかがめながら逃げようとしたも

の の、墓石の隙間からチラリと様子をうかがったとき、エルネストとばっちり目が合ってしまった。

「ロザリー様!?」

(やばっ……!)

ロザリーは全力で走って逃げることにした。ところがドレス姿では分が悪く、エルネストにあっさり追いつかれてしまう。

(どうしよう、今度こそ処刑される!? あ、でも死刑はたぶんリナが仕組んだことで、私は離塔にいると思われてるんだっけ。それならどうしてこんなところにいるんだ、ってどやされる? そして幽閉されてしまうの!?)

エルネストの顔を見つめながら、ロザリーは覚悟を決める。

するとエルネストが、突如ガバッと地面にひれ伏した。

「申し訳ございません! どうかお許しを!」

予想外の彼の行動に、ロザリーは「エ、エルネスト様……?」と面食らった。

エルネストが、そんなロザリーの手をうやうやしく取る。

「私は、あなたのことを誤解していました。エドガー殿下が落馬されたとき、自ら開発した優れた魔道具でリナ様の治癒魔力を上げ、殿下をお救いくださっていたというのに」

どうやら、〝魔強の鏡〟の存在を知られてしまったらしい。

ここまでバレてしまえば隠しようがなく、ロザリーは開き直ることにした。

「あー、はい、そうなのです。私、実は魔法が使えなくて……。だから魔道具に頼ってたんですの」

オホホ、と笑って受け流してみる。

(今はなぜか魔法が使えるようになったんだけどね。別に言わなくてもいっか)

「やはり、そうだったのですね。それから、最近のエドガー殿下の執務のご様子を見て、確信いたしました。ロザリー様が、エドガー殿下の執務を全面的に支えてくださっていたのでしょう？　そうとも知らず無礼を働き、本当に申し訳ございませんでした……！」

「ロザリー様。僕からも謝らせてください」

ミシェルも、ロザリーの前に膝をついた。

「実は魔法が使えなかったのなら、リナ様が言っておられた、ロザリー様に魔法でいじめられたという証言は虚言(きょげん)だったのですね。聖女だからという理由でリナ様の言い分をまるまる信じ込んだこと、浅はかでした。どうかご無礼をお許しください」

急なことで戸惑うが、どうやらロザリーの無実に彼らは勘づいたらしい。

だが、素直には喜べなかった。

彼らがリナの言い分ばかりを信じたのは、ヒロインの強制力と言えばそれまでだが、『はい、そうですか』とあっさり謝罪を受け入れる気にはなれない。おかげでこっちは首が飛ぶ寸前だったのだ。

「……今さら、都合よすぎませんこと？」

ロザリーは、精いっぱいふたりを睨みつけた。

もともと、絵に描いたような悪役令嬢顔である。自分の睨み顔に凄味(すごみ)があるのは分かっていた。

怯(ひる)んだのか、エルネストが顔を赤くする。

「謝ったところで許されることではないと、分かっております。しかし——」

「私、死にかけたんです！　誰かの陰謀で処刑場にまで送られたんですから！」

「処刑場に!?　いったい誰がそのようなことを……！　よくご無事でいらっしゃいましたね」

「まあ、いろいろありまして。ところで、いつまでそうしていらっしゃるの？　手を放してくださらないかしら？」

未だロザリーの手を取ったままのエルネストを、もう一度睨みつけた。

しかしロザリーが睨めば睨むほど、なぜかエルネストは頬を染める。

(え、なにこの人。コワイんですけど)

そのときだった。

ドンッ！という音とともに、エルネストとミシェルの間に、天から巨大な斧が降ってきた。

見たこともない大きさの斧が、自分の体すれすれのところを通って地面にぶっ刺さった様子を目の当たりにしたふたりは、顔面蒼白になる。

「うわあっ!!」

ほぼ同時に、跳ねるように斧から飛びのいた。

いつの間にか、青鹿毛の馬に乗ったジョスリアンが後ろにいる。騒いでいたので、蹄の音に気づかなかった。

鉄兜はかぶっていないものの、いつもの漆黒の鎧を見に纏っていた。ところどころに血がついているから、オーガ討伐に行っていたのだろう。

「彼女に触れるな」

ジョスリアンが、威嚇するような低い声を出す。

かなり機嫌が悪いようで、馬上で金色の目をバキバキに光らせていた。怒気あふれるその姿に、エルネストとミシェルが震え上がっている。

ジョスリアンは馬から飛び降りると、ふたりからかばうようにロザリーの肩を抱いた。

彼の温もりを感じたとたん、ロザリーはホッとする。

苦い思い出しかない城の人間になど、会いたくなかった。

ロザリーのことを信じ、必要としてくれる彼の腕の中が、この世で一番癒される。ロザリーは、甘えるように彼の体に擦り寄った。

「ジョスリアン様、おかえりなさい。会いたかったですわ」

「ああ。ただいま、ロザリー」

ジョスリアンの声が、気持ち穏やかになる。

「ジョスリアン様、だと……？」

「エルネスト、知ってるの？」

「とある高貴な方と同じ名なんだ……。だが、あり得ない」

震えながらも、何やらコソコソと話しているふたり。

そんな彼らに、ロザリーは、ジョスリアンの腕の中から冷たい視線を投げかけた。

「あら、まだいらっしゃったの？　早く帰ってくださらない？」

ジョスリアンとともに屋敷に戻ろうとすると、ミシェルが慌てたように叫んだ。

「待ってください！　ロザリー様に、大事なご相談があるのです。どうか、話だけでも聞いていただけないでしょうか……!?」

「話？　聞くわけがないでしょう？」

ロザリーは、呆れた目でミシェルを振り返る。

「そこをなんとか！　ロザリーさまぁ！」

「無理です」

しつこいミシェルを、きっぱり鼻であしらった。

ミシェルが、とたんにしょげたようになる。

「うう……っ、そうですよね……。たしかに、勝手すぎますよね……」

目をうるうるさせながら弱々しい声を出すミシェル。

無駄にかわいい彼の顔立ちのせいで、ロザリーはなんだか仔犬をいじめている気分になった。

「うっ……」

ロザリー・アンヌ・フォートリエは、超がつくほどお人好しな令嬢だった。

婚約者のエドガーにどんなに冷遇されようと、彼のために日々尽力して生きてきた。リナに濡れ衣を着せられても、悪いのはリナに勘違いをさせた自分の方だと思っていた。

さんざんな目に遭ったというのに、結局そんなお人好しな性格は変わらないらしい。思うところはあったが、話を聞くために、エルネストとミシェルを屋敷の応接間に通すことにしてしまった。

ロザリー、そしてエルネストとミシェルが、湯気を立ちのぼらせるティーカップの置かれたテーブルを挟んで対峙している。

ジョスリアンにも同席してもらう予定だったが、エルネストに対する殺意がダダ漏れで、とてもではないが話を聞く雰囲気ではなく、アルフレッドがロザリーのそばにいるという条件で退席してもらった。

ジョスリアンがしぶしぶといったように部屋を出る際、死ぬほどエルネストを睨んだせいか、彼は未だ青い顔でガチガチ震えている。

「どうか、こちらをご覧になってください」

ひと息ついたところで、ミシェルがロザリーに見せてきたのは、赤茶けたなめし皮の表紙のノートだった。

「開いてもいいのかしら？」

「はい、ぜひ」

中をパラパラと捲り、ロザリーは息を呑んだ。

「これは……魔術式ね。それもかなり複雑だわ」

思わず、食い入るように全体に目を通す。なんと高度で複雑で、そして美しい式だろう。魔術式に初めて触れた頃の気持ちがよみがえり、胸が高鳴る。

「はい。ホワキン前王宮魔導士長が遺されたものです」

大魔法使いホワキンのことなら、ロザリーも知っている。数年前に亡くなってしまったが、長年王宮魔導士長としてこの国に貢献してきた。

表に出たがらない内向的な性格だったらしく、ロザリーは一度も会ったことがない。

と思っていたのだが、ロザリーの脳裏に、なぜか長い顎鬚を持つ眼鏡をかけた老人の姿が浮かん

だ。

（ん？　会ったこと、あったっけ？）

「ホワキン前王宮魔導士長は、死の間際まで、結界に代わる魔法包囲網の魔術式を編んでおられました。完成する前に亡くなられたので、未完成ですが」

ロザリーはミシェルのその言葉に驚き、ホワキンらしき老人のことは、すぐに忘れてしまった。

「まさか……結界に代わる魔法包囲網ということは、この魔術式さえ完成すれば、聖女がいなくても国を守れるということですか？」

「そうです。さすがロザリー様、理解がお早い」

ミシェルが、にこっと愛嬌(あいきょう)たっぷりに微笑(ほほえ)んだ。

だがその直後、スッと真剣な表情になる。

「ロザリー様、無礼を承知で申し上げます。どうか、その魔術式を完成させてはくれないでしょうか？　〝魔強の鏡〟をお作りになられたロザリー様なら、きっとできます！　リナ様の張られた結界は、日に日に脆(もろ)くなっています。魔導士が結集して修復に当たっていますが、崩落はもはや時間の問題です。何卒お力添えをくださいませ！」

結界のことで、ずいぶん苦労しているのだろう。

ミシェルの必死の剣幕を見ていると、ロザリーの心は揺さぶられた。

こんなふうに、王宮の人間に必要とされたのは初めてだ。いつも冷たい視線を浴びていただけに、うっかりほだされそうになる。

だが。

（私にはもう、関係ないわ）

王室は、ロザリーを捨てたのだ。それを今さら助けてほしいなど、虫がよすぎる。

「──お断りします」

静かに、それでも思いが伝わるよう、はっきりと言葉にした。お人好しの自分とは、今度こそ決別したい。

「ですから、こちらはお返ししますね」

うっとりするほど美しい魔術式とは離れがたいが、気持ちを押し殺し、ミシェルにノートを突き返した。

「そうですか……」

ロザリーの眼差（まなざ）しから、強い意志を感じ取ったのだろう。ミシェルはそれ以上、ぐいぐいくることはなかった。ロザリーにフラれ、あからさまにうなだれている。

重い沈黙が応接室に落ちた。

しばらくして、ようやく顔色の戻ったエルネストが口を開いた。

「……ところで、先ほどの彼はどなたですか？」

「ジョスリアン様は、死刑執行人です。手違いで殺されかけたところを命乞（いのちご）いして、ここで匿（かくま）っていただいているのです。あ、それから第二王子らしいです」

「──へ？」

エルネストとミシェルの目が点になる。

情報過多で理解が追いついていないふたりに、順を追って説明することにした。

離塔での幽閉処分だったはずなのに、いつの間にか処刑場に連れていかれ、死刑を執行されそうになったこと。死刑執行人に命乞いをして匿ってもらったら、第二王子だと判明したこと。

ジョスリアンはこれまで、エドガーの影として、処刑やオーガ討伐をして生きてきたこと。

「その名を聞いてもしやと思ったのですが、まさか本当に第二王子殿下とは。だが私が聞いていた話とずいぶん違う。第二王子殿下は重い病にかかられ、十二の頃から塔で寝たきりで過ごされているという話だったのに……」

エルネストが、信じられないというように頭を抱えた。

すると、今の今まで事の成り行きを見守っていたアルフレッドが、火がついたように話に入ってくる。

「その話はでっち上げでございます！　ジョスリアン様は、それはそれは健康体でいらっしゃいます！　毎朝欠かさず体を鍛えておられ、普通の木であれば斧ひと振りで切り倒せるほどです！　お食事も好き嫌いなさらずきれいに食べられ、風邪すら引かれたことがございません！　唯一人参だけがお嫌いでしたが、それもこの間克服されたのですよ！」

一気にまくしたて、ゼハゼハ息をついているアルフレッド。

ジョスリアンが好きで仕方がない彼は、煮え切らない思いで、長らく過ごしてきたのだろう。

「なるほどね。僕も、病弱な第二王子の存在は聞いたことがありましたが、ジョスリアン殿下はどう見ても健康そのものです。さしずめ、彼が健康だと不都合をこうむる誰かが、事実を捏造したというところでしょうか？　あえて、誰とは口にしないですが」

皮肉たっぷりに言うミシェルは、ひょっとしたらエドガーのことが嫌いなのかもしれない。

「エドガー殿下の〝影〟の噂なら、私も聞いたことがあります。死神のような見た目で、エドガー殿下の言うことならなんでも聞くとか。三年前のアズルーラとの戦争で戦略を練り、先陣を切って戦ったのは、エドガー殿下ではなく影だったのではないかという噂も、一部でまことしやかに囁かれています。まさか、真実だったとは……」

エルネストが、やりきれないというふうにかぶりを振り、真摯な目でロザリーを見つめる。

いけすかないと思っていたが、こうして見ると、知性あふれる顔をしていた。

だてに宰相はやっていないらしい。

「とにかく、運よく事なきを得たからよかったものの、手違いで公爵令嬢が死刑になりかけたのは大問題です。この件は入念に調べ、必ず真相を暴きます。リナ様のロザリー様に対する訴えも改めて調査し、無実を証明しましょう」

エルネストの誠意あふれる言葉に、ロザリーはわずかに表情を明るくする。

ロザリー自身はもうどうでもいいことのように思っているが、娘が罪人のままでは、両親が気の毒だ。汚名を晴らせるのなら晴らしたい。

ミシェルが、ふと引っかかるような顔をした。

「それにしても、ジョスリアン殿下はどうしてそこまでエドガー殿下に忠実なのですか？　能力のある方なのだから、立場を利用して表に出ればよかったものを」

するとアルフレッドが、懐から ハンカチを取り出し、自分の目に浮かんだ涙を拭いながら言う。

「何をどうしたのか分からないのですが、すっかり洗脳されているのです。エドガー殿下の命令とあらば、嵐の中でも駆けつけるほどに。ああ、おいたわしい」

「洗脳って？」

視線を宙に泳がせ、ミシェルが何かを考えている。それからロザリーに丁重に願い出た。

「ロザリー様。差し支えなければ、ジョスリアン殿下と、少しだけ話をさせてはもらえないでしょうか？」

＊＊＊

ガリ、ガリ、ガリ。

自室の隅で、ジョスリアンは黙々と斧を研いでいた。

イライラしたときは、斧を研ぐに限る。硬質な音に、手から伝わるキレのよい刃の感触。すべてが一体となって、ジョスリアンの荒れた心を鎮めてくれる。

(あの男、ロザリーに触れるとは許せない)

ロザリーの手を握っていた銀色の髪の彼を、ジョスリアンは知っていた。宰相のエルネストだ。隣にいたのは、王宮魔導士長のミシェル。

王宮内の人事や状況は、すべて把握している。兄の指令があったとき、速やかに動けるようにするためだ。

白魚のように細い指先と、桜貝のように艶やかで愛らしい爪。ロザリーは、体の隅々まで美しくて魅力的だ。そして、余すところなくジョスリアンのものである。

触れるなど、断じて許さない。

だがロザリーは、怒りを収めろというように目で訴えてきた。

だからこうして斧を研いでいるのだ。彼女を悲しませたくないから。

「ジョスリアン様、お客様がお話をしたいとおっしゃられています」

アルフレッドが、ジョスリアンを呼びに来た。

「そうか」

あの男たちと話などしたくないが、ロザリーのもとに戻れるのはうれしい。

部屋を出ていってくださいと言われたときは、少し泣きそうだった。

「ジョスリアン様」

「なんだ」

「お気持ちは分かりますが、斧は置いていかれてください」

「ダメか？　心配ない。よく研いでいるから一発でスパンと――」

「ダメでございます」

食い気味に注意され、ジョスリアンはしぶしぶ研ぎたての斧を部屋に置いた。

応接室のドアの前で、ロザリーがジョスリアンを待っていた。

彼女の姿が視界に入るなり、気持ちが一気に晴れやかになる。口づけしたいところだが、今はそのときではないだろう。それくらいは心得ているつもりだ。

「ミシェル様が、ジョスリアン様にお話ししたいことがあるそうです。私は席を外してほしいとのことでしたので、おひとりでお入りください」

「む、そうか」

（彼女に凄惨な場面は見せたくないから、斧を持っていれば絶好の機会だったのに。だがあいにく置いてきてしまった。くそ、アルフレッドめ）

殺意丸出しで部屋に入ると、エルネストが分かりやすく竦（すく）み上っていた。その隣で、ミシェルが屈託のない笑みを浮かべている。

「何の用だ」

ソファーに腰を下ろし不愛想（ぶあいそ）に問うと、ミシェルが自己紹介を始めた。

「ジョスリアン殿下、ご足労いただき誠に申し訳ございません。僕は王宮魔導士長のミシェルです。そしてこちらが宰相のエルネストです」

ジョスリアンは、一瞬戸惑った。殿下、という呼称を耳にするのは久しぶりだ。

忘れかけていたが、自分はこの国の第二王子なのだ。妾腹（しょうふく）のため何の権威もない、王室から見放された身ではあるが。

「ああ、知っている」

「それは光栄でございます。では、さっそく質問をさせてください。ジョスリアン殿下は本当は健康そのものとのことですが、まれに体調を崩されるのではございませんか？　たとえば、エドガー殿下からの指令に応じなかったときなどに」

警戒心を露（あらわ）にしていたジョスリアンだが、ミシェルのその言葉に心をさらわれる。

兄の命令に背（そむ）き無実の罪人を助けた際、ジョスリアンはいつも苦痛に悩まされた。

体の内側から、悶（もだ）えるような痛みと吐き気が込み上げるのだ。その症状は、およそ丸一日続く。

前回はロザリーが癒してくれたおかげで、あっという間に落ち着いたが。

初めは兄に逆らった罪悪感から来るものと思っていたが、どうやらそうではないことには、うすうす気づいていた。

「――なぜ、それを知っている？」

やっぱりか、とミシェルが小さくつぶやいた。

「ジョスリアン殿下には、ある特別な魔法がかけられている可能性があります。身体透視魔法で、体の内側を診させていただいてもよろしいでしょうか？」

「特別な魔法だと？」

ジョスリアンはこの頃、自分の心の違和感に悩まされていた。

ロザリーへの恋心をすっかり忘れていたこと。それから、ロザリーを第一に考えたい気持ちとエドガーに従いたい気持ち――心がふたつあるような理解しがたい感覚。それも特別な魔法とやらの影響だとしたら――。

魔導士の長であるミシェルなら、解決策を導き出してくれるかもしれない。

そんな期待を抱いて、素直に応じることにした。

ミシェルが、ジョスリアンの胸のあたりに両手をかざす。彼の手のひらから、白い光がぽわんと発せられた。魔力を流し込み、無言でジョスリアンの体の内側を探っている。

「ああ……これは。かなり入り組んでいるな……」

ミシェルが額に汗を浮かべ、唸るように言う。

ようやくジョスリアンの胸元から手を離した彼は、もう微笑んではいなかった。

「何が分かったんだ？」

「恐ろしい、そしてややこしい魔法がかけられています。だけどこの魔法の性質上、僕が何かを言ったところで、殿下の問題が解決することはないでしょう。自分の意志で、解き放たねばなりません。……可能であるなら」

ジョスリアンは眉をひそめた。

ミシェルが何を言いたいのか、さっぱり分からない。

解決策が得られるどころか、とんだ無駄足だったらしい。

「話というのはこれで終わりか？」

「いいえ、本題はここからです」

ミシェルが、声音を低くした。

「ジョスリアン殿下。影の王子としてではなく、王太子として表立って生きたくはありませんか？」

ジョスリアンは、金色の目を見開いた。

この男は、この期に及んで、いったい何を言い出すのだ。

「おい、ミシェル……！」

エルネストが血相を変えている。

「俺は、表立つことを望まない」

ジョスリアンは、迷いなくそう口にした。

王太子として表立って生きるなど、許されるわけがないし、許されたいとも思わない。

ジョスリアンがエドガーの影であることは、天変地異が起ころうと、揺るぎない事象なのだから。

だがその一方で、胸の奥が疼きもした。

兄の首を斧で叩き切りたい衝動が、再び頭をもたげる。兄の存在は、自分のすべてであるはずなのに。

心の中で葛藤するジョスリアンを、ミシェルがもの言いたげに見つめている。

やがてミシェルは、またにっこりと微笑んだ。

「そうですか。でしたら、もしも考えが変わられたら、僕を訪ねてきてください。全力で協力しますから」

＊＊＊

「おい、さっきのはなんだ。仮にもお前は、国王に仕える身なんだぞ？　血迷ったか」

城へと戻る馬車の中で、エルネストはミシェルに突っかかった。

ジョスリアンに王太子になるよう持ちかけたミシェルの真意は、おそらくエドガーを廃太子させることにある。この男、毒気のない顔をしながら、やはりとんでもない思考の持ち主だ。

「ジョスリアン殿下を中心に勢力を築いて、クーデターでも目論んでいるのか」

するとミシェルが、意味深に微笑んだ。

図星だったらしい。

しかもこの国の宰相であるエルネストの前で、悪びれたふうもなく示唆するとは。

（舐めているのか、こいつ）

「頭を冷やしなよ、エルネスト」

「どっちがだ！」

御者に聞こえないよう、声を潜めて言い合う。

「本当は、君も分かっているんだろう？　リナ様と婚約したエドガー殿下に、多くの貴族が不審感を抱いている。宮中での諍いも増え、力関係もおかしくなっている。このままだと他国につけ込まれ、国の存続すら危うくなるだろう。僕らが目論まなくても、いつか誰かが実行するに決まっているよ」

エルネストは押し黙った。

ミシェルの言っていることは正しい。陰で支えてくれていたロザリーを自ら手放したエドガーは、王太子とは名ばかりのぼんくらに成り下がってしまった。

ロザリーの無実を証明すれば、エドガーの名声にはますますヒビが入るだろう。彼が国王となる未来に、多くの人間が不安を抱くに違いない。

そのうえこの国は、結界の崩壊という大きな課題を抱えている。ぼんくら王太子をのさばらせている余裕はないのだ。

誰もがエドガーの失脚を望み、新たな君主候補を求めるようになるだろう。

エルネストは静かにミシェルと目を合わせた。

宰相である自分がエドガーを裏切るのは、一貴族が裏切るのとはわけが違う。だからあえて言葉にはしなかった。

それでも幼なじみのミシェルには、エルネストの意志が伝わったようだ。

ミシェルはゆっくりとうなずき、微笑み返すと、ふと深刻な顔になる。

「だが、問題がある。ジョスリアン殿下だ。彼には禁忌魔法がかけられている」

「は……!?」

エルネストは絶句した。

禁忌魔法は、神への冒涜（ぼうとく）とみなされ、およそ五百年前に禁じられた。

だがそもそも使える魔導士が存在せず、問題になったことはない。禁忌というより、もはや幻（まぼろし）に近い魔法だった。

「本当に存在したのか……。だが、いったい誰がそんなことを」

「ホワキン前魔導士長だろう」

「彼は禁忌魔法まで使えたのか……!」

古今稀（まれ）に見る大魔法使いとは聞いていたが、そこまでだったとは。

《私は許されないことをした。せめてもの罪滅ぼしに、魔法包囲網の魔術式をこの世に遺す》

ホワキンのノートに書いてあった、遺書のような文面を思い出す。ホワキンの犯した罪とはつまり、法に背いて禁忌魔法を使ったことだったのだ。

「禁忌魔法とは、いったいどんな魔法なんだ?」

ミシェルが、チラリと御者に目をやった。

それからますます声を潜め、禁忌魔法のあらましを語り出す。

「禁忌魔法は、神が人間に授けた三つの欲求に関係する魔法なんだ――」

その内容は、エルネストの想像を遥かに超えていた。

なんてことだ、とエルネストは青ざめる。

「……そんな前代未聞の魔法を解く方法など、この世にあるのか？」

「期待は薄いが、あるにはある。だがジョスリアン殿下の場合は、かなり複雑に魔力が入り組んでいた。天地を揺るがすほどの怒りを伴わないと、完全には解けないだろう」

「なんだ、それは。絶望的じゃないか」

周りが盛り上がったところで、ジョスリアンがエドガーを失脚させて王太子になることを望まなければ、どうにもならない。

現に、先ほどもきっぱり断られた。

「だけど希望は捨てちゃだめだよ、エルネスト。僕はあらゆるコネを利用して、いつでも反旗を翻せるよう準備を進める。君も、すぐにでも有力貴族たちに接触してくれ。いざとなったら、ジョスリアン殿下を傀儡にしてでも、事を進めるつもりだ」

ミシェルの意志は固そうだ。

（傀儡にするって、あの巨大な斧をぶん投げるような男をか？）

無理なのでは、と思う。

彼に射殺さんばかりの目つきで何度も睨まれたことを思い出し、エルネストは震え上がった。

だが、エドガーよりもジョスリアンの方がこの国の後継者に適格だと、勘づいてもいた。

エルネストはこれまで、勘を外したことがない。

「――分かった。極秘に動いておこう」

思うところはあるが、エルネストはミシェルの案に乗ることにした。

「さすが、エルネスト。頼りにしてるよ」

ミシェルが、うれしそうにエルネストの肩を叩く。

『ちんちくりん』とエドガーにバカにされたのを深く根に持ち、クーデターまで起こそうとしているのだから、この魔導士は空恐ろしい。エルネストはため息をついた。

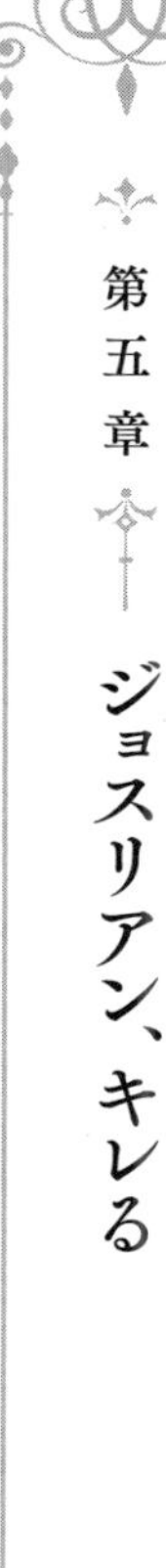

第五章　ジョスリアン、キレる

エルネストとミシェルが帰ったあとも、ジョスリアンは応接室から出てこなかった。心配になったロザリーが様子を見に行くと、彼はソファーに座ったまま、何かを考え込んでいた。

普段は隙を見せない彼が、ロザリーが入ってきたことにすら気づいていない。

（あのふたり、ジョスリアン様に何を言ったのかしら？）

ロザリーに、魔法包囲網の魔術式を完成させてくれとぶしつけな頼み事をしてきたように、ジョスリアンにも無茶ぶりをしたのではないか。

（席を外してほしいと言われたから出ていたものの、やっぱり一緒にいた方がよかったわね）

ジョスリアンの隣に腰かけ、その手を握る。

彼が、我に返ったように顔を上げた。

「ロザリー、いたのか」

「あの人たちに何を言われたのですか？」

「王太子として生きる気はないかと言われた」

「何ですって？」

それはつまり、第二王子のジョスリアンをのし上げ、エドガーを廃太子させようと企んでいるということか。

（ミシェルはエドガーを嫌っている雰囲気だし、あり得るわね。私に謝ってきたのも、最近のエドガー様に手を焼いているからみたいだったし）

彼らのあまりに身勝手な行動に、ふつふつと怒りが込み上げる。

ジョスリアンもロザリーも、理不尽に王宮から切り捨てられた身だ。

それなのに、利用価値に気づくなり、手のひらを返したように味方に引き込もうとするなんて。

「それで、なんとお答えになられたのですか？」

「あり得ないと答えた」

彼は、どこまでもエドガーに従順だ。兄を差し置いて自分が王太子になろうなど、思いもしないのだろう。

（でも、こうして考え込んでいるということは、内心動揺してるのかしら？）

ロザリーの胸の中で、よりいっそう怒りが膨らんでいった。

ジョスリアンは、純粋で優しい青年だ。

影の王子として日の目を見ることなく生きてきたせいか、少し常識はずれで表情も乏しいが、ロザリーが今まで出会った誰よりも美しい心を持っている。

そんな彼を私利私欲のために振り回す人間たちが、心底許せない。

「ジョスリアン様」

ロザリーは、繋いだ手をぎゅっと握りしめた。

「誰の意見にも、耳を貸す必要はございません。あなたは、あなたの好きなように生きてください」

ジョスリアンを縛り付けるすべてから解放してあげたい。

そして叶うなら、忌々しい洗脳を解いてあげたい。

（私にそんな力はないけど……）

ロザリーの言葉に黙って耳を傾けていたジョスリアンが、フッと微かな笑みを浮かべた。

「君は姿かたちだけでなく、語る言葉まで美しいのだな」

ジョスリアンが、熱っぽい目をして、繋いだ手を引き寄せる。そしてロザリーの手をそっと開き、指先をぱくっと食んだ。ちゅうっと軽く音を立てて吸われる。

「ジョスリアンさまっ、なにを……!?」

「眼鏡男がこの指に触れた。舐め取らないと、穢れる」

「……っ！」

れろ、と小指を舐め上げられ、ロザリーはかあっと顔を赤くする。

そのまま薬指、中指と、丹念に舐められた。

ただの手だというのに、そこからゾクゾクとした感覚が奥へと伝わってきて、ロザリーは落ち着かない気分になる。

（エルネストが、墓地で手を握ってきたことを言ってるのかしら？　いわゆる『消毒してやる』ってやつ？）

憧れのシチュエーションではあるが、ちょっと舐めすぎな気がする。

軽いキスぐらいなら萌えたかもしれない。だがそんなにれろれろされたら、手を丸ごと食べられてしまいそうで怖い。

「君の手は小さいな。こんなに細くてか弱いのに、ちゃんと動くなんて信じられない」

よく分からない感想をつぶやきながら、ひとしきり手のひらを舐め終えたジョスリアンが、仕上げとばかりにちゅ、と手の甲にキスを落とした。

それから、赤面しているロザリーを上目遣いで見る。

甘えるような仕草なのに、目が眩むほどの男の色気を感じて、ドクンと心臓が跳ねた。

息を詰まらせていると、「こちらへ」と、彼の膝の上に乗せられた。

ジョスリアンが、待ち焦がれたようにロザリーの胸の膨らみに顔を寄せる。

熱い吐息が、胸の谷間にかかった。

「ロザリー。俺だけのものだ。誰にも触れさせない」

甘えるようにスリスリしてくる彼の頭を、ロザリーはそっと抱きしめて髪を撫でた。

「ええ、そのとおりです」

ロザリー自身も、もう彼以外には触れられたくないと思っている。

「子供の頃にもあったんだ。自分だけのものにしたかったものが。俺には、ほかに何もなかった。それだけが、大切だと思えるものだった」

ジョスリアンが、物憂げに言った。

彼が子供の頃のことを語るのは初めてだ。

ジョスリアンの子供時代を想像して、ロザリーは微笑ましくなる。

「そうですか。それを、ご自分のものにすることはできたのですか？」

「いいや、失敗した。俺が愚かだからだろう」

「愚かだなど……」

「今度こそ手放さない」

ジョスリアンが、ロザリーの胸に顔を埋めたまま、ぎゅっと腕の力を強める。

ロザリーは、彼の温もりに心地よさを覚えながらも、胸がズキリとするのを感じていた。

ジョスリアンがロザリーに執着しているのは、体を求めているからだ。命と引き換えに彼のものになったロザリーの体を、こよなく大事にしているだけ。

そのことを受け入れているつもりだったのに。

愛されたいなんて、思っていなかったはずなのに。

(もしかして、私はジョスリアン様の心を欲してるの?)

……分からない。

ただ、純粋な彼を、私欲にまみれた人間たちから守りたいとは強く思う。

(守ってみせるわ、必ず)

ジョスリアンを抱きしめながら、ロザリーは決意を固めた。

ロザリーはこれまで、悪女という噂がひとり歩きしているだけの、お人好し令嬢だった。

だが、もともと悪役令嬢として生を受けたのだ。

(ジョスリアン様のためなら、本物の悪女にだってなれるわ)

＊＊＊

ジョスリアンはロザリーといると、体に触れたくて仕方がなくなる。

あの柔らかな唇を心ゆくまで味わって、豊かな胸を堪能し、細い腰を撫で回して、甘い蜜をこぼす神聖なる場所を舐めしゃぶり、そして——。

だがそうすると、自身の収まりがつかなくなるのは分かっていた。

きっと、彼女をめちゃくちゃにしてしまう。

これまで発情などしたことがなかったのに、彼女の裸を見るなり突如芽吹いた性欲は、とどまるところを知らなかった。

それではダメなのだ。

ロザリーを悲しませたくない。

彼女の優しさを感じれば感じるほど、もっと大事にしなければと思う。

だからジョスリアンは、今宵も彼女の部屋を訪ねたものの、触れるのはそこそこにした。

服の上から、胸を揉んだだけ。あと、キスをたぶん少し。

彼女が寝入ったのを見届けて、いつものようにベッドを抜け出し、バスルームに逃げ込む。

張りつめた自身を下衣から取り出し、彼女の裸体を思い出しながら、上下にしごいた。

「ハァ、ハァ……」

あの今にも壊れてしまいそうな、細くて白い指先を思い浮かべただけでも、十分イケる。

指をしゃぶったときの頼りない感触を思い起こせば、秒殺だった。

立て続けに二度吐精したところで、どうにか落ち着いた。前のように彼女のそこかしこに触れてしまえば、二度では済まないだろう。

ふぅーっと息をつきながら前髪をかき上げ、鏡を見つめる。

盛った雄の目をした自分と目が合った。こうしてロザリーをオカズに自慰行為をするたびに、罪悪感が込み上げる。

「このままでは、きっとよくないな」

ロザリーのあの奇跡のような体は、ジョスリアンのものだ。

ジョスリアン以外は誰も触れてはならない、そんな者が現れたら、今度こそ斧(おの)で頭を叩き割る。

だが、だからといって、体だけをガツガツ求めたくはない。

どうやったらこの想いが伝わるだろうか？

彼女のことが大切だと知ってもらえるだろうか？

ジョスリアンはこれまで、異性にこういった感情を抱(いだ)いたことがない。だから、対応の仕方が分からないのだ。

(アルフレッドなら教えてくれるだろうか？　だがアルフレッドは年寄りだ。古臭い助言をされても困る)

たとえばアルフレッドは、断固としてジョスリアンの好き嫌いを許さなかった。あの手この手で、あの見るもおぞましい人参(にんじん)を食べさせようとする姿は、ある意味オーガより恐ろしい。

だが若い使用人がこっそり教えてくれたところによると、『好き嫌いを許さないのはひと昔前の教育方法』らしい。今の時代、子供の人参嫌いくらいで騒ぐ親などいないとか。

だからアルフレッドには悪いが、頼りにはできない。

ジョスリアンは、本当にロザリーが大切なのだ。間違った対応はしたくない。

スッキリとした体でバスルームから出ると、コツコツと窓ガラスを叩く音がした。

アーチ窓を開けると、カラスがいる。伝書鴉(でんしょからす)の彼は、ジョスリアンの唯一の友人だ。

つぶらな黒い瞳で、じっとジョスリアンを見つめるカラスだが、いつも足につけている銀筒が見当たらない。

「もしかして、プライベートで来たのか？」

そこでジョスリアンは、隣にもう一羽カラスがいることに気づいた。

睫毛(まつげ)がくるんとした、女の子のカラスである。

女の子カラスが、うっとりとした顔でカラスに身を寄せた。

するとカラスが胸を張り、どや、というようにジョスリアンに目くばせをする。

「まさか、恋人を自慢しに来たのか……？」

二羽のカラスは出窓に入り込むと、ジョスリアンに背を向け、寄り添いながら星空を見上げた。

田舎にあるこの屋敷から眺(なが)める星空は、たしかに絶景だ。

だが、なんとなく面白くない。

人の家の出窓を、勝手にデート場所にしないでほしい。

そこでふと、ジョスリアンは閃(ひらめ)いた。

「なるほど、デートか」

＊＊＊

「お祭り、ですか？」

朝食の席で、ロザリーはフォークを片手にきょとんとした。ジョスリアンが、突然祭りに行こうと誘ってきたからだ。

「——嫌か？」

大型犬がシュンと尻尾を垂らしたときのような顔になるジョスリアン。

ロザリーは慌ててブンブンとかぶりを振った。

「いいえ、嫌ではありません。行きたいです！」

瞳を輝かせて言う。

公爵令嬢として育ったロザリーは、祭りに行ったことがない。

この国では、祭りは庶民が楽しむものであり、貴族が行くようなものではないという風潮がある。だから、以前のロザリーなら抵抗があったかもしれないが、前世の日本人だった記憶を取り戻した今は違った。

前世で、子供の頃に何度か祭りに行ったことがある。屋台で食べ物を買ったり、皆と輪になって踊ったり。特別な日のあのわくわく感を思い出した。

「そうか、それならよかった」

ジョスリアンが表情を和らげる。

「あ、でも。私が行っても大丈夫なのでしょうか？　出歩いたらまずいように思うのですが」

ロザリーは本来、離塔に幽閉処分の身。エルネストがロザリーの冤罪を証明すると息巻いていたが、すぐにどうにかなるものではなく、汚名はまだ晴れていない。

「村娘の格好をしていけばバレない。それに、俺がいるのだから誰にも手出しはさせない」

「村娘の格好……！」

想像しただけで、ロザリーは興奮してきた。

この屋敷界隈から出られず窮屈さを感じていたのもあるが、そういう冒険じみたことに、子供の頃から憧れていたのだ。

目をキラキラさせているロザリーを、ジョスリアンはいつになくうれしそうに眺めていた。


翌朝、さっそく出発することになった。

ジョスリアンがロザリーのために用意してくれた、黒の編み上げベストと濃緑色のワンピースを身につける。ピンク色の髪はひとつの三つ編みにして、サイドに垂らした。

「ロザリー様は、何を着てもスタイルのよさが際立っていらっしゃいますね！　惚れ惚れしちゃいます！」

ロザリーの身支度を整えながら、ソフィーがはしゃいでいる。

目的の場所までは、幌馬車で行くらしい。

馬車の前で、ジョスリアンはすでにロザリーを待っていた。相変わらず黒ずくめだが、いつもより庶民的な格好をしている。

ロザリーが現れると、ジョスリアンが眩しげに目を細めた。

「ロザリー。思ったとおり、かわいいな」

「ソフィーが上手に着せてくれたおかげです」

ジョスリアンの言葉にはいつも、裏表がない。だからきっと、本当にかわいいと思ってくれているのだろう。彼の視線に恥じらいながら、ロザリーは手を借りて馬車に乗り込んだ。

馬車の中には、大量の木箱が積まれていた。

(何かしら、これ)

疑問に思いながら、木箱の向かいに座る。

ジョスリアンが御者席に座ったのを見て、ロザリーは目を瞬いた。

「ジョスリアン様が操縦されるのですか?」

「ああ、御者がいたら邪魔だからな。なにせデ――」

「デ……?」

いや、とジョスリアンはひとつ咳ばらいをすると、「行くぞ」と馬車を走らせた。

新緑の中を、馬車が郊外へと突き進む。

「どこのお祭りに行かれるのですか?」

「トパ村だ。明日、年に一度の欲求神を称える祭りがある。とても美しい祭りなんだ」

「トパ村? 人が住んでいたのですか?」

ナサレア王国の最北端にあるトパ村は、オーガの谷に隣接する辺境の村だ。荒れすさみ、そのうえ常に死と隣り合わせで、とてもではないが人間の暮らせる環境ではないはず。

「ああ、たくさん住んでいる。広くは知られていないがな」

たびたびオーガ討伐に行っているジョスリアンは、トパ村について詳しいようだ。

(結界が破れたらすぐにオーガが侵入してくるような土地に、どうして人を住まわせているのかし

ら。すぐにでも、安全な場所に移住させるべきよ）

ロザリーの胸に、モヤモヤとしたわだかまりが生まれる。

北に向かうにつれ、景色が殺風景になっていく。ポツポツとあった民家も消え、ひたすら平原が続いた。

疲れただろうと、ジョスリアンが途中で馬車を停泊させた。

高い木々が生い茂り、サラサラと小川が流れる美しい場所だった。

ジョスリアンがロザリーを抱きかかえて馬車から降ろそうとするものだから、慌てて拒む。

「自分で降りられます……！」

「何時間も座りっぱなしだったんだ、無理をするな。そんな壊れそうな手をしているのに、疲れないわけがない」

しごく真面目（まじめ）な顔で意味不明なことを言われ、結局抱き降ろされた。

（でも、ジョスリアン様らしいわ）

彼の価値観のズレが、この頃かわいくて仕方がないのはどうしてだろう。

それに過保護なまでに大事にされるのは、慣れないながらも心地いい。

「ちょっとだけ待っていてくれ」

地面に毛布を敷き、ロザリーを座らせると、ジョスリアンはどこかに消えた。

本当にちょっとだけ待つと、ジョスリアンが片手で魚をむんずとつかんで戻ってきた。

赤ん坊ほどの大きさはある巨大魚である。

「え？　ジョスリアン様。それ、どうやって捕まえたのですか？」

「こう、パシャッとだ」

「パシャッと、ですか」

（すごい！　魚って、そんな簡単に捕まえられるものなの？）

ジョスリアンの手でピチピチと跳ねる巨大魚を見ながら、ロザリーは目を輝かせる。

「それにしても、大きな魚ですね。こんなに大きな魚、初めて見ました」

「今は、魚が一番育つ時期だからな」

巨大な斧をいともたやすく投げたり、オーガをひとりで討伐したり、巨大な魚をあっけなく手でつかんだり。

前から思っていたが、ジョスリアンの身体能力は超人的だ。

（あのポンコツ王太子。これでよく、病気で寝たきりなんていう大嘘がつけたわね）

ロザリーがそんなことを考えている間も、ジョスリアンはてきぱきと調理の準備を進めていた。

ナイフで魚を切り分け、枝にグサッと差し、焚火の準備をする。

（あ、火起こしも魔石使わずにやっちゃうんだ。すご）

「手慣れているのですね」

「子供の頃、毎日こうして魚を捕って食べていたんだ」

「毎日、ですか？」

彼はおそらく、王宮に連れていかれる以前の話をしているのだろう。

「ああ。国王の侍女だった母は、俺を身ごもったあと、王宮を逃げ出し故郷の村に戻って育てた。母の命を狙っていた王妃から、身を守るためだったらしい。七歳で母が死んだあと、俺は鍛冶屋の手伝いをして小銭を稼ぎながら、浮浪児同然の暮らしをしていた。父親知らずの忌み子として嫌われていたため、誰も手を差し伸べてはくれなかった。王妃が死に、王室から迎えが来るまでの三年間、魚でどうにか食い繋いだようなものだ」

「そんな……」

その後も、ようやく会えた肉親から愛を受けるどころか、洗脳されて手駒のような扱いを受けるなど、あまりにも悲惨だ。

彼の孤独な少年時代を思うと、胸が痛い。

過去に戻って寄り添ってあげられたら、どんなにいいかと思った。

「……お辛かったでしょう」

たまらなくなったロザリーは、焚火に魚をくべている彼に、そっと身を寄せた。

「よく分からない。だが、今にしてみればよかったと思う。魚を捕るすべを学んで、こうして君を喜ばせることができたのだから」

温かな眼差し（まなざし）を向けられ、きゅんと胸が鳴る。

とっさにロザリーは、ジョスリアンの腕に抱き着き、頬（ほお）にちゅっとキスをしていた。

「ジョスリアン様。これからは私がずっとおそばにいます。私は、ジョスリアン様のものなのですから」

「あ、ああ……」

あっという間に顔を赤くしたジョスリアンが、自分の腕に押しつけられたロザリーの胸元に視線を落とす。露出度の少ない服ではあるが、人より大きいせいか、寄り添えば胸の谷間が見えていた。

じっと吸い寄せられるように谷間を見つめたあと、スッと視線を逸らし、こらえきれないというようにまた視線を戻す。

そんな挙動不審な動作を、ジョスリアンはひたすら繰り返していたが、ロザリーの体に触れようとはしなかった。

（ジョスリアン様は、どうしてこの頃、直接触れてくださらないのかしら？）

服の上からまさぐったり、キスをしてきたりはするが、裸にされて触れられることはめっきりなくなっていた。今も二、三回咳ばらいをすると、それ以降は視線を泳がせることなく、きりりとした顔で魚の調理に集中している。

こうしてそばにいるだけで、彼に触れてほしくて、ロザリーの体は疼いているのに。

（もしかして、飽きられた？）

そんな可能性に行き着き、ロザリーは不安を覚えた。


トパ村には、翌朝到着した。

無人の荒れ地と学んだそこは、ロザリーの想像とは大きく違った。

たしかに荒れ地ではあるが、家屋が立ち並び、ボロをまとった人々が大勢行き交っている。

（まさか、こんなに人がいるなんて）

「きしさま～！　金色の目のきしさま～！」

馬車を降りたロザリーが呆然としていると、子供たちが駆け寄ってきて、ジョスリアンを囲んだ。

ジョスリアンは馬車から木箱をひとつ下ろし、蓋を開ける。中には、クッキーや飴が詰まった袋が大量に入っていた。子供たちがわっと歓声を上げる。

「きしさま、いつもありがとう！」

「きしさま〜、はやくちょうだい！」

「僕が先だ！」

幼い子供たちの間に割り込んだ大きい少年に、ジョスリアンが鋭い目を向ける。とたんに少年は、

「ひっ！」と竦み上った。

「小さい子供からだ」

「は、はいっ！　分かりました……！」

（あの箱は、子供たちに配るものだったのね。ひょっとしたらほかの箱も、そういったものなのかしら？　この様子だと、ジョスリアン様はこの村にしょっちゅう物資を届けているようね）

無表情でてきぱき子供たちにお菓子を配っているジョスリアンを見ながら、ロザリーは彼の優しさに心打たれる。

村人の貧しさを目の当たりにして、行動せずにはいられなかったのだろう。

そういう、無欲の優しさがある人だ。

じいんとしながらジョスリアンを見つめていると、スカートをくいっと引っ張られた。

ピンク色の髪をツインテールにした女の子が、あどけない目で、ロザリーを見上げている。

「おねえさんはだあれ？」

「ロザリーよ。あなたは？」

「わたしはアイラ。五さいで、すきな食べ物はいちごなの」

舌ったらずな声で、アイラが言う。

「いちごなら、私も大好きよ。私たち、気が合うわね」

（ふふ、かわいい）

おいで、とロザリーはアイラを引き寄せ、抱っこした。

ほっぺがもちもちで、食べてしまいたいくらいかわいい。

にこにこと自分を眺めるロザリーを、アイラは食い入るように見つめている。

「ロザリー、すごくきれい。こんなにきれいな人、はじめて見た」

「ありがとう。アイラ、あなたもすごくかわいいわ」

「うん、しってる。ロザリーは、金色の目のきしさまの、こいびとなの？」

「あ、うん。ええと……それに近いものかしら」

子供相手に、首をぶった切られそうになって命と体を交換した間柄、とは言えない。

「だから金色の目のきしさまは、女の人にさそわれても、そっぽを向いていたんだね！」

「女の人に誘われて？」

アイラがうなずく。

「きしさまがお顔をかくしていたときは怖がってたのに、イケメンだとわかったら、ナヨナヨしだした女たちのことだよ。でもよくわかった！　ロザリーにくらべたら、あんな女たち、ドブみたいだもん」

かわいい顔して、意外と辛口らしい。

（ジョスリアン様、鉄兜（てつかぶと）を脱いだらやっぱりモテ出したのね。あの顔だもの、しょうがないわ。

でも、変に脱いでと言わない方がよかったかしら）

ヤキモチのような思いを感じていると、ロザリーを見つめていたアイラが、目をキラキラさせた。

「ねえ、ロザリー。アイラも、ロザリーみたいにきれいになりたい。そして大きくなったらいい男をつかまえたい」

「男をつかまえ……？　大丈夫よ、アイラならきっと美人になるわ。ほら、私たち髪の色もそっくりだし」

「ほんとだ！　いっしょだ！」

互いにピンク色の髪を寄せて、笑い合う。

（この子、将来は大物になりそうね）

どうやらウマが合うようで、ロザリーはアイラといると楽しかった。

子供と接する機会など今までほとんどなかったので、自分が子供好きだとは知らなかった。

思ったとおり、ほかの箱の中身も物資だったようで、ジョスリアンはその後もしばらく配るのに忙しそうだった。その間、ロザリーはアイラと遊んで過ごしていた。

「わたしね、ずっと気づいていたんだ！　きしさまが本当はイケメンだってこと」

「それはすごいわね。私には分からなかったわ」

「イケメンはね、歩き方と、顔のかくどでわかるの。あと、あごの下のおヒゲの本数」

「アイラ、本当に五歳……？」

他愛ない話をしながら、前世の記憶をもとに、原っぱで野花を編む。

色とりどりの花々が編み込まれた、きれいな花冠が出来上がった。

「はい。アイラにあげるわ」

「わーっ！　ロザリー、ありがとう！　すごくきれい！　ねえ、かわいい？」

「ふふ、お姫様みたいよ」

花冠を頭に乗せ、きゃっきゃとはしゃいでいるアイラを、微笑みながら眺める。

「アイラ、何してるの？　あっ、きれいなかんむり！」

「いいな～、私たちにも作って！」

子供が何人かやってきて、ロザリーを取り囲んだ。ロザリーは喜んで、皆にも花冠を編んでやる。

二歳くらいの小さな男の子が、ちょこんとロザリーの膝に乗ってきた。

「おっぱ～、おっぱ～！」

小さな男の子は体を前後させて、自分の頭に当たるロザリーの胸の感触を、ばいんばいんと楽しんでいる。無邪気な顔をしているがニヤついているので、おそらく確信犯だろう。

（この歳から、露骨なおっぱい好きなんて。エドガー様みたいな大人にならないといいけど）

「おっぱ……」

すると、どこからともなく伸びてきた逞（たくま）しい腕が、男の子の首根っこをつかむ。ジョスリアンだった。

無言のまま男の子を地面に降ろしたジョスリアンは、彼をじっと見つめ、ゴゴゴゴと鳴るような威圧感とともに静かに首を振る。

男の子はごくりと喉を鳴らしたあと、借りてきた猫のようにすっかり大人しくなってしまった。

「ジョスリアン様」

「ロザリー、待たせてすまなかった。村の中を案内しよう」

差し出された手を取り、立ち上がる。

ロザリーはそのままジョスリアンに手を引かれ、子供たちの冷やかす声を背中で聞きながら、村の奥へと進んでいった。

村では、着々と宵祭りの準備が進んでいた。

青光石(せいこうせき)と呼ばれる魔石の入ったランタンが、村人たちの手によって、そこかしこに並べられている。欲求神(ルキア)を祀(まつ)った祭壇の周りには、特にランタンが集中していた。

青光石は、文字どおり青い光を発する魔石だ。こういった催事の装飾以外、使い道はほとんどない。

「トパ村は、青光石の採掘地なんだ。青光石を売ることでわずかな収入を得ているものの、ほぼ自給自足でまかなっている」

朽(く)ちた屋根の家々に、旧型の井戸、痩(や)せた家畜。貧しさがそこかしこからにじみ出ている村の中を歩きながら、ジョスリアンがロザリーに説明する。

人が見当たらなくなったところで、ジョスリアンが足を止めた。

「ここから先は結界地区だ。近寄らない方がいい」

遥か遠くに、結界を守る魔導士や兵士が常駐しているテントが見えた。

風が、オーガの不気味な雄叫びを運んでくる。

ゾッとして思わずジョスリアンに身を寄せると、大きな手が守るようにロザリーの肩を抱いた。

「この村の人々は、オーガの侵入に怯(おび)えながら暮らしている。食欲の魔獣(フドル)であるオーガが出現したのは、人間が欲求神（ルキア）の恩恵である三つの欲求を、均等に保てなかったせいだと考えたらしい。だから年に一度祭りを開き、欲求神（ルキア）に許しを求めて村の安全を願うんだ」

「私は、オーガの谷に近いこの村は、無人だと習ったのですが……」

「たしかに、かつては無人だった。だがおよそ五年前、かつて奴隷階級だった者たちが、衣食住の保証を条件に連れてこられたんだ」

奴隷制度は五十年前に廃止されているが、その後も市井（しせい）では差別が続いている。働き口や住処を見つけられず、路頭に迷っていた元奴隷たちには、ここに移り住む以外の道がなかったのだろう。

「ほかにも住む場所はあったでしょうに、どうしてこんなところに移住させたのかしら？　十分な衣食住が与えられているようにも見えませんし」

そこまで口にして、ロザリーは恐ろしい可能性に気づいた。

「まさか、わざとなのですか……？」

ああ、とジョスリアンがうなずく。

「彼らが移住させられた時期は、前の聖女の結界が弱まり、オーガの侵入が見受けられるようになった時期と一致する。オーガは腹が満たされれば、谷に戻る習性がある。だから囮（おとり）としてここに人を住まわせ、腹が満たされたオーガが谷に戻っている間に結界を修復し、国全体に被害が広がるのを防いでいるんだ」

「なんてひどい話なの……」

ロザリーは、怒りがふつふつと込み上げるのを感じた。

人間が人間を犠牲にして助かろうとするなど、鬼畜の所業（しょぎょう）だ。人間はオーガの共食いの習性を忌み嫌っているが、これでは同じことである。

（この国は……このままでいいの？）

胸に鉛（なまり）が沈んだみたいに重苦しかった。

ジョスリアンは村をひととおり案内すると、ロザリーの手を引いて、小高い丘に向かった。

クスの巨木が空高く枝葉を広げ、白い花が一面に生えているそこからは、トパ村を一望できた。

「祭りまではまだ時間があるから、ここで休憩しよう」

腰を下ろしたジョスリアンに、ロザリーはぴったりくっついて座る。

彼から、一ミリも離れたくない気分だった。それほど、ロザリーはショックを受けていた。

（私、何も知らなかった）

長年、エドガーの政務を補佐してきただけで、この国の役に立っているつもりだった。

今にして思えば、ロザリーがしていたのは、表面をなぞるだけの政務に過ぎない。この国の本当の問題点に、目を向けようともしていなかった。

「どうした？　元気がないな。何を考えている？」

ジョスリアンが、心配そうにロザリーの顔を覗（のぞ）き込んでくる。

「……ジョスリアン様は、この村に、いつから物資を届けているのですか？」

「二年くらい前だ。アイラをオーガから救ったのがきっかけだった」

「アイラがオーガに襲われたのですか!?」

「ああ。すぐに助けたから、事なきを得たが」

あのおしゃまでかわいい少女が、獰猛（どうもう）な魔獣の餌食（えじき）になりかけていたところを想像しただけで、胸がしめつけられる。

「それを機に、たびたびアイラの様子を見に行くようになった。あるとき腹が減ったと言われ、それから定期的に食糧を届けるようになったんだ。俺には、それくらいしかできることがないからな」

ポツンとこぼされた彼の声は、淡々としているが、寂しげにも聞こえた。

エドガーに洗脳されているジョスリアンは、おそらく、思うように自分の意思を感じることができない。それでも、潜在的な優しさが、彼を突き動かしているのだろう。洗脳がもたらす症状を覚悟で、無実の罪人を救ってきたのと同じように。

そして王宮から追い出された身でありながら、見捨てられて苦しんでいる民の力になろうとしている。自分の利益しか頭にない王侯貴族が振り向きもしない中で、ただひとり。

(エドガー様なんかより、よほどこの国をつかさどる資質のある人ね)

彼の胸に、こてんと頭を預ける。

物思いにふけるロザリーの様子が気になるのか、ジョスリアンが遠慮がちに髪を撫でてきた。

ぎこちない手つきに、心が癒される。

(本当に優しい人……)

新しい彼をまたひとつ知るたびに、胸の奥がしめつけられ、泣きたいような幸せなような、何とも言えない気持ちになる。

ロザリーはもう、認めるしかなかった。

(私、ジョスリアン様に恋をしているのだわ)

ジョスリアンは、明け方のまっさらな空みたいに、穢れのない心の持ち主だ。

自分のような女には、もったいない人。

それでももう、この想いは歯止めがきかないところまで来ていた。

愛されたいとまでは望まない。

それでも、愛することならできる。

――『ロザリー様。どうか、その魔術式を完成させてはくれないでしょうか？』

先日の、ミシェルの言葉を思い出す。

リナの張った結界は、日に日に脆くなり、限界が近づいているとミシェルは言っていた。

今さらロザリーに協力を求めるなど、調子がいいにもほどがあると冷たくあしらったが、今は状況が変わった。

（編もう、魔術式を）

ほかの誰でもない、ジョスリアンと、この村の人々のために。

孤独に闘うジョスリアンに寄り添い、かわいい子供たちをオーガの脅威から守るために。

ホワキンのノートは突き返してしまったが、記されてあった魔術式は頭に入っている。子供の頃から、暗記は得意なのだ。

見たこともないくらい美しく、そして繊細な魔術式だった。これまで挑んだことがないほど難解で複雑な式だったが、あきらめるつもりはない。

清々しいほどに、ロザリーの決意は固かった。

これほど強い意志を抱いたのは、生まれて初めてだった。

日が暮れ、祭りが始まった。

ランタンの青白い光が、まるで精霊の光のように、村のそこかしこに浮かんでいる。

欲求神(ルキア)の祭壇の周りで、村人たちが、軽快な音楽の調べに乗って踊っている。腕を組みながら輪になり、次々とパートナーを変えていく、フォークダンスのような踊りだ。

広大な夜空には、無数の星屑が瞬(また)いている。幻想的で愉快な夜だった。

夢の中の世界のような光景に、ロザリーはぼうっと見惚(みと)れていた。

「なんて美しいの……。こんなにきれいな景色、初めて見ましたわ」

隣に立つジョスリアンに笑顔を向けると、彼が目を細める。

「そうか。それはよかった」

「ロザリー。はいっ、スープ！」

アイラが、ててて、と器を持ってきてくれた。

野菜のたっぷり入ったスープが、香ばしい湯気を立ちのぼらせている。

「ありがとう、アイラ。おいしそうね」

「きしさまといっしょに飲んでね！　こいびとなんだから、ひとつでいいでしょ！」

きひひ、と無邪気に笑うアイラ。

「それ飲んだら、ロザリーもいっしょにおどろ！」

「ええ、喜んで」

ロザリーは、アイラに連れられて踊りの輪に加わった。

青白い光が煌めく中、村の人たちと手を組み、笑い合いながらステップを踏む。

(みんなと一緒に踊るのって、こんなに楽しかったのね！)

気づけば、夢中になって踊り続けていた。

(ジョスリアン様も踊ればいいのに)

誘いに行こうかしらと、ジョスリアンの方に顔を向ける。

すると、数人の女に囲まれている彼の姿が目に入った。

女たちは、我先にとジョスリアンに声をかけているようだ。

(何よ、あの女たち)

「騎士様、一緒にお酒でもいかがですか～」という甘ったるい声が聞こえ、ロザリーは踊りながらむっとする。

こちらをぼうっと見ているジョスリアンは、目の前の女たちにはまったく興味がなさそうだが、それでも面白くない。

ロザリーは颯爽と踊りの輪を抜け、彼にズンズン近づいた。

「ロザリー、踊りはもういいのか？」

ジョスリアンの表情が、目に見えて柔らかくなる。

はしゃいでいた女たちが口を閉ざし、ロザリーに怪訝な目を向けた。

「ちょっとごめんなさい」

ロザリーは堂々と女たちの間をすり抜け、ジョスリアンの腕にむぎゅっと胸を押しつけるようにしてしがみつく。それから背伸びをして、彼の耳元で甘さたっぷりに囁いた。

「ジョスリアン様、私、ちょっと疲れちゃいました。早くふたりになりたいです」

「……そ、そうか。そろそろ宿泊場所に行くか？」

暗闇でも分かるほど、ジョスリアンの顔が赤みを帯びていく。

「はい！」

女たちの刺すような視線を感じながら、ロザリーはとびきりの笑顔で返事をした。


貧しいトパ村に、宿はない。

だから村長はふたりのために、空き家をまるまる一棟貸してくれた。

村の中では、群を抜いて立派な家だった。大きめのベッドには清潔な敷布が敷かれ、窓にもカーテンが掛かっている。ダイニングテーブルに椅子、体を洗うための熱々の湯を張った盥まで用意されていた。

「素敵なお家ですね。なんだか申し訳ないわ」

貧しい中での、精いっぱいのもてなしを感じた。この村のために尽力しているジョスリアンへの誠意の表れなのだろう。

「ジョスリアン様、早く来てください」

ロザリーはさっそくベッドに横になると、ジョスリアンに向かって手招きをした。ジョスリアンは少しだけ逡巡する素振りを見せたが、結局いそいそとベッドに入ってくる。

そして、すぐさまロザリーの胸に顔を寄せた。

ワンピースの襟ぐりからこぼれた谷間に、スリスリと高い鼻梁を擦りつけられる。胸の奥がきゅんきゅんするのを感じながら、ロザリーは彼の頭を優しく撫でた。

毎晩のようにこうしているので、すっかり手慣れたものである。

「ジョスリアン様。素敵なお祭りに連れてきてくださり、ありがとうございました」

「喜んでくれたか？」

「はい、もちろん！」

ジョスリアンに出会わなかったら、一生知ることはなかっただろう。闇夜に輝く青光石の美しさも、子供たちの笑顔の尊さも、人々と踊るダンスの楽しさも。

満面の笑みを浮かべるロザリーを、ジョスリアンは幸せそうに見つめていた。

「君が喜んでくれたなら、これ以上にうれしいことはない」

(もしかしてジョスリアン様は、私を喜ばせるためにここに連れてきてくれたの？)

ドクドクと胸が鳴る。

ジョスリアンの一番の目的がこの村に食糧を届けることで、ロザリーに祭りを見せたのはついでだったとしても、喜ばずにはいられない。

(まるで、本当に大切にされているみたい)

ジョスリアンがロザリーを気遣ってくれるのは、この体が彼のものだからだ。彼は優しい人だから、体だけでなく、心まで満たそうとしているらしい。

「ジョスリアン様……」

まるで導かれるように、彼の両頬に触れ、顔を近づけていた。

ジョスリアンは一瞬怯(ひる)んだような表情を見せたものの、逃げようとはしなかった。

触れるだけのキスを、彼の唇に落とす。ひとときの柔らかな温もりが胸をじいんとさせ、引きつれたような痛みとともに、熱い何かが込み上げた。ちゅ、ちゅ、と何度も食むように唇を重ねる。キスなら、何度もしている。

だが彼のことを好きだと自覚した今のキスは、いつもとは違った。

あなたが欲しいのだと、ロザリーの心が叫んでいる。だから自然と、草木が潤いを求めるように、彼の温もりを求めてしまう。

ジョスリアンは、ロザリーにされるがままだった。キスの合間に、ハァ、と濃密な吐息を吐いていたが、それ以上何かをしてくることはない。

いつもならすぐにがっついて、口の中をねぶってくるのに。それから胸に手を這わせ、揉んだり、先を引っ掻いたりしてくるのに。

(この頃は、それ以上はしてくれないのよね)

今日はそれ以上どころか、深いキスすらしてくれないというのか。

(やっぱり、飽きられたのかしら)

虚しさが胸いっぱいに広がり、泣きそうになる。自ずとロザリーは、ベッドに横たわる彼に跨っていた。っていた。彼を組み敷くようにして、上から見下ろす。

「ロ、ロザリー……?」

唖然とロザリーを見上げたジョスリアンは、明らかに動揺していた。

女性の方から迫るなんて、彼に出会う前のロザリーからしてみたら、考えられない行動だ。

だが、どうしようもなかった。

好きと自覚した男を求める本能には抗えない。

（こんなに好きなのに、襲わずにいられるものですか）

サイドの髪を耳にかけ、拗ねたように彼を見る。

「どうして、キス以上はしてくれないのですか？」

脅迫よろしく、ぐっと体を近づけた。

彼の厚い胸板に、自分の胸がぐにゅっと押し潰されるのが分かった。男らしい喉元が、目と鼻の先で、ゴクリと大きな音を鳴らす。

「もう、私に飽きてしまわれたのですか？」

「飽きる？　そんなわけがないだろう」

ジョスリアンが、寝耳に水、というような顔をする。

声が怒気を孕んでいるようにも聞こえた。

ジョスリアンの言葉に裏表がないのは分かっているはずなのに、ロザリーは今、彼の言葉を信じることができなかった。

（本当にそうなのかしら？　嘘をつかれてる？）

不安になっていると、太もものあたりにごりっと何かが触れる。ハッとしてそこを見ると、下衣の中心部分がはち切れんばかりに押し上がっていた。

（反応してるわ）

彼の体は自分を求めているのだと知り、安堵した。

思い切ってそこに触れると、彼がビクンと体を竦ませる。

布が湿っている。

すでに先走りの液があふれるほど興奮しているのだと分かり、ロザリーの心が歓喜した。

(こんなになってるのに。どうして、いろいろしようとしないのかしら)

腑に落ちないが、発情している好きな男を、放置はできなかった。

布の上からそっと握り込み、前に彼が自分でしていた様子を思い出して、ゆっくりとしごいてみる。それはすでに、石のように硬かった。

「な……っ!」

ジョスリアンが、火がついたように顔を真っ赤にしている。かわいさのあまり、昂ぶりを撫で上げながら、彼の頬にちゅっと口づけを落とした。

だが、下衣の隙間から手を入れようとしたら制止された。

「ダメだ。出てしまう……!」

さすがに調子に乗りすぎたらしい。ロザリーは、彼のそこからしぶしぶ手を遠ざけた。

苦しげに息を荒らげながら、すがりつくようにぎゅうっとロザリーを抱きしめるジョスリアン。

どうにかして、興奮を鎮めようとしているようだ。

「……君があまりにもかわいかったから、触れるのが怖かったんだ」

肩を上下させながら、耳元で、懺悔のように告白される。

「踊っていたとき、この世のものとは思えないほどかわいかった。君の笑顔を守るために、無理はさせられないと、前以上に感じたんだ」

「無理、ですか?」

「……俺のは、なかなか鎮まらないようだから。普通は一回で済むと、使用人たちの会話で耳にしたことがある」

ロザリーはようやく、彼が何のことを言っているか気づいた。

(起き上がりこぼしのことね)

前みたいに深くまで触れてこないのは、飽きられたり嫌われたりしたわけではなく、ロザリーを思っての行動だったらしい。

彼への想いがよりいっそう膨らみ、ロザリーは愛情たっぷりに微笑みかけた。

「心配なさらないでください、何度でも受け止めますから」

金色の目を見開いたジョスリアンが、息を呑んだのが伝わってきた。

そんな彼の耳に触れるほど唇を寄せ、懇願するように囁く。

「だから、して？」

「ロザリー……？」

「してほしいのです。できたら、最後まで」

誰にも触れさせたことのない場所に触れてほしかった。

彼だけのものになりたいと、強く思った。

「ジョスリアン様のここで、私の中をいっぱいにしてほしいの」

先ほどよりもさらに質量を増したそこに、そっと手を這わせる。

「○△□×……!!」

ジョスリアンの声にならない声が聞こえた気がした。

ジョスリアンは吐息を震わせると、ロザリーの背中を撫で、ゆっくりと腰まで手を下ろしていった。先ほどまでとは違う、快感を呼び起こそうとするような手つき。ドレス越しに触れられているだけだというのに、情欲を極限まで煮詰めたような手のひらの熱さが、じわじわとロザリーを蝕んでいく。

「んぁ……」

ビクッと身悶えたロザリーは、細い声を漏らした。

つい先ほどまで主導権を握っていたのに、あっという間に立場が逆転したように思う。

「ロザリー、君がかわいくて死にそうだ……」

ため息のような声で囁くと、ジョスリアンはロザリーの肩口に手を伸ばし、ワンピースをずり下げた。目の前にふるりとこぼれ落ちた白い乳房を、恍惚とした表情で見つめるジョスリアン。

「いい眺めだな……」

熱い手のひらで、ゆっくりと膨らみを揉み上げられる。肌の柔らかさを堪能するように、じっくりと優しく動かされた。すでにその先を知っているロザリーには、物足りない刺激である。それでも大好きな彼に触れられているという充足感が、心を満たしていく。

「触ってもないのに、硬くなってる」

熱い視線が、胸の先に注がれた。早く触ってほしいのに、ジョスリアンがいつまでも胸をやわやわと揉むだけだから、ロザリーはたまらなくなった。

「ジョスリアンさまぁ……」

とろける視線を向ければ、ジョスリアンはごくりと喉を鳴らし、胸の先に吸いついた。ちゅうちゆうと何度も交互に吸われ、同時に激しく揉み込まれる。

「はぁん……」

久々の幸福感にひたっていると、胸の愛撫に没頭している彼と目が合った。

端正な顔のイケメンが、赤子のように夢中になって乳首に食らいついている姿は、何度見ても背徳感を煽る。

「気持ちいいか？」

恥じらいながらもこくこくとうなずけば、彼はうれしそうに目を細め、今度はそこを激しく舌先で弾いてきた。ひとしきり刺激を与えたあとは、まるで唾液を塗り込むように、ねっとりと舐め上げてくる。

「んっ、ふっ、んん……っ」

彼の肉厚な舌は、熱くて、ぬめぬめしていた。乳首はこれ以上ないほどしこり、それだけのことで腰が砕けそうになる。

「んんん……っ」

疼く体の行方を求めるように、ロザリーは腰を揺らした。

ようやく胸元から顔を上げたジョスリアンが、情欲に溶けた瞳で、腰をくねらすロザリーを見上げる。

太ももを撫で上げた手が、ドロワーズの中へと侵入してきた。

割れ目に添うように撫でられただけで、そこからぴちゃりと水音がする。

「ああ、すごい……」

「んっ、やぁ……」

恥ずかしいのに、腰の揺らぎが止まらない。

ジョスリアンは、己の気持ちを落ち着かせるようにため息をつくと、今度はロザリーを組み敷き、上から見下ろす体勢になった。あっという間にワンピースとドロワーズを剝ぎ取られ、一糸纏わぬ姿にされる。

「あ……」

ランプの明かりだけが頼りの薄闇に、ロザリーの見事な裸体が浮かび上がる。みずみずしい果実のような乳房に、柳を思わせる細い腰、すんなりと伸びた手足。彼の熱い視線が、ロザリーのすべてに、余すところなく注がれていた。

まるで視姦されているような状況に、顔を赤くして固まっていると、ジョスリアンが額に触れるだけの口づけを落としてくる。

「きれいだ、ロザリー。この世の何よりも」

感動をにじませた低い声で囁くと、ジョスリアンは今度は自分のシャツを脱ぎ捨てた。

鍛え抜かれた上半身が露になる。隆起した上腕筋、硬く盛り上がった胸板、鋼のように屈強な腹筋。武神の彫刻のような体に魅せられているうちに、ガバッと足を開かれ我に返る。

あろうことか、二本指で女陰を割り開かれ、間近からじっくりとそこを観察されていた。

「な、何をされているのですか？」

「かわいい穴だな。こんなところにあんなのが入るのか……？」

心配そうにその部分を撫でさすられただけで、またくちゅりと音がして、ロザリーの口から甘い吐息が漏れる。

「痛くはないのだろうか……？」

「……たぶん、平気です。初めは痛いらしいですが、徐々によくなると学びましたから」

「なるべく痛い思いはさせたくない」

ジョスリアンはつぶやくと、顔を近づけ、労わるようにその穴を舌でつついた。

本能的に、舐めてほぐそうとしているのだろう。

ピチャピチャという動物的な音が絶え間なく響き、ロザリーの羞恥心を容赦なく煽る。

「ん……っ、ふぁ……」

自然と浮いてしまう腰を抱え込まれ、中まで舌を挿入された。その部位から伝わるぬめりとした柔らかな感触が、新たなる快楽を身に刻んでいく。指先で優しく穴を広げられ、さらに奥まで舌を押し込められた。

「んん……っ！」

愛液が、どっとそこからこぼれた。

荒い息をつきながら、ジョスリアンが愛液にまみれた口元を手の甲で拭っている。まるでそそうをしたような罪悪感に襲われ、思わずぎゅっと敷布を握りしめると、ジョスリアンがその手を包み込んできた。

優しく手を握られたまま、今度は中につぷっと指を挿れられる。

すぐに奥の一点をつつくような動きになったのは、以前そこに触れたとき、ロザリーが達したのを覚えているからだろう。

ぐちゅぐちゅと音を響かせながら、男らしい長い指が、ロザリーの中を責め立てる。

「んっ、あ、んぁっ……」

まるで生き物のように、彼の指の動きに合わせ、下半身がひくひくと悶えた。およそ自分の体内から発せられているとは思えない水音が、否応なしに耳に響く。

しきりに中をかき混ぜながら、荒ぶる息を押し殺し、焼けつくような視線をロザリーの顔に向けるジョスリアン。彼がこの上ないほど興奮しているのが伝わってくる。

「んぁぁ……っ！」

どんどん高みに追い上げられ、ロザリーはついに気を遣（や）った。

まるで水中に沈んでいるような気だるさの中、ぼんやりとジョスリアンに視線を馳（は）せる。

彼は下衣から自身の昂ぶりを出している最中だった。

鍛え抜かれた腹筋を叩くほど勢いよく反ったそこは、いつの間に吐精したのか、すでに白濁にまみれていた。

だが、勢いはまったく失っていない。

ジョスリアンはやや気まずそうに白濁を敷布で拭うと、ロザリーのそこにひたりとあてがう。

「痛かったら、言ってくれ」

赤い顔で言われ、ロザリーは小さくうなずいた。

そんなロザリーのこめかみにキスを落とすと、ジョスリアンはぐっと腰を進めた。みしみしと内壁を裂かれるような感覚がして、ロザリーは痛みに顔を歪（ゆが）める。

だが、その痛みが心地よくもあった。

初めての痛みを与えてくれたのが、エドガーではなくジョスリアンで、泣きたいくらいにうれしかった。

「……痛いか？」

「いいえ。だいじょうぶ……です」

無理をしているような声に聞こえたのか、ジョスリアンは一瞬戸惑うような顔を見せたものの、ロザリーが焦がれるような視線を向けると、さらにぐっと奥を穿つ。

「あ……っ！」

体が割れるような痛みに、ロザリーは悲鳴を上げた。ジョスリアンが怯んだ顔をする。

「やっぱり、やめておくか」

「やめないで、お願い」

ロザリーは、ジョスリアンが離れていかないように、彼の腰を抱き込んで自ら前に押し込もうとした。

「ああ、くそ……っ」

ジョスリアンは苦しげに呻くと、大きく息を吐き、今度は一気に奥まで貫く。

「……っ！」

あまりの痛みに、声も出ない。だが彼と離れたくなくて、ロザリーは逞しい背中に必死にしがみついた。

「ああ、すごい。ぬるぬると絡みついてくる……」

ジョスリアンのこれほど熱に浮かされたような声を聞くのは、初めてだった。この行為が、彼に特別なものをもたらしたのだと知って、胸が歓喜に震える。

痛みに耐え（た）ながら、ハアハアと荒い呼吸を繰り返す彼の頬に優しく触れた。

額に汗を浮かべたジョスリアンが、うっとりとした目で、甘えるようにロザリーの手のひらにすり寄る。

「ジョスリアンさま……好きです」

こうして、大好きな彼とひとつになることができた。

自分は今、この世の誰よりも幸せだと思った。

「すき、だいすき」

言葉が、直接心からこぼれ出ていく。

紫色の瞳にありったけの想いを込めて、目の前の彼に笑いかけた。

微笑むロザリーを映した金色の目が、大きく見開かれる。

「………っ！」

次の瞬間、ジョスリアンはあっという間にロザリーから自身を引き抜くと、背筋を震わせお腹に白濁を吐き出した。

「……すまない」

恥ずかしそうにつぶやいたあと、やはりいっこうに萎（な）える気配のないそれを、ジョスリアンは再び時間をかけて膣奥に埋めた。

圧倒的な質量が、ロザリーの胎（はら）の中を満たしていく。

「ああ、おっきい……」

痛いのに、このままでいたい。灼熱に心まで貫かれたい。

未知の感覚に怯え、すがるようにジョスリアンの背中をぎゅっと抱きしめると、彼はそれに答えるように強く抱きしめ返してくれた。

ジョスリアンは、しばらくの間、そのまま動かなかった。

ロザリーの中が、馴染(なじ)むのを待ってくれているのだろう。

ときどき熱いため息を吐きながら、隘路(あいろ)で怒張をピクピクと震わせている。

汗の浮かぶ首筋から、むせるような男の匂いがした。ロザリーの肩を抱く手が、何かに耐えるように震えている。

「……気持ちいいのですか?」

「ああ、すごく気持ちいい……」

追い詰められたような声に、ゾクゾクさせられた。

「君の中が、俺をしめつけてくる……」

「動いていいのですよ」

「だが……」

「動いて、ジョスリアン」

ロザリーは彼の両頬を挟み込み、甘く懇願する。

ジョスリアンは「うっ」と唸(うな)ると、顔を赤らめ、そろりと腰を引いた。

そして膣道をなぞるように、奥へと差し戻す。

ロザリーの顔を穴が開くほど見つめながら、ジョスリアンはその動きを繰り返した。ゆっくりと時間をかけて膣壁をなぞり、何度でも彼の形を刻み込まれる。

痛みの中に、違う感覚が生まれきた。

「んっ、んん……っ」

それは徐々に大きくなり、やがて味わったことのない愉悦へと繋がっていく。

色情をにじませた吐息をこぼし始めたロザリーに気づいたのだろう。ジョスリアンの動きが、様子をうかがうようなものから、己の欲をぶつけるようなものへと変わっていった。

「んっ、んっ、あ、あんっ」

彼の揺さぶりに合わせて、絶えず嬌声が漏れる。

強靭な肉体を持つ彼の腰の動きは、加減していても、容赦がなかった。

彼の肉棒が中をえぐる音が、ずちゃっずちゃっという、ひどくいやらしいものへと変化していく。

「あっ、ああっ、ジョスリアン……っ！」

隙間なく押し寄せる悦楽に溺れながら名を呼ぶと、ジョスリアンが低い声で唸り、ロザリーの両足を抱えた。

硬く張りつめたもので、さらにずんずんと奥を突かれる。

（ああっ、なにこれ……！）

指や口での愛撫とは、まるで違った。

ぬかるみを穿たれるたびに腰がひくつき、彼から与えられる感覚以外、何も考えられなくなっていく。

半開きの口から甘い声をこぼし、うつろな目でジョスリアンを見つめるロザリー。

ジョスリアンはそんなロザリーに張り付くような視線を送りながら、獣のように腰を振り続けた。

「ロザリーっ、かわいいっ、かわいい……っ」

何かに取り憑かれたかのように言うと、ジョスリアンはロザリーに覆いかぶさり、夢中で唇を貪った。ねっとりと口の中を蹂躙されながら、さらにガツガツと膣奥を穿たれる。

凶悪な欲を受け入れたいたいけな膣口がわななき、しとどに蜜をこぼした。抽送は止まらず、繋がった箇所が泡を立てる。

視界が真っ白になり、すべての感覚が、己を貫く剛直の熱さに奪われていく。

「んんん――っ！」

背中をのけぞらせながらロザリーが絶頂に達したのと、最奥まで腰を進めた彼がぶるりと身を震わせたのは、ほぼ同時だった。

ジョスリアンは急くように自身を引き抜くと、ロザリーの太ももに吐精した。

性交後の濃厚な空気が充満する中、互いに息を荒らげ、見つめ合う。

どちらからともなく、惹きつけられるように汗ばんだ肌同士を近づけ、また唇を重ねていた。

(これでやっと、本当の意味で、彼のものになったんだわ)

甘いキスを交わしながら、たとえようのない満足感が、胸に広がっていく。

よかった、と気が緩んだ隙に、目からぽろりと涙がこぼれ落ちた。

「ロザリー？　やはり、無理をさせてしまったか……」

ジョスリアンが、驚いたように言う。

ロザリーはゆるゆるとかぶりを振った。その間も、涙は止まることなく頬を滑り落ちていく。

思った以上に、彼に抱かれたことがうれしかったらしい。

ジョスリアンが、指先で優しく涙を拭ってくれた。だがその顔は罪悪感にまみれている。

「すまない。俺が――」

「……違うのです。初めてがジョスリアン様で、うれしくて」

誤解を与えないように、ロザリーは声を振り絞った。

「婚約の身でありながら、奪われそうになったことが、過去にありましたので。あの頃の私は愚かでしたが、操だけは死守してよかったと思ったのです」

「………」

ジョスリアンを取り巻く空気が変わった。

眼差しが陰り、声音も低くなる。

「――それは、兄上に体に触れられたことがあるということか？」

「あ……」

ロザリーは顔を青くした。

言う必要のないことを言ってしまったのだと気づく。

閨の場で、自分が汚れた女であることをわざわざ吐露するなど、愚かにもほどがある。

汚い女を抱いた屈辱で、彼は怒っているのだろう。

「ごめんなさい、汚くて……」

震えながら謝ると、冷ややかだった目に、にわかに彼らしさが戻る。

「汚くなんかない。君はこの世の何よりも美しい」

怯えるロザリーをなだめるように、額に柔らかく口づけられた。

「心配するな。君が兄上に会うことは、もう二度とないだろうから」

「そうだといいのですが……。エドガー様は、私を妾にと望んでいるようで」

「妾だと？」

「父からの手紙に書いてあったのです。ですからそのうち、通達がくるかもしれません」

拒否したいが、そうするとエドガーがロザリーを捜す可能性がある。ロザリーが離塔にはおらず、ジョスリアンに囲われていると知ったら、エドガーは彼を処罰するだろう。だから拒否するつもりはなかった。

「…………」

ジョスリアンの放つ空気が、再びひりついた。

（私ったら、また余計なことを……）

敬愛する兄が妾にと望んでいる女を抱いたことを、後悔しているのかもしれない。ジョスリアンは、エドガーに洗脳されているのだから。

とにかく、彼らしくないそんな顔は、これ以上見ていられなかった。

「ジョスリアン様。こちらを見てください」

ハッとしたように、ジョスリアンがロザリーに視線を向ける。そんな彼の頭を、ロザリーは慈しむようによしよしと撫でた。

「余計なことを言いました。どうか忘れてください」

「……いや」

撫でるうちに、彼はいくらか冷静さを取り戻したようだった。

気持ちを鎮めるように息を吐いたあとで、ひたむきにロザリーを見つめるジョスリアン。

優しさと切なさの入り混じったような表情だった。

「もう一度抱いていいか？」

先ほどまでとはどこか違う、艶を帯びた声。

ロザリーをまっすぐ射貫く瞳に、滾るような熱情を感じ、心臓がドクンと跳ねる。

死ぬほど求められているのだと、本能で感じた。

たとえ体だけだとしても、それでいい。

愛する男とひとつになれる歓びを知った体が、有無を言わさず熱を帯びていく。

「――はい、何度でも」

微笑みながら両手を伸ばすと、ジョスリアンはすぐに覆いかぶさり、深く口づけてきた。

そのままロザリーは、明け方まで彼に激しく揺さぶられ続けた。


カーテンの隙間から入り込んだ光の眩しさで目が覚めた。

日はすでに高い。おそらくもう昼前だろう。

体が、大きな温もりに包まれている。ジョスリアンが、ロザリーを背中からきつく抱きしめたまま横になっていた。

お互い、未だ裸のままである。ジョスリアンが拭いてくれたのか、体はさっぱりとしていた。

（それにしても、本当によく眠ったわ）

声が枯れるほど絶えず抱かれ、彼の腕に包まれながら、沈むように眠りに落ちた。

幸せな、夢のようなひとときだった。

そのせいか、かつてないほど体の調子がいい。奥底からみなぎる生命力を感じた。

自分の体の変化に戸惑っていると「起きたのか？」という声がした。

「ジョスリアン様？　もしかして、起きていらしたのですか？」

「ああ、ずっとな」

「ずっと？　眠られていないということですか⁉」

急いで体を反転させると、愛しげにロザリーを見つめている金色の瞳と目が合う。

「ああ、考え事をしていた。平気だ、どうもない」

ロザリーの髪に梳くように指を這わせ、毛先に口づけてくるジョスリアン。それから穏やかな笑みを浮かべてロザリーの頬をスルリと撫でると、優しく食むようなキスをしてきた。

いつもとは違う彼の雰囲気に、ロザリーは思わず赤面する。

（なんだか今朝のジョスリアン様、妙に大人っぽいわ）

そもそもジョスリアンは、ロザリーより三歳も歳上だ。だから大人っぽくて当然なのだが、人参嫌いだったり、ボタンを掛け違えていたり、そんな姿ばかり見てきたから、年齢のことなどすっかり忘れていた。

（どうして急に？　童貞じゃなくなったからかしら？）

「ロザリー」

違和感を覚えていると、こつんと額を合わされ、甘えるような声で名前を呼ばれた。顎先をそっと持ち上げられ、再び唇が重なる。

端正な顔から漏れ出る、情事のあとの色気がものすごい。

「腹が減っただろう？　朝食をもらってこよう」

ぼうっと見惚れていると、ジョスリアンがベッドから起き上がり、見事な背筋の背中に素早くシャツを羽織った。

「まだ寝てていいからな」

そう言い残し、部屋を出ていくジョスリアン。

（やっぱり、なんか違う？）

気のせいのような気もするし、そうじゃない気もする。

これ以上は眠れそうもなかったので、ロザリーも起き上がり、着替えることにした。

顔を洗いたくとも、村人が用意してくれた盥の中の湯は、すっかり冷えている。

ふと、手のひらを見つめた。

やはり、体の調子がすこぶるいい。たんに体調がいいというわけではなく、何かを得たような、底知れない力を感じる。

「……これは、魔力なの？」

ほんの少し風魔法を使えるだけだったのが、ジョスリアンの屋敷に来てから、どういうわけか水魔法と土魔法も使えるようになった。だから分かるのだ。

体の奥底からじんわりと込み上げるこの感覚は、魔力だ。

それも、途方もなく強大な。

試しにロザリーは、盥に両手を当て、念を込めてみた。すると手のひらが赤く光り、あっという間に盥の中の水がボコボコと沸騰する。

どうやら、火魔法を使えるようになったらしい。

(どうして、急に)

信じられない気持ちで、自分の両手のひらを見つめる。

これで、すべての四元素魔法を自在に操れるようになった。

手のひらを掲げ、炎をボッと発する。小さな氷を指先から捻り出し、風を起こしてカーテンをはためかせた。

「すごい、なんでもできるわ……！」

これほど巧みに魔法を操る人間に、ロザリーは今まで会ったことがない。

わけが分からないが、本当の大魔法使いになれたのは素直にうれしかった。

朝食後、ロザリーとジョスリアンはトパ村を発つことにした。走り出した馬車を追いかけてまで、子供たちが見送ってくれる。

「ロザリー！　またあそびに来てね！　ぜったいだよ！」

アイラが、小さな体で懸命に走りながら叫んでいる。

「ええ、必ず来るわ！　アイラ、それまで元気でね！」

「うん！　女みがき、がんばっとく！」

ジョスリアンは、馬車を操縦している間中、ずっと静かだった。

そもそも口数が多い方ではないのだが、いつもに増して無口だ。

なんとなく心配になり、ロザリーはわがままを言って、彼と一緒に操縦席に座らせてもらった。彼がどこかに消えてしまわないよう、ぎゅううっと抱きしめる。

手綱を器用に操るジョスリアンは、ずっと見ていても飽きないほどにかっこいい。

(こんなにも誰かを好きになれるなんて、思ってもいなかったわ)

今にして思えば、エドガーへの想いなど薄いものだった。

前世の記憶を取り戻す前は、悪役令嬢の運命か、彼を問答無用で好きだと感じていた。だがリナに盗られても仕方がないと思ったし、こんなふうに一挙手一投足まで愛しいなどという気持ちは湧かなかった。

(絶対に離れないんだから)

「……ロザリー」

ぎゅうぎゅう体をひっつけていると、ジョスリアンが困ったようにため息をついた。

馬車は今、人気のない山道を上っている。

「……君にあまりひっつかれると、不都合がある」

赤らんだ顔で、恨めしそうにそんなことを言われる。

ロザリーは構わず、ますます彼に体を押しつけた。

「もう、かなり時間が経っています。そろそろ休憩されてはいかがですか？」

彼の肩に手をかけると、頬にちゅっとキスをし、「何度でも受け止めると言いましたよね？」と耳元で囁いた。

ジョスリアンは喉元をごくりと鳴らすと、あっという間に馬車を止めた。

急ぐように木に馬を繋いで、ロザリーを軽々と横抱きにし、高い木々が生い茂る山の中に入っていく。

大木の前でロザリーを降ろし、木に背中を押しつけると、貪るようなキスをしてきた。息をつく間もないほど舌を絡められ、同時に服の上から胸を揉みしだかれる。

「ん、ふ……」

いきなりの激しいキスに驚きつつも夢中で応えていると、くるりと体を反転させられた。

ワンピースのスカートを捲(めく)り上げられ、ドロワーズまで一気にずり下げられる。

森の中で裸の尻を丸出しにされ、ロザリーはさすがに狼狽(うろた)えた。

「恥ずかしいわ……」

「大丈夫だ、誰もいない」

焦ったように、ジョスリアンが答える。

それから張りのある尻肉を両手で揉みしだいて、「ハァ……」と興奮を露にした息を吐いた。

その場にひざまずき、尻を軽く割り開くと、迷うことなくロザリーのそこに舌を這わせてくる。

「ああ、もう十分濡れてるな……」

ピチャピチャと激しくねぶられる。

しとどに濡れた花弁の溝を余すところなく舐めつくされたあと、「もっと……」と敏感な花芽をつつかれた。そこを刺激するとより潤うことが、昨夜さんざん体を暴かれたせいで、知られてしまったようだ。

「や、あぁ……っ」

自分から誘ったものの、野外でこんな破廉恥(はれんち)な行為をされたら、まるで動物にでもなったみたいで恥ずかしい。それでも、彼の舌の動きに合わせるように、悲鳴のような喘ぎが止まらない。

花芽を舌先でさんざんくじったあとに、強く吸いつかれたら、もうたまらなかった。

「んあ、あぁぁ……っ！」

ガクンと腰が力をなくし、内股に愛液がしたたる。ジョスリアンは、待ち望んだようにひくついている蜜口にむしゃぶりつくと、じゅっじゅっと卑猥(ひわい)な水音を響かせた。

「ああ、うまいな……」

「あぁっ、そんなこと…言わないで……」

羞恥からイヤイヤと頭を振っても、彼はその行為をやめなかった。ジョスリアンはひとしきりそこを舐めつくしたあと、おもむろに下衣の前をくつろげ、すでに凶悪なほど起立している自身をひたりと当てる。

ずぶぶっ、と一気に根元まで挿れられた。

今朝までそれを受け入れていた膣道は、すっかり彼の形に模(かたど)られ、待ちかねていたように容易くすべてを受け入れた。

「あぁぁぁ……っ！」

あまりの刺激に意識が飛びそうになったが、どうにか耐える。

「ああ、ぬるぬるだ……」

耳元で響く、極限まで情欲を抑えたような声が、ロザリーの興奮を煽る。

ジョスリアンはロザリーの腰をつかむと、いきなり激しい抽送を始めた。

容赦なく後ろから最奥を穿たれ、あっという間に頭の中が真っ白に染められていく。

「んっ、あぁっ、あっ、あん……っ！」

声を抑えたくとも、あまりの気持ちよさに、うまくいかない。口からは涎がこぼれ、視線もうつろになっていく。

「ジョスリアンさまぁ……っ！」

救いを求めるように啼くと、背中を覆うようにして抱き着かれ、背後から激しく唇を貪られた。

無骨な手のひらが襟ぐりを下げて乳房を露にし、触れてもいないのに尖った頂を摘まむ。そのままガツガツと抽挿を繰り返されたら、何も考えられなくなった。

肉体と肉体がぶつかり合う音が、速度を増していく。

「あぁ――っ！」

プシャッと、繋がっている箇所から透明な液がほとばしる。それでも彼は、欲望を穿つのをやめなかった。膝がガクガクして立つことすらおぼつかなくなったロザリーの腰を支え、なおもずちゃずちゃと己の欲をねじ込んでくる。

ロザリーは我を忘れて喘ぎ続けた。

「……気持ちいいか、ロザリー？」

「気持ちいいっ、気持ちいいのぉっ！」

「はぁ……俺も気持ちいい。君がかわいくて狂いそうだ……」

細い腰を強くつかみ、ひときわ勢いをつけて、濡れそぼつ隘路を突かれる。

衝撃がズンと胎の奥まで響くと同時に、真っ赤に熟れた花芽をこねられ、白んだ頭の中に火花がロザリーが達するのと同時に彼もぶるりと震え、生白い尻に精を吐き出した。

「あぁぁっ、もうダメ……っ！」

弾けた。


翌朝、馬車はジョスリアンの屋敷に到着した。

帰ってすぐ、ロザリーは自室にこもり、机に向かった。

聖女の結界に代わる魔法包囲網の式を編むためだ。

まずは記憶を頼りに、ホワキン前王宮魔導士長の遺した魔術式を起こしていく。

夢中で紙にペンを走らせ、何十枚にも渡って、一文字一文字正確に綴(つづ)った。

魔術式は美しい。

ロザリーが魔道具作りの匠(たくみ)である魔導士ワーグレに弟子入りしたのは、魔道具の力を利用して、自分を大魔法使いに見せたいという不純な動機からだった。

やがてロザリーは、本来の目的を忘れかけるほど、魔術式の虜(とりこ)になった。

魔法の摂理と自然の摂理、秩序と無秩序、繊細さと力強さ。幾重もの課題を綿密に編み込んだ末に、魔術式は完成する。

仕上がった式は、どれも目を奪われるほど美しかった。

とりわけホワキンの遺した編みかけの魔術式は、今まで見た中で群を抜いて美しい。

(よし、全部書けたわ。問題はここからね)

ロザリーは息を吸い込むと、意識を集中させて、続きを紡いでいった。

桁違いに複雑な式である。

それは大地の言葉であり、炎の語らいであり、水流のさざなみであり、風の囁きだった。

欲求（キア）とは相反する、無欲（シア）の極致。

一日や二日で仕上がるものではない。一生をかけても無理かもしれない。

それでも、あきらめたくなかった。

一心不乱にペンを走らせる。時間の流れなどいっさい忘れていた。

「ロザリー様、夕食の時間でございます」

ソフィーの声でようやく我に返る。いつの間にか、窓の外はどっぷりと日が暮れていた。

食堂に、ジョスリアンの姿はなかった。

ソフィーが言うには「昼過ぎに出ていかれました」とのこと。例のごとくエドガーから極秘の指令があったのだろう。

「トパ村からお戻りになられたばかりなのに……」

ジョスリアンは、どこまでもエドガーに忠実だ。だがそれは、ジョスリアンの意思ではない。

（ジョスリアン様を、エドガー様の呪縛から解き放ってあげたい）

改めて、そう強く思った。だがロザリーには、やはりどうすることもできない。

自分の手のひらを見つめる。湧き上がるような魔力は、相変わらず全身にみなぎっていた。

一夜明けて、魔力がよりいっそう強くなったように思う。

（魔法が使えるようになったというのに、ジョスリアン様を救えないなんて、みじめなものね）

食卓の席でため息をついていると、アルフレッドが白い封筒を差し出してきた。

「ジョスリアン様がしたためられたお手紙です。ロザリー様に渡すようにと言付かりました」

「ジョスリアン様から？」

驚きつつ、手渡されたペーパーナイフで封を切る。

《重要な仕事が入ったため、しばらく帰れない。だが、必ず君のもとに戻る》

ジョスリアン・ネイト・ナサレア——男らしい力強さのあるサインにドキリとした。

初めて彼のフルネームを知った。彼も王族の一員なのだと、改めて認識する。

——『君に手紙を書いてもらえる両親がうらやましい。俺は手紙をもらったことがないからな』

いつかの彼の言葉を思い出した。

——『俺は化け物だからな。そんな資格がないことも承知している』

「ジョスリアン様が、私に手紙を書いてくださったなんて……」

まだインクの香りが残るそれを、ロザリーはそっと抱きしめた。

ロザリーを想って紙にペンを走らせるジョスリアンを想像したら、胸が熱くなる。

(自分は化け物じゃないって、分かってくれたのね)

愛されるべき存在なのだと、気づいたのかもしれない。好き好き言ってゴリゴリに押したのが効いたのだろう。

うれしい反面、心配でもあった。

(わざわざ手紙まで残して行かれるなんて、いったいどんな指令が来たのかしら？)

これまでもジョスリアンはエドガーの指令に従ってきたが、長らく留守にしたことはなかった。

きっと、無理難題を押しつけられたに決まっている。

(エドガーめ……!)

敬称など、もはや不要だ。あれはただのエドガーだ。

王太子だとか、元婚約者だとか、好きだったとか、そんなことはもう忘れた。

愛する人を苦しめる、この世の何よりも憎い男。

ロザリーの努力を無下にし、公の場で無様に婚約破棄を言い渡したことなど、もはやどうでもいい。私欲のために、ジョスリアンから自由を奪うのだけは許せない。

(私のジョスリアン様に何かしたら、ただじゃおかないんだから!)

＊＊＊

城のある王都ダンバルアの第一区へと続く道を、ジョスリアンは青鹿毛の愛馬で駆けていた。

流れゆく田園風景が、いつもとは違って目に映る。世界はどこまでも広かった。

心が、未だかつてないほどスッキリしている。

——俺は自由だ。

トパ村で、ジョスリアンはロザリーを抱いた。

彼女の肌は隅々まできめ細かく、柔らかくて、甘い味がした。女神のようだとは思っていたが、やはり女神だった。

初恋の相手を抱く歓びに、ジョスリアンは我を忘れた。まるでこの世の祝福と幸福のすべてが押し寄せてきたかのような時間だった。

だがそんな夢のひとときは、彼女の言葉で終わりを告げる。

――『ごめんなさい、汚くて……』

――『エドガー様は、私を妾にと望んでいるようで……』

あの瞬間、見える世界が真っ黒に染まるほどの怒りを覚えた。

苦しんでいる彼女を、何に変えても守らなければならないと思った。

自分勝手に彼女を傷つけ、この期に及んで振り回そうとしているあの男が、死ぬほど憎い。

エドガー・シャルル・ナサレア。ジョスリアンよりひとつ年上の腹違いの兄は、輝く金色の髪に、エメラルドグリーンの瞳を持つ、気位の高い男だった。

母を亡くし、孤独に生きてきたジョスリアンにとって、突如存在を知った父と兄は、一縷の希望だった。だが初めて会ったときから、兄はジョスリアンを毛嫌いした。

――『お前が弟だって？　俺にまったく似ていないじゃないか。それにしても汚いな、あっちに行けよ』

歓迎してもらえると思っていたジョスリアンは、衝撃を受けた。

高貴な血のもとに生まれ、煌びやかな王宮で育った兄の目には、浮浪児同然の暮らしをしてきたジョスリアンは汚れた存在のように映ったのだろう。兄を溺愛している父王も、やがてジョスリアンを蔑ろにするようになった。

居場所を失ったジョスリアンは、必死に勉学に勤しんだ。死に物狂いで剣の稽古にも励んだ。

地位など望んでいなかった。存在を認めてもらいたかっただけなのだ。

母を亡くし、城に引き取られるまでの三年間、ジョスリアンはずっとひとりだった。

村人たちは、父親知らずのジョスリアンを、忌み子として存在していないかのように扱った。住むところを奪われ、手伝いをしていた鍛冶屋では日常的に暴力を奮われた。毎夜寒さに震えながら星空を見上げ、自分は何のために生まれてきたのだろうと、繰り返し考えたものだ。

兄の奴隷のように生きるようになったのは、王宮を追い出された頃からだった。

――『お前は醜い生物だ。よく覚えとけよ』

――『絶対に俺の上に立とうとするな。卑しい生まれのお前に許されることではない』

傀儡のように、兄の指令をこなすだけの日々。

兄の言うことならなんでも聞いた。

そうしなければならないという、強大な何かに縛り付けられていた。

だが、今は違う。

愛してやまない女を傷つけられた激しい怒りが、がんじがらめの鎖を木っ端みじんにし、ジョスリアンの意思を解放した。

あれは兄ではない。兄という立場を騙っているだけのゴミだ。

(エドガーを切ろう)

決意するなり、ジョスリアンはロザリーに手紙を残して、屋敷を飛び出した。

マントの下に背負った斧で、彼女を穢した手と口と目を、叩き潰すのだ。

だが怒りにまかせて馬を走らせているうちに、冷静に考えるようになった。

怒りのままに命を奪うのが、良策とは思えない。

エドガーの命を奪っても、解決するわけではない。そんなことをしたら、自分が罪人となり、彼女と引き離される未来が待っているだけだ。

気位の高いあの男が、一番恐れるものはなんだ？

（それはおそらく、失脚だ）

ジョスリアンは思考が単純なのだと、アルフレッドがよく言っていた。『そこがいいところなのでございます』と、好々爺然とした笑みを浮かべていたが、裏を返せば弱点にもなり得る。

彼女を手に入れるために、自分は狡猾にならなければならない。

（殺すことなく、外堀を埋めて、確実にあの男の権力を奪うのだ）

だがエドガーの影として政治から離れて生きてきたジョスリアンに、できることは限られていた。


ナサレア城に来るのは久しぶりだ。

「ジョ、ジョスリアン殿下……？」

門番たちに入城許可証を見せると、まじまじと顔を見られた。

入城許可証は得ていたものの、使ったことはない。エドガーからの指令はいつも、伝書鴉が通達していた。

「なんだ？」

「ひっ」

ギロリと睨むと、門番たちが震え上がった。

「も、申し訳ございません。ジョスリアン殿下は、床に伏しているという話を耳にしていましたので……」

戸惑いつつも、門番たちはジョスリアンを通してくれた。

堂々と入城するのは久しぶりだ。影として、夜中に忍び込んだことなら幾度かある。

エドガーに逆らう貴族に怪我を負わせたり、怪しい動きをしている勢力に脅(おど)しをかけたり。エドガーはとことんまで、ジョスリアンを都合のいいように使った。

城の裏手にある魔法支部へと、まっすぐに向かう。石造りの堅牢な建物に足を踏み入れた。

ローブ姿の魔導士たちが、異様な威圧感を漂わせながら入り込んできた見慣れぬ男に、胡乱(うろん)な眼差しを向ける。

「これはこれは、ジョスリアン殿下！」

王宮魔導士長ミシェルは、自室を訪ねてきたジョスリアンを目にするなり、歓迎するように明るく微笑んだ。

人払いをすると、ドアの鍵を閉め、テーブルを挟んでジョスリアンと向かい合う。

「ようこそ、おいでくださいました。ついこの間お会いしたばかりだというのに、なんだか人相が変わりましたね。もしかして――」

探るように、声色を変えるミシェル。

「あなたを縛り付ける魔法から解き放たれましたか？」

幼い印象を与える茶色の目が、スッと細められた。

呪縛が解ける前なら、ミシェルが何を言っているのか理解できなかっただろう。以前彼らが屋敷を訪ねてきたときのように。

だが今のジョスリアンは、ミシェルのそのひと言で、だいたいのことを察した。

ジョスリアンには、エドガーの傀儡となるような魔法がかけられていたのだ。

そういえば城を追い出される前、前王宮魔導士長のホワキンと面会した。不自然に記憶が途切れているから、きっとあのときだ。

十三歳だったエドガーの単独行動とは思えない。

王宮魔導士長が動くほどだから、おそらく父王も関わっているのだろう。ミシェルの目が、期待でキラキラと輝いていた。彼はエドガーの失脚を望んでいる。

あえて直接的なことは言わずに、ジョスリアンはゆっくりとうなずいて、彼の眼差しに応えた。

「政務から遠ざかってきた俺には後ろ盾がない。だからお前たちの話に乗る。あの男の権力を奪い、確実に潰したい。手伝ってくれるか？」

「ええ、もちろんです。まさかこんなにも早く、そのお言葉を聞けるとは思いませんでした。心配ございません、すでに計画は進めています。——王太子になられる決心がついたのですね？」

ミシェルが、改まったような口調で聞いてくる。

「ああ、そうだ」

(あの男を、二度とロザリーに近づけたくない)

金色の目に強い意志をみなぎらせたジョスリアンを見て、ミシェルが満足げに微笑んだ。

「それは光栄です。さて、これから忙しくなりますよ。覚悟してくださいね」

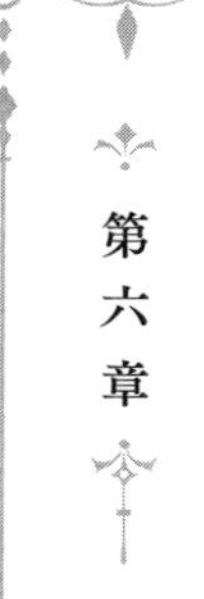

第六章　悪女の帰還

「エドガーさまっ！　ほら、見てください！」

エドガーが寝室に入るなり、リナが甲高い声を上げた。

ベッドに座った彼女は、頭にピンクのウサギ耳のようなものを着けていた。着ているのは、太ももまで露になっている、見たことのないタイプのナイトドレスだ。足には網状のタイツのようなものを穿いている。

「バニーちゃんです！」

「ば、ばにーちゃん？」

戸惑いながらもベッドに腰かけると、「はい！」とリナがウサギ耳をぴょこぴょこ揺らした。

「どうですか？　バニーちゃん、かわいくないですかぁ？」

「……あ、ああ。かわいいな」

「興奮しませんか、ほら！」

網タイツの太ももを、ドンッと膝の上に乗せられる。

「………」

エドガーは若干引きながら、その足を眺めた。戦場下でさんざん目にした、汗臭い男たちの纏う鎖帷子を思い出す。

（これは、興奮するようなことなのか……？）

分からない。そして彼にウサギを抱く趣味はない。

初めての閨事に失敗してからというもの、リナはあの手この手でエドガーの情欲を煽ろうとした。

だが積極的にあれこれされればされるほど、彼女の体に興味を失ってしまった。

すっかり見慣れてしまったのだ。もはや、性欲の対象としては見られないくらいに。

対応に困っていると、リナが膝でエドガーの股間をぐりぐりしてきた。

「な……っ」

「あれえ、やっぱりフニャフニャ。勃起不全、治りませんねえ」

しょげたように言うリナ。

（やめろ。勃起不全って言うな）

エドガーは真っ赤になりながら、心の中で悪態をついた。毎回のように勃起不全と連呼されるせいで、プライドがズタズタだ。

自分は断じて勃起不全などではない。ロザリーの体以外、反応しなくなったというだけで。

（時間が解決してくれると思っていたが、もう無理かもしれない）

真実の愛はすべてを凌駕する。そう息巻いていたが、うまくはいかなかった。そもそも――。

「ムスコさん、元気になりませんねぇ」

（だから、そのムスコ呼びをやめてくれ）

自分は本当にリナを愛しているのか、自信が持てなくなっていた。

甲高い声や、やたらとベタベタ触れてくる積極性。閨事の際の、彼女の一挙手一投足にまで虫唾が走る。

エドガーは日に日に追い詰められていた。

「どうしたら元気になりますかね。やっぱり道具——」

「——触るな」

股間を弄ぶリナの膝を、ピシャリと払いのけた。

リナが、きょとんとしてエドガーを見る。

「エドガー様？」

何を思ったのか、にへらと笑うリナ。

「まったまたぁ！　冗談ですよね！」

「冗談ではない、本気だ」

エドガーが冷ややかな視線を向けると、とたんにリナは、今にも泣きそうな顔になる。

「ご、ごめんなさい！　ついやりすぎちゃいました！　私、エドガー様に嫌われたら生きていけません……っ」

ぴえんと両目に手を当て、本当に泣いているのか怪しい仕草をされた。

（ああ、うざい）

「出ていってくれ」

エドガーは、不機嫌さを隠そうともせずに言い放つ。

涙目のリナは、それでも何か言いたげだったが、やがて肩を落として寝室を出ていった。

ひとりになった寝室で、エドガーは長いため息をつくと、ベッドに仰向けになる。

小動物のように愛らしい顔立ちに、甘えたがりの性格。

リナは、エドガーの好みど真ん中だ。

それなのにこの頃、まったく好みではないはずの元婚約者のことばかり考えている。

猫に似た勝気な顔立ちに、エドガーには絶対に頼ろうとしない強気な姿勢。

顔も見たくないほど嫌いだったはずなのに、日に日に想いが募るのは、やはり彼女の体のせいだろう。

彼女の体は見事だった。豊満な乳房に、ほっそりとした腰、白く艶やかな肌。

それ以上は拒まれたので見ていないのが悔やまれる。

(くそ。嫌がられても最後までしておくべきだったな)

ロザリーは胸にまで触れることは許しても、それ以上は絶対に許さなかった。生娘のままでないと、王太子の結婚相手にふさわしくないと、古臭い考えを主張して。

要するに、それほどエドガーと結婚したかったということだ。

あの女はツンツンしていたが、結局のところ、エドガーにぞっこんだったのだ。時折感じた焦がれるような視線で、それは感じていた。婚約破棄を言い渡したときの彼女の絶望的な表情も、歓びとともに脳裏に焼きついている。

ロザリーの体を頭に思い浮かべただけで、体が熱くなってきた。

リナがさんざん小馬鹿にしたそこも、芯を持ち始めている。

(やはり、俺は不能などではない)

とはいえ、エドガーはロザリーを愛しているわけではない。彼女の存在を疎ましく思っているのは、今も変わらなかった。

夜の生活を除けば、自分のそばにいるのは、甘えたがりのリナの方が適している。

(ロザリーを愛妾に迎える準備を、本格的に進めよう)

そうは思うものの、離塔に幽閉している元婚約者を呼び戻すのは、容易いことではなかった。

そもそも、ロザリーは罪人だ。

リナに嫉妬して、数々の悪事を働いた。ことに、聖女であるリナに渡した飲み物に毒物を混入させた罪は、公爵令嬢でなければ死罪にも匹敵する。

(罪人のロザリーをそばに置けば、反感を食らう。通えるような場所に、内密に隔離するか？)

そんなことをあれこれ考えながら、夜を明かしたあくる日のことだった。

部屋で定例議会に行く準備をしていると、側近の中年男が、神妙な顔で告げてくる。

「エドガー様のお耳に入れたいことがございます」

「なんだ？」

「例の毒物事件の捜査がずさんだという声が上がっているようでして……。ロザリー様の罪状が重すぎるのではという意見が、水面下で広がっているようです。ロザリー様がいなくなってから、宮中の統率が乱れたことが影響しているのでしょう」

側近はそこで、言いにくそうにいったん言葉を切った。

「……このままでは、殿下のお立場が危うくなるかと」

エドガーは眉をひそめた。

ロザリーがいないと、王室が機能しないとでもいうような物言いには腹が立つ。

だが、またとない機会でもあった。

（ちょうどいい。これでロザリーを近くに置ける）

「そうか。それなら、毒物事件に関しては再調査するため、ロザリーの罪状は一時取り下げると公表しろ。そしてフォートリエ公爵に、ロザリーの身柄を離塔から公爵邸に戻すよう伝えるんだ。それでどうにか収集はつくだろう」

「ははっ」

側近が頭を下げた。

ロザリーを幽閉している塔には、世話係の老女しかいない。離塔に連行させたのも、兵士ではなく、市井(しせい)で雇った小汚い傭兵たちだった。長年エドガーを苦しめ、嫉妬に狂ってリナを貶(おとし)めた女には、それくらいの粗悪な扱いがちょうどいいと思ったからだ。

そうだ、と閃(ひらめ)き、エドガーは再び側近に告げる。

「そういえば来月、建国記念の大舞踏会が開催される予定だったな。うるさいやつらを大人しくさせるためにも、フォートリエ公爵家に案内状を送っておけ」

舞踏会でロザリーに再会したら、言葉巧みに籠絡(ろうらく)すればいい。彼女がエドガーにぞっこんなのはたしかだし、会えなかった期間が、自分への恋情をよりいっそう募らせたに違いない。

（きっと、今度こそ体を開いてくれるだろう）

あの女はもう王太子の婚約者ではないのだから、生娘でないと結婚できない云々(うんぬん)の御託も通用しない。エドガーは、緩む口元を抑えるのに必死だった。

会議室に行くと、長テーブルに、すでに要人たちが着席していた。格式高き王家の紋章をあしらった大判のタペストリーが、出席者たちを威圧するように壁に掲げられている。

「揃っているな、さあ始めよう」

エドガーは最奥の席に腰かけ、宰相のエルネストに視線を送る。

少し前より父王が伏せっており、議会の長はエドガーに委ねられていた。

医者曰く、父王は気の病らしい。加齢が影響しているのだろう。

昔からエドガーに甘かった父王のことだ、そろそろ本格的に政をまかせるつもりなのかもしれない。

エルネストが簡単な挨拶を済ませてから、さっそく議題に入った。

「谷の結界ですが、さらに脆弱になっているとの報告を受けています。派遣する魔導士の数を増やすために、予算の補塡を要請いたします。難しいなら、もはや増税しか手立てはないでしょう」

要人たちがざわつく。

「リナ様の結界が未だに効力を失っているとは……。この国は大丈夫なのか？」

エドガーはやれやれとため息をついた。

リナの結界が思ったより脆いという事実は、もう重々把握している。

だがオーガの谷に隣接しているトパ村には、元奴隷だった卑しい身分の者を住まわせている。つまり、食欲魔獣のオーガが飛びつく、人肉という屈強な要塞があるのだ。

オーガが数体侵入したところで、王都をはじめ、トパ村以外の地域が被害を受ける可能性は極めて低い。

（それに、俺にどこまでも従順な〝影〟もいる。あいつは卑しい生まれだが、腕っぷしだけはたしかなようだからな。これからも侵入したオーガを確実に仕留めてくれるだろう。死んだとしても、オーガに食われて役に立ってくれるはずだ）

エドガーは、エルネストに冷淡な視線を送った。

「これ以上の予算の補塡は無理だ。先月の水害で多くの予備費を使ったからな。それに、これ以上増税したら民の反発を食らう」

すると、ざわつく会議室内で、ひとり手を挙げる者がいた。

王宮魔導士長のミシェルだ。

「結界が崩壊してオーガが侵入してきたら、多くの死者が出ます。水害どころの騒ぎではありません。これは国の存続に関わる大問題です。今一度考えをお改めください」

あたりから、固唾（かたず）を呑む気配がする。

王太子であるエドガーに異議を申し立てる者は、まずいないからだ。

エドガーは、自分に逆らう者を、ことごとく制裁してきた。ことに公爵令嬢で婚約者でもあったロザリーを断罪してからは、誰もがエドガーの言いなりになった。

エメラルドグリーンの目を細め、ミシェルを冷ややかに見つめるエドガー。

前々から、この小生意気な王宮魔導士長が気に食わなかった。

前王宮魔導士長のホワキンは従順だったのに、どうしてこんなやつが後任に抜擢（ばってき）されたのだ。

（ちんちくりんが調子に乗りやがって）

「問題ない。リナが精神的に安定すれば、結界も戻る」

「精神的に安定するとは、どういった状態を指すでしょう？　リナ様を精神的に追い詰めていたというロザリー様は、もういらっしゃいません。それに僕からしたら、リナ様は以前も今も、すこぶるお元気なように見えますけど」

にこにこと屈託のない笑みを浮かべて食ってかかるミシェルは、圧倒的不利な立場にいながらも、引く気配がない。

（この男、死にたいのか？）

エドガーは大きく舌打ちをした。室内が、水を打ったように静まり返る。

そのときだった。

扉が開かれ、ひとりの男が颯爽と中に入ってくる。遅刻者のようだ。

（王太子の俺よりあとに来るとは。どいつもこいつもふざけてやがる）

糾弾しようと、エドガーは彼に視線を向けた。

見たことのない長身の男だった。漆黒の髪に、鋭い目つきの精悍な顔立ち、威風堂々たる歩き姿。

（……誰だ？　こんな存在感のある男がいたか？）

部外者の侵入だと騒ぎ立てようとしたが、声が出なかった。男が、息の根を止めんばかりの鋭い視線を寄こしてきたからだ。ゾクリと悪寒が走り、臓腑すら凍りつく感覚に震え上がる。

ぎらつく金色の目に、かつて見た薄汚れた少年の眼差しが重なった。

「まさか、お前」

「ご無沙汰しております、兄上」

「やはり……ジョスリアンなのか？」

常に鎧兜をかぶるよう指示していたため、異母弟の顔を見るのは久しぶりだ。

そもそも影としての彼を利用するときは伝書鴉を使っていたので、会うことすらなかった。だからエドガーの中の彼の容姿は、少年の頃で止まっている。

エドガーは激しく混乱した。

禁忌魔法でエドガーに従順になったジョスリアンは、父王からのプレゼントだった。

これからは影として扱えと。かわいいお前の手となり足となるだろうと。ジョスリアンにかけた魔法は、決して解けることがないと。

（どういうことだ？　なぜ従順な僕のこいつが、指令にない行動をするんだ？）

「ジョスリアン殿下、ご病気から回復されたのですね！　いやぁ、よかったよかった！　ささ、こちらにどうぞ。この国の王子なのですから、当然政にも関わっていただかないと」

ミシェルが、手際よくジョスリアンに椅子を勧めている。

「まさか、第二王子殿下なのか？　重篤なご病気だったはずでは」

「病気どころか、ずいぶん頑丈そうではないか。一日二日で作り上げられた体ではないぞ」

要人たちの動揺の声が聞こえ、エドガーの手のひらに汗が湧いた。

ジョスリアンは椅子の前まで移動すると、再びエドガーに視線を向けた。

「兄上に進言したいことがあり、俺は今日ここに来ました」

混乱の渦中にいるエドガーは、声を返すことができない。

「俺はこれまでトパ村に何度も足を運び、オーガを討伐してきました。やつらは想像以上に手強い。

侮るのは危険です」

「第二王子殿下がオーガ討伐？　どういうことだ？」

ヒソヒソ声が、よりいっそう大きくなった。ジョスリアンは表情ひとつ変えずに先を続ける。

「やつらは人の首など、素手で簡単にもぎとります。指先だけで、頭を捻(ひね)り潰すことだってできる。巨体の割に動きも素早い。結界が崩壊して集団で押し寄せてくれば、この国の壊滅は時間の問題でしょう」

ジョスリアンの言葉には、現場を見てきた者の生々しさがあった。

遠い地の出来事だと高をくくっていた要人たちが、ひとり残らず震え上がる。

「結界の補強はこの国の最重要課題です。金を出し惜しんでいる場合ではありません。オーガの進撃に備え、兵を強化する必要もあります。魔法の効かないオーガには、武力で対抗するしかありませんから」

エドガーは、愚者の戯言(ざれごと)など、いつも即座に切り捨ててきた。

だがジョスリアンの放つ独特の威圧感と、禁忌魔法をどうやって解いたのだという不気味さが、彼を尻込みさせる。

(――こんな男だったか？)

城に連れてこられたばかりの頃の、捨て犬のような目をした少年の姿を思い出す。

そこにいる猛獣じみた目をした男とは、まるで違った。

「ジョスリアン殿下、よろしいでしょうか？」

三十代後半の、髭(ひげ)を蓄えた大柄の騎士団長が立ち上がった。

「殿下はこれまで、何体オーガを討伐してこられたのですか？」

「およそ三百体」

「三百体……!? 谷にいる兵と協力してですか？」

「いや、ほぼひとりで倒した。兵は役に立たない。そもそもオーガの屈強な体は、剣では太刀打ちできない。斧（おの）で確実に急所を狙うしか方法がないんだ」

「斧で……」

騎士団長が言葉を失っている。

「その技を、騎士団にご教示願うことはできますでしょうか？」

「いいだろう。今日からでも」

ジョスリアンの並外れた猛々しさと、恐怖政治を敷いている兄を前にしても物怖じしない姿勢に、誰もが惹きつけられていた。

この男がいれば、最悪な状況は避けられるかもしれない——要人たちの目に期待が込められ、にわかに会議室が活気づく。

それからは、ひたすらジョスリアンに質問が集中した。

議会の中心であるはずのエドガーは、すっかり蚊帳（かや）の外である。

「エドガー殿下。予算の補塡の件は、いかがいたしましょう？」

エルネストが、気の毒そうにそうっと聞いてきた。

「……うるさいっ、お前が適当に都合しとけ！」

プライドをズタズタにされたエドガーは、ひとり足早に会議室を去った。

（なぜ、王太子である俺がのけ者にされているのだ！　そもそも、禁忌魔法が解けたのはどうしてだ!?　ホワキンの話と違うじゃないか。……まさか、ミシェルの仕業か？）

だが王宮魔導士長といえども、あのちんちくりんにそれほどの力があるとは思えない。

（とにかく、ただの影だったあいつに後ろ盾はない。目障りな勢力を築く前に、生意気なミシェルもろとも潰さねば）

イライラしながら、無意識のうちに、東棟の最上階に向かっていた。

扉を開くと、止まり木にいたカラスが、くるりと後ろを振り返る。

テーブルに置いた銀筒を手に取ったところで、エドガーはハッとした。

これまで、不都合なことがあればこの部屋に足を運び、伝書鴉を使って影に始末を命じていた。だから、自ずとここに来てしまったのだが――。

「〝影〟は、あいつだった……」

愕然として声を震わせる。次いで湧いたのは、噴火しそうなほどの怒りだった。苛立ちの捌け口を求めて、手にした銀筒をカラスに投げつける。

「カアッ！」

カラスが大きく鳴き、バサッと羽ばたいて飛び上がる。

銀筒はカラスには命中せずに、壁に当たってカランと床に落ちた。怒ったカラスが、バサバサと羽ばたきながら、目を三角にしてエドガーの頭をくちばしでつつく。

「カア～ッ！　カアッ！　カアアッ！」

「いてっ！　やめろっ！　出ていけこの不吉な鳥めっ！」

「カアア～～ッ!!」

殴ろうとしたところをカラスはひらりと避け、そのまま窓から外へと飛び去ってしまった。もう戻っては来ないだろう。そもそも影を失った今、あんな不気味な鳥は用済みだ。

「くそっ、どうしたらいい?」

エドガーはその場にうずくまり、頭を抱えた。

ジョスリアンが少年だった頃のことを思い出す。

薄汚かった異母弟は、まっとうな教育を受けるなり、飛ぶ鳥を落とす勢いで成長した。

エドガーはいつも歯がゆい思いをしていた。

由緒正しい血筋の自分が、あのような卑しい血筋の者に、負けていいわけがないからだ。

――『父上、僕に弟は不要です』

――『そうか、ではそなたに必要な存在にしてやろう』

父王とのその会話を機に、ジョスリアンはエドガーの傀儡(かいらい)となった。

エドガーはそれ以降、これまでの鬱憤(うっぷん)を晴らすように、いいようにジョスリアンを操った。

人々が忌み嫌う仕事を、ことごとく命じた。それこそオーガ討伐から、死刑執行まで――。

「死刑執行人……」

エドガーは、ガバッと顔を上げる。

(そうか、その手があったか)

「エドガー殿下、ここにおられましたか」

息急(せ)き切りながら、側近がカラス部屋に入ってきた。急に会議室からいなくなったエドガーを捜していたのだろう。

エドガーは自信に満ちた表情を取り戻し、側近に告げる。

「今すぐ〝影〟が執行した処刑の記録をまとめろ。いいか、ひとりも書き漏らすなよ」

「あ、は、はい……！」

側近が、飛ぶようにして階下に下りていく。

（死刑執行人は、誰もが軽蔑する仕事だ。第二王子の復活に浮き立っている者たちも、血濡れたあいつの過去を知ったら態度を変えるだろう。誰もあいつを支持しなくなる）

闇の世界で生きてきた人間が、光の世界に出るなど、許されるわけがない。

卑しいあの男は、血濡れた罪を背負い、人に嫌われて死んだように生きるぐらいがちょうどいいのだ。

「あいつの罪を晒すのは、なるべく聴衆の多いところがいい。あっという間に噂が広まるからな」

ロザリーを断罪したのも、パーティーだった。

四方から悪女と罵られながら、肩を落とし、すごすごと去っていく彼女の後ろ姿は見物だった。

来月の大舞踏会に思いを馳せ、エドガーはしたたかな笑みを浮かべた。

＊＊＊

ジョスリアンは屋敷を出たきり、なかなか帰って来なかった。

ロザリーは毎日、ジョスリアンからの手紙を眺め、会いたい想いを募らせながら過ごした。

エドガーにひどい目に遭わされていないか、心配で仕方がない。

「ジョスリアン様が、こんなにも長期間留守にされるのは初めてでございます。いったいどうされたのでしょう？　きちんと食事はされているのでしょうか？」

オロオロしているアルフレッドの様子が、ロザリーの不安に拍車をかける。

不安を埋めるように、ロザリーは魔法包囲網の魔術式を編むことに専念した。

一日中部屋にこもり、ひたすら紙にペンを走らせる日々。

そしておよそ二週間を経て、ついに結界に代わる魔法包囲網の魔術式が完成した。

「本当にできたわ。我ながら、なんて美しい式なの……！」

紙にしたためた魔術式を、惚れ惚れと眺める。繰り返し読んで、目に焼きつけた。

「だけどこれを実際に編むとなると、かなりの魔力が必要ね」

なぜか日に日に魔力が増加している今のロザリーなら、魔法包囲網を築けるかもしれない。だが、ひとりの魔力では不安がある。複数の熟練魔導士と協力した方がいいだろう。

(早いところ城に行って、完成したとミシェルに知らせなきゃ。ジョスリアン様が無事かも確認したいし。でも幽閉中のはずの私が城の中を歩き回っていたら、間違いなく問題になるわね。どうすればいいのかしら？)

そんなことを悶々と考えていると、部屋のドアを叩く音がする。

ソフィーだった。

「ロザリー様、フォートリエ公爵夫妻がお見えになったので、応接室にお通ししました」

「何ですって？」

フォートリエ公爵夫妻とはつまり、ロザリーの両親のことである。

ロザリーは応接室に急いだ。するとそこには、久しぶりに見る両親が待ち構えていた。

「おお、ロザリー！　会いたかったぞ！　思ったより元気そうだな！」

「まあまあ、ロザリー！　相変わらずなんてかわいいの！　無事でよかったわ！」

父と母に、ひしと抱きしめられる。

禿げ頭で恰幅のいい父は、母曰く『昔はひと目見たら鼻血を吹くくらいの爆イケ』だったそうだが、残念ながら今は見る影もない。

一方、ロザリーと同じピンク色の髪をした母は、年の割に若々しく、たびたび姉妹と間違えられることもあった。そしてふたりとも、目に入れても痛くないほどに、娘のロザリーをかわいがっている。

「お父様、お母様、ご無沙汰しており申し訳ございません。おふたりともお元気そうで安心しましたわ」

「うむ。お前のことが心配だったが、手違いで処刑場に送られたところを、親切な御仁に匿われているという便りが来てからは安心していた。すぐにでも会いに行きたかったが、わしらが妙な行動をしたら、王室にお前の居所が伝わってしまうかもしれん。だから動くに動けなかったのだ」

「ええ、そうなのよ！　あなたの無罪を何度訴えても、王室は聞く耳を持ってくれないし！」

いつもは穏やかな母が、涙ながらに感情を剝き出しにしている。

両親に愛されているのをひしひしと感じ、ロザリーは涙ぐんだ。

早くに両親と死に別れ、乙女ゲームの【こいよく】だけが生き甲斐だった前世を思えば、恵まれているとつくづく思う。

「だが、状況が変わったのだ。毒物事件の再調査が決まり、ひとまずお前の幽閉罪を引き下げるとの通達が届いた。家に連れ戻すよう指示され、迎えに来たのだよ。お前がいる場所は、手紙で知っていたからな」

「そうだったのですね」

（リナにぞっこんのエドガーが、私の罪状を改めるなんて考えられないわ。きっとミシェルとエルネストが動いてくれたのね）

自分勝手な言い分ばかり述べてきた彼らには腹が立ったが、こうして両親に再会できたのはありがたい。

「ところでロザリー。匿ってくださった御仁は、どのような方なのだ？　屋敷を見たところ、それなりの身分の方のようだが」

「第二王子のジョスリアン殿下です」

「第二王子!?」

父と母が同時に声を上げ、目を剥いた。

「はい！　強くて優しくて、かわいいところもあって、本当に素敵な方なんです♡」

メロメロに語る娘を、両親が啞然（あぜん）と見つめている。

「第二王子は病気で伏せっていると聞いていたが……どうやら事実とは異なるようだな。お前はひょっとすると、第二王子殿下に好意を寄せているのか？　エドガー殿下に未練をひきずっているのではないかと心配していたのだが」

「エドガーに未練？　いや、ぜんぜん、まったく」

はへ？という顔でかぶりを振るロザリー。母が、ホッとしたように微笑んだ。

「あなたみたいなかわいい子をあっという間に虜にしてしまうとは、さぞや素敵な方なんでしょうね」

「そうなの！　ジョスリアン様は、本当にかっこいいの！」

「あらそう。でもお父様の若い頃には、きっと敵わなくてよ。爆イケ中の爆イケだったんだから」

ホホホ、となぜか母が敵対心を燃やしている。

「若い頃のお父様？　そんなの目じゃないわ！　ジョスリアン様は毎日鍛錬してるから、年を取ってもお父様みたいにお腹がたぽんたぽんになることもないでしょうし！　髪もフサフサで、禿げる気配もなさそうだし！」

「ロ、ロザリー……。ちょっと言いすぎなのではないか？」

父が、ぐすんと寂しげに鼻をすすっている。

そんなこんなで、ロザリーは実家に帰ることになった。

ジョスリアンのそばを離れたくなかったが、彼はいつエドガーに解放されるか分からない。ジョスリアンを愛するがゆえ、ただ待っているだけというのは耐えられなかった。

王都の中心部にある実家のフォートリエ公爵家からナサレア城までは、それほど距離がない。

ジョスリアンがいるであろう城に少しでも近いところで、彼を救い出す機会をうかがいたかった。

《ジョスリアン様、実家に戻ることをお許しください。必ずまたあなたのおそばに戻ります。私はどこにいても、あなたただひとりのものです。あなたのロザリーより》

ラブラブな手紙をしたためて、アルフレッドに預ける。

ソフィーやアルフレッド、すっかり仲良くなった屋敷の使用人たち全員と、涙ながらに別れを交わした。

「ロザリー様、どうぞお元気で！」

「みんなも元気でね！　また必ず遊びに来るわ！」

使用人一同に見送られながら、ロザリーは両親とともに馬車に乗り、ジョスリアンの屋敷をあとにした。


久々のフォートリエ公爵家である。

金造りの豪奢（ごうしゃ）な門を抜け、広大な庭園を横切り、およそ二十分かけて本邸に行き着く。本邸のほかにも、敷地内には屋敷を二棟保有していた。宝物庫や書庫、高級馬がズラリと並ぶ立派な厩舎（きゅうしゃ）もある。ナサレア王国最大の財力を持つフォートリエ公爵邸の様相は、相変わらず派手だった。

「それがね、ロザリー。帰って早々不愉快にさせるようで申し訳ないけど、こんなものが来ているのよ」

ひと息つき紅茶を飲んでいると、母が困ったような顔で封筒を差し出してきた。封蠟（ふうろう）には、王家の紋章が刻まれている。年に一度の大舞踏会の案内状だった。

（あんな大っぴらに私のことを断罪しておきながら、のうのうと舞踏会に呼ぶなんていい度胸じゃないの。罪状だってまだ晴れたわけじゃないのに）

エドガーはロザリーを妾にと望んでいる。

だが、今は新しい婚約者がいる身。彼が堂々とロザリーに会いに来るわけにはいかないが、こちらから行く分には咎められない。

ロザリーと再会するなり、迫られただのなんだのと理由をつけ、ちゃっかり妾に据えようという魂胆なのだろう。そういう下衆な男である。

「いいか、お前は行かなくていいからな。適当な理由を書いて、断りの書状を送っておく。なに、お前が不当に捕らえられてから、王室とは袂を分かつつもりでいたのだ。気に病むことはない」

この国の貴族である以上、王室からの依頼は断れない。だが父は、ロザリーのために、すべてを投げ打つ覚悟ができているようだ。父の優しさに胸がじいんとなる。

だが、正々堂々と乗り込めるのは、逆にいい機会だ。

「お気遣いをありがとうございます、お父様。でも、行かせてください」

「正気か、ロザリー？　毒物事件の再調査に関しては、まだ広く知れ渡ってはいない。お前を悪女と罵る輩も大勢いるだろう。そんなところに、わざわざ自ら足を運ぶ必要はないぞ」

「いいえ、行きたいのです。雑魚に罵られるのなんて、痛くも痒くもないですわ」

体内で、魔力がバチバチと弾けている。

ロザリーを妾にと望んでいるエドガーに、まだ気のある素振りを見せれば、ふたりきりになれるはずだ。密室にこもったとたん、有り余る魔力を見せつけ、二度とジョスリアンをこき使うなと脅せばいい。

（長年ジョスリアン様を苦しめてきた罰よ。死なないぎりぎりのところまで攻めてやる）

そしてエドガーからジョスリアンを救い出したあと、ミシェルに会いに行き、編んだ魔術式を伝授する。我ながら完璧な計画だ。

父はなかなか首を縦に振ってくれなかったが、どうしてもとロザリーが粘ると、自分と一緒に行くことを条件に、しぶしぶ承諾してくれた。

ロザリーはさっそく、大舞踏会のための準備を始めた。

まずは、ドレスである。

ロザリーはこれまで、エドガーの趣味に合わせて、ふんだんにフリルのあしらわれた明るい色のドレスばかりを仕立てていた。どんなに飾ったところで、エドガーからは冷めた視線を送られるだけだったが。

今にして思えば、きつめの顔立ちで、女にしては背の高いロザリーに、ああいったかわいい系のドレスは似合っていなかった。ロザリーは自分で自分のよさを損ねていたのだ。

フォートリエ公爵家御用達(ごようたし)の仕立て屋に発注したのは、黒地のマーメイドラインのドレスだった。腰と裾(すそ)には、蔦模様を描く金のビジューがあしらわれている。愛する人の色だった。

ホルターネックで、背中と谷間が見える大胆なデザインである。だが人より胸が大きくスタイルのいいロザリーには、この上ないほどしっくりと来た。

次に、魔法が自在にコントロールできるよう、裏庭でこっそり訓練を重ねた。

今のロザリーには、膨大な魔力がある。伝説の魔導士ホワキンにはさすがに敵わないと思うが、現王宮魔導士長のミシェルよりは上かもしれない。

死なない程度にエドガーをとっちめる、四元素魔法の発動の仕方を徹底的に研究した。

（この感じだと、難易度の高い転移魔法も使えるかもしれない。本当に私、どうしちゃったのかしら）

急に魔力チートになった謎は深まるばかりだが、エドガーとリナに仕返しをするために、欲求神が力を授けてくれたのだろうと思うことにした。

そして迎えた当日。

相変わらずたぷんたぷんの腹を正装で包み込んだ父が、ドレスアップした娘を見て目を瞠った。

「ロザリー。これはまた、ずいぶんと大胆なドレスだな。だがよく似合っている。その美しさを武器にして、お前をけなした者どもを見返してやればいい」

黒は、一般的に忌み嫌われる色である。だが父は、好んでその色を選んだロザリーを受け入れてくれた。父の優しさに、またもや胸がじいんとなる。

「大好きよ、お父様。将来、必ず親孝行するわ」

「ハハハ。期待しているぞ、ロザリー」

冗談交じりに笑い合いながら、母の見送りのもと、ふたりで馬車に乗り込んだ。

目指すは、愛する人と宿敵のいるナサレア城である。

（ジョスリアン様。必ず助け出すから、待っていて）

馬車の窓から、夜の闇に沈む王都の景色を眺めて、ロザリーは決意を固めた。

満月の浮かぶ夜空の下に、壮大な白亜の宮殿が佇んでいる。

馬車付き場は、国中の貴族たちの馬車であふれ返っていた。

父とともに馬車から降りたロザリーは、背筋を伸ばし、大広間に向かう。

ピカピカに磨かれた大理石の床が、無数のシャンデリアの光を跳ね返す大広間には、すでに多くの来賓が集まっていた。色とりどりのドレスに身を包んだ貴婦人や、ジュストコールで正装した紳士たちが、そこかしこで談笑している。

見上げた天井には、一面に描かれた、欲求神を称える見事なフレスコ画。

（ここに来るのは、あの日以来ね）

エドガーに婚約破棄を言い渡され、人々に悪女と罵られた日の記憶が、まざまざと脳裏によみがえった。

絶望に苛まれ、地獄に突き落とされたような気持ちで、すごすごと大広間を去ったのを覚えている。

（だけどもう、あの日のことはどうでもいいわ。婚約破棄してくれてありがとうって、エドガーにお礼を言いたいくらいよ。もちろん、死なない程度に脅してからね）

ふふっと妖艶に微笑んだロザリーに、人々がいっせいに注目した。

ロザリーの美しい体のラインを浮き彫りにする、黒のマーメイドドレス。金色に輝くビジューがまばゆい光を放ち、月から降りてきた夜の女神のような神々しさを放っている。

「まさか、フォートリエ公爵令嬢か？　幽閉罪になったはずでは？」

「あれほどの罪を犯しておきながら、堂々と来るとは図々しい」

「なんて大胆なドレスなの。淑女の装いとは思えないわ」

さざ波のように、驚きと軽蔑の声が湧いた。

ロザリーは、気にすることなくあたりを見回す。

(エドガーはどこかしら？)

すると、最奥にある玉座に、君主のごとく腰かけているエドガーを見つける。なぜか、口をあんぐりと開けた阿保面をこちらに向けていた。背後には、これでもかというほどフリルのあしらわれた黄色いドレス姿のリナもいる。

(見つけたわ！)

「お父様、まずは王太子殿下にご挨拶に行きましょう」

「構わないが……お前は大丈夫なのか？　あの男はお前をひどい目に遭わせたのだぞ。見返してやれと言いはしたが、無理をしているならわしだけで挨拶に行くから気にするな」

父は、どこまでもロザリーに優しい。

「大丈夫ですわ、お父様。まったく気にしてないって言ったじゃありませんか」

ロザリーは微笑むと、父を引っ張るようにしてエドガーのもとへと歩んだ。

「ロ、ロザリー……」

ロザリーが来るなり、なぜか慌てたようにガタンと玉座から立ち上がるエドガー。

金糸のように煌めく髪に、湖水を思わせるエメラルドグリーンの瞳。金の紐ボタンの連なる白のジュストコールが、今日も恐ろしいほど似合っている。

相変わらず見目だけは麗しい男だが、彼を前にしてロザリーが思ったのは、きも、のひと言だった。

(今にして思えば、何が好きだったのかさっぱり分からないわ)

恋心というものは、冷めてしまえばこんなにも心が凪ぐものなのか。

新鮮な気持ちになりながらロザリーはにっこりと微笑むと、エドガーに向かって優雅に最敬礼をした。

「エドガー殿下、ご無沙汰しております。殿下のご配慮によってこうしてまた愛する父と会えましたこと、それからこのような格式高き場にも呼んでいただけたことを、心から感謝申し上げます」

「ああ、気にするな。こちらとしても、刑罰を急ぎすぎた面があるからな。しかと調査して、改めて処分を下すことになるだろう。……それにしても、ずいぶん大胆なドレスだな。いや、いいぞ。実にいい」

エドガーの視線が、吸い寄せられるようにロザリーの胸元に注がれている。

鼻息を荒くしている彼は、公の場であるのに興奮を隠しきれていないようだった。

(きも)

恋情の冷めた男に対してロザリーが思うのは、やはりその二文字だけだった。

それでもロザリーは、にこにこと親しげな笑みを浮かべ続けた。

露骨に敵意を剥き出したら、警戒されて、ふたりきりになりにくくなるからだ。王太子の婚約者という義務感に囚われていた頃の、ツンとした態度もよくないだろう。

あくまでも友好的に、自然な感じで、彼をおびき寄せるのだ。

「お気に召されましたか？　大好きな色合いのドレスにしてみたのですが」

その場でくるりと一回転してみせると、「うっ」とエドガーが鼻のあたりを手で覆う。慌てて駆け寄ってきた側近が、後ろを向いたエドガーと何かゴソゴソしていた。振り返ったエドガーの鼻にはティッシュが刺さっている。興奮のあまり、鼻血が出たらしい。

そんな彼の後ろで、リナがなぜか、悔しげに歯を食いしばっていた。

「少し体調が優れず、すまないな」

げふん、と咳ばらいをしたあと、もっともらしい調子で言われるが、なにせ片方の鼻にティッシュが詰まっているので絶妙にかっこ悪い。

「いいえ、お大事にしてくださいませ」

きもい、という感情があふれ出し、ロザリーは笑顔を引きつらせる。

「デンカは、ナニをされてもカッコイイですわ」

棒読みすぎたせいか、エドガーが不審そうな顔をした。

(いけない、つい感情が表に出てしまったわ。もっとうまく好きアピールしないと、ふたりきりになれないかもしれない)

ロザリーが必死にきもい気持ちを抑えようとしていると。

――コツ。

足音とともに、視界が人影に遮られ、エドガーの姿が見えなくなった。

「美しいご令嬢、ご挨拶をよろしいでしょうか?」

聞き覚えのある声がして、ハッと顔を上げたロザリーは、目を大きく見開いた。

目の前に、会いたくて仕方がなかったジョスリアンが立っていたからだ。

銀糸の刺繡が施された黒のジュストコールに、スラリと長い黒のトラウザーズの足。普段は無造作に下ろされている前髪が、今日は横に流され、いつもとは違う高貴で大人びた雰囲気を醸し出している。

「第二王子のジョスリアン・ネイト・ナサレアと申します」

男らしく整った相貌に微笑を浮かべながら、ジョスリアンが姿勢よく礼をする。

(ジョスリアン様、ご無事だったのね！　それにしても、かっこよすぎ！　死ねる……っ！)

後光が射して見えるほどのかっこよさにあてられ、ロザリーは立ち眩みしかけた。

だがあんなこともこんなこともした仲なのに、こうして初対面のフリをしているということは、こちらも調子を合わせた方がいいだろう。たしかにどこで知り合った?と聞かれ、公の場で『処刑場です』とは答えにくい。

「はじめまして、ロザリー・アンヌ・フォートリエでございます♡」

最敬礼をしながらも、高貴バージョンのジョスリアンから目が離せない。

(いつものちょっと抜けた感じもいいけど、こっちも推せる……！)

目をハートにしていると、隣にいた父がジョスリアンに挨拶をした。ジョスリアンは、礼儀正しくそれに応えている。

「あなたが噂の第二王子殿下ですか。いやはや、これは心強い」

でっぷりとした腹を揺らし、ほくほくしながらジョスリアンの肩を叩く父。

「どうか頭皮を大事になさいますよう。今からならまだ間に合いますゆえ」

「頭皮ですか？」

ジョスリアンが首を傾げていた。

どうやら父は、先日の会話を密かに根に持っていたらしい。

そんな父のねちっこさなどどうでもいいほど、ロザリーの視界は、ジョスリアンでいっぱいだった。

「ロザリー」

(ジョスリアン様。はぁ、かっこいい……)

「……ロザリー」

(人前じゃなかったら、今すぐ抱き着いてたのに!)

「――ロザリー、聞こえていないのか?」

強めのエドガーの声がして、ようやく我に返る。

(そうだ! この人のこと、忘れてた!)

「エドガー殿下、申し訳ございません。何の御用でしょう?」

慌てて彼の方に向き直ると、エドガーは不服そうな顔をしながらも、立ち上がって前へと歩み出てきた。

いつの間にか、音楽隊が楽器を構えている。男性が女性を、次々と広間の中心へと誘っていた。

一曲目のダンスが始まる雰囲気の中、エドガーがロザリーに向かって手を差し出そうとする。

彼の背後にいるリナが、あからさまに表情を引きつらせた。

ロザリーも、動揺で叫びそうになる。

(まさか、私をダンスに誘うつもり? あり得なさすぎて怖いけど、ここはぐっと我慢して――)

するとジョスリアンが、エドガーの手を追い抜くようにして、素早く手を差し出してきた。月光に似た金色の瞳に魅せられ、ロザリーはまた、ジョスリアンのこと以外考えられなくなる。

「フォートリエ公爵令嬢、俺と踊ってくれませんか？」

「はい、喜んで♡」

エドガーのことは完全に忘れ、すぐさまその手を取っていた。

こめかみをひくつかせ、所在なく手を引っ込めているエドガーの姿など、まったく視界に入っていなかった。

ジョスリアンがロザリーの手を引き、広間の中ほどへと導いた。

管弦楽の音色が鳴り響き、貴族たちが優雅にステップを踏み始める。

意外にも、ジョスリアンはダンスが上手だった。ロザリーも、ダンスは昔から得意な方だ。

抜きん出て存在感を放つふたりに、周囲の視線が集中する。

「見かけない顔だが、あの方はいったいどなただ？」

「第二王子殿下ですって!?　男らしくて、なんて素敵な方なの！」

ロザリーは、ジョスリアンの腕の中で、愛しい彼の温もりを心ゆくまで堪能していた。

ようやく会えた歓びで、胸がいっぱいだ。

「ジョスリアン様、ご無事でよかったですわ」

「心配をかけてすまなかった。用事が少々立て込んでいたんだ。それにしても、君がここに来るとは予想外だった」

「幽閉処分がいったん取り下げられ、実家に戻ったところ、エドガー様から招待状が届いていたのです」

「ほう、エドガーから……。とことんまで勝手な男だな」

ジョスリアンの纏う空気が、一気に冷え込んだ。

（ん？　今、呼び捨てにした？）

まるでエドガーを敵対視しているようなジョスリアンの発言に、ロザリーは違和感を覚える。

（そういえば、エドガーの影であるジョスリアン様が、表立って舞踏会に参加してるってどういうこと？）

思わず呆けたように彼を見つめると、ロザリーの視線に気づいたジョスリアンが、打って変わって穏やかな目をした。

「そのドレス、よく似合っている。だが、あの男の目にも映っているのは癪だ」

ジョスリアンが、先ほどからじっとこちらを見ているエドガーの視線からかばうように、ロザリーを抱きしめる。

「早くまた抱きたい」

どさくさに紛れて耳元で囁かれ、ロザリーはみるみる顔を赤らめた。

（やっぱり、今までのジョスリアン様とは違うわ。明らかにエドガー様を嫌っているようだもの）

ハッとして彼を見上げる。

「ジョスリアン様。もしかして、洗脳が解けたのですか……？」

するとジョスリアンが、無言のまま笑みだけを返してきた。

含んだようなその笑い方で、ロザリーは確信する。

（やっぱり……！　洗脳が解けたのね！）

何がきっかけか分からないが、泣きたいほどにうれしい。

(今すぐキスしたい。でもさすがに無理よね)

代わりにロザリーは、踊りながらよりいっそう彼に身を寄せた。それに応えるように、ジョスリアンが背中を優しく抱いてくれる。

「ロザリー、安心しろ。いずれ、すべてがうまくいく」

煌めくシャンデリアの下で、好みド真ん中の相貌が、色気たっぷりの眼差しを向けてきた。ズドンと胸を射貫かれ、ロザリーの心臓はとろけそうになる。

(はあ、やっぱりかっこいい……♡)

＊＊＊

玉座に座ったエドガーは、拳(こぶし)をわなわなと握りしめながら、踊るふたりを目で追っていた。

「エドガーさま、本当に踊らなくていいんですか？」

リナが、ねっとりとエドガーの腕に触れてくる。

エドガーはその手をぞんざいに払いのけた。

「踊らないと言ってるだろう。しつこいぞ」

「……ごめんなさぁい」

泣き声とともに、すごすごと引き下がるリナ。

今のエドガーには、そんな彼女に構う余裕などなかった。

そしてまた、食い入るように、軽やかに踊るロザリーとジョスリアンを眺める。

久々に見るロザリーは美しかった。

シックな黒のマーメイドドレスが、彼女の見事な体のラインを浮き彫りにしている。豊かな胸にくびれた腰、しなやかな四肢。

見ているだけでエドガーの体が熱くなり、息が上がっていく。

あの体に触れたいと、心から思った。

とはいえあの女は、そもそもエドガーのものなのだ。婚約してから十四年間、隣にいて当たり前の存在だったのだから。

(それなのになぜ、あいつにあんなにも体をひっつけているんだ)

ジョスリアンとロザリーは、踊っているというより抱き合っていると表現した方がしっくりくるほど、ぴったりと体を寄せ合っていた。

ジョスリアンを見上げるロザリーの目がハートに見えるのは、気のせいではないだろう。

エドガーは、よりいっそうイライラを募らせる。

(またジョスリアンか)

第二王子とは名ばかりの卑しい生まれで、影と呼ばれる存在でしかなかった男。

そんな男が、あの議会をきっかけに、堂々と王宮にのさばっている。おまけに騎士団員を中心に羨望を集め、要人たちまで丸め込もうとしていた。

さらには、エドガーの元婚約者であるロザリーを、我がもののように腕に閉じ込めているとは。

エドガーは、忌々しさでどうにかなりそうだった。

(ロザリーのあんな表情を見るのは初めてだ。まるで、今日会ったばかりのあの男に、骨抜きにさ

れているようではないか）

ひとめ惚れにしても、早すぎだ。

それに、距離感もおかしい。初対面で、男女があれほど密着することなどないように思う。しかも、あの堅物の塊のような女が。

（もしや、前から知り合いだったのか？）

曲が途切れ、パートナーを交代する時間が訪れた。エドガーはツカツカと広間の中央まで歩むと、ふたりの目の前で足を止める。

「初対面を装っていたが、初めて会ったという雰囲気ではないな」

すると、表情ひとつ変えないジョスリアンに対し、ロザリーはあからさまに動揺を見せた。

「しっ、知り合いなんかじゃありません！　まったく！」

「ますます怪しいな。絶対に顔見知りだろう？　どこで知り合った？」

威圧的に問い詰めたものの、知らず知らずのうちに、視線が彼女の胸元に吸い寄せられていた。ぷるんとした膨らみから、目が離せなくなる。

（やっぱりいいな……）

顔を赤くしながらあらぬ妄想をしていると、ジョスリアンが、エドガーの視線からロザリーを守るように立ちはだかった。

「処刑場です」

臆することなく答えるジョスリアン。ロザリーが、彼の後ろで慌てている。

「ジョスリアン様!?　いいのですか、正直に答えて」

「ああ、どうせいつかは知られることだ」

エドガーは眉間にしわを寄せた。

「は？　なぜお前とロザリーが処刑場で知り合う？」

「彼女が処刑場に送られてきたからです。兄上の印章が押された書状にも、そう書いてありました」

「幽閉罪だったはずだ。俺はそのような書状は送っていない」

「では、彼女を陥れたい何者かが、兄上のフリをして俺に書状を送ったのでしょう」

「……なんだと？」

エドガーは注意深く考えた。

ジョスリアンとロザリーが出会う機会はほとんどなかったはずだ。処刑場で出会ったという話は本当なのだろう。だとしたら、誰が偽の書状を送ったのか？

エドガーの印章のありかを知っている人間は、ごく少数だ。その中で、ロザリーが死刑になることで利益を得そうな者は――。

自ずと、背後にいるリナを振り返っていた。

目が合ったとたん、リナが不自然に視線を泳がせる。

「ええっ、そんなことがあったんですかぁ？　ロザリー様、おかわいそう」

（……やはり、リナがやったのか。純粋な女だと思っていたが、したたかな一面を持っていたのだな。聖女として役立たないうえに体の相性も悪いし、本当に興ざめだ）

もしかしたら、毒物事件をはじめ、リナがことごとく訴えてきたロザリーの罪にも、偽りがあったのかもしれない。ロザリーを殺そうとしたのは、口封じのためとも考えられる。

「ロザリー様は手違いで処刑場に送られたのか？　これは大問題だぞ」

「なぜ、そんなところにジョスリアン殿下もおられたのだ？」

三人の会話が聞こえていたらしい周りの貴族たちが、ザワザワと騒ぎ出す。

エドガーは手に汗を握った。

（このままでは、深く調べもせず、ロザリーを断罪した俺の立場が危うくなる。……まあいい。その前に、計画どおりジョスリアンを潰せばいいだけの話だ）

焦りつつも、エドガーはにやりと口角を上げた。

ジョスリアンが自ら処刑場にいたことを公言してくれたおかげで、事がスムーズに進みそうだ。

「皆に知らせたいことがある！　ここにいるのは俺の弟のジョスリアンだ！」

エドガーは、大広間中に響くように声を張り上げた。

「血を好む性質で、長らく死刑執行人をしてきた！　どうか恐れずに、迎え入れてやってほしい！」

大広間の空気が張りつめた。

「死刑執行人だって？　第二王子殿下が？　まあ、なんと恐ろしい……！」

「そういえば死刑執行人は、〝金眼（きんがん）の死神〟と呼ばれているらしいな。たしかに第二王子殿下の目も金色だ……」

思ったとおり、貴族たちは半ばパニックになり、ジョスリアンを怖がった。

狙いどおりだ、とエドガーはほくそ笑む。

死刑執行人は、この世でもっとも忌み嫌われる仕事だ。

そんな男が格式高きこの場に立っていることに、誰もが強い反発を示すだろう。

ロザリーの冤罪(えんざい)疑惑など、どうでもよくなるに違いない。

＊＊＊

「〝金眼の死神〟の正体は、第二王子殿下だったのか！　そんな人間が王族の一員など、世も末だ！」

ジョスリアンに非難の声が集中する。失神している婦人までいた。

どうやら彼は、前世のゲームファンからだけでなく、この世界でも、〝金眼の死神〟と呼ばれていたらしい。

人々の蔑みの視線に、ロザリーはたじろいだ。

作ったような笑みを浮かべているエドガーは、こうなることを見越して、ジョスリアンが死刑執行人であることを公表したのだろう。

(エドガーの落ち度で私が処刑場に送られたことが知られそうになったから、非難の矛先(ほこさき)をわざとすり替えたんだわ。本当にサイテーな男ね！)

人目もはばからず、今この場で、魔法でコテンパンにしてやろうかしらと本気で思ったとき。

――バサバサバサッ！

どこからともなく飛んできた一羽のカラスが、広間の天井を大きく旋回し始めた。

カラスはやがて、ジョスリアンの肩にトンッと降り立つ。

なんで急にカラスが?と、人々の目が点になっている。

終始無表情だったジョスリアンが、とたんに表情をほころばせた。

「久しぶりだな。元気だったか?」

「カアッ！　カアッ！」

「俺の力になりたいだと?　頼もしいな」

ジョスリアンがフッと笑みを浮かべると、カラスが彼の首のあたりにすり寄った。

その様子を隣で見ていたロザリーは、心の中で悶える。

(ジョスリアン様、カラスと話ができるの?　なんてかわいいの！　だけど、ジョスリアン様の死神感がアップしてる……!?　カラス、タイミング悪すぎ！)

死の象徴であるカラスを肩に乗せて微笑むジョスリアンの姿は、ロザリーにとっては胸きゅんものだが、人々の目には不気味に映るらしい。ジョスリアンを見つめる皆の表情が、ますます強張る。

じりじりと後ずさりを始める者までいた。

大勢の貴族に囲まれ、ジョスリアンは、もはや完全に孤立していた。

ロザリーは思わず、彼の手のひらをきつく握りしめる。

たとえ世界中の人間がジョスリアンの敵になったとしても、自分だけは味方でいると、伝わるように。

そんなロザリーに、ジョスリアンが包み込むような眼差しを向けてきた。

「大丈夫だ、ロザリー。俺はもう二度と自分を見失わない。決めたんだ、一生をかけて君を守ると」

「ジョスリアン様……」

思いがけない言葉に、ロザリーは胸を熱くした。

ジョスリアンは繋いだ手をぎゅっと握り返すと、エドガーに鋭い視線を投げかける。

あたりの空気が冷え込むほどの殺伐とした目つきに、したり顔を浮かべていたエドガーが、慄いたような顔になった。

「俺はたしかに死刑執行人だ。否定はしない、忌むべき存在であることも認めよう。だが彼女に虚偽の罪をかぶせたお前もまた忌むべき存在だ」

エドガーの洗脳から解き放たれたジョスリアンは、彼への憎しみを全身にみなぎらせていた。

彼を心の底から軽蔑している様子が、ありありと伝わってくる。

ジョスリアンが、何かの合図をするように手を挙げた。

するとエルネストが、人混みを縫うようにしてひとりの女を引き連れてくる。薄汚れた衣服を着た、二十代後半ほどの栗毛の彼女に、ロザリーは見覚えがあった。

(この人、たしかあのときの侍女だわ……！)

エルネストに促され、侍女が来賓と向き合うようにして立つ。よほど緊張しているのか、振動がこちらにまで伝わってきそうなほど、ガタガタと震えていた。

「……ロザリー様は無実です。私はあのパーティーの日、王宮侍女のフリをして会場に忍び込み、ロザリー様に毒の入った果実酒のグラスを渡しました。『リナ様が飲み物を欲しがられていました。お渡ししては？』と言って……。そうしないと家族に危害を加えると、リナ様に脅されていたのです。その後は速やかに会場から去りました……」

なるほど、とロザリーは納得した。

(どおりであのあと、どこを探しても彼女がいなかったわけね。侍女から受け取ったグラスにあらかじめ毒が入っていたと言っても、肝心のその侍女が見つからないから、嘘つき呼ばわりされてさらに立場が悪くなったのよね)

周囲が嵐のようにザワザワした。

「あれは、ロザリー様を幽閉罪に処する決定打となった事件だろう!? それが虚偽だったとなると、ロザリー様は冤罪だったということか!?」

「こうなってくると、ロザリー様の悪行はすべて、リナ様の虚言だった可能性もあるぞ! そうまでして、王太子の婚約者という立場を手に入れたかったのか!」

貴族たちの非難の目が、いっせいにリナに集中する。

リナが半泣きになって喚いた。

「ち、違うわ! でたらめなこと言わないで! 私は聖女なのよ! 聖女がそんなことするわけがないでしょう!?」

「結界を張ってこの国を守ることこそが、聖女の役目。ところがあなたが築いた結界は、日に日に弱まり、オーガの侵入を許しています。そんなあなたが、本当に聖女と呼べる存在でしょうか?」

エルネストが、リナに追い打ちをかけるように冷たい声を放つ。

リナはみるみる顔色をなくすと、エドガーにすがりついた。

「本当に違うんです!! エドガー様、信じてください!!」

だがエドガーは、何も言わずに、ドンッとリナを突き飛ばしただけだった。

床に尻もちをついたリナの顔が、絶望に染まる。

「エルネスト、裏切ったのか」

どうやらエドガーは、愛する女の本性が明るみになったことよりも、宰相までもがジョスリアン側についた事実に打ちのめされているようだ。

エルネストはエドガーの問いには答えず、しれっと目を逸(そ)らした。

きつく唇を噛(か)み、しばらく震えていたエドガーだったが、やがて気を取り直したようにしたたかな笑みを浮かべる。

「皆の者、よく考えてくれ！　この男は平民の女から生まれた卑しい存在で、死刑執行人だ！　第二王子とは名ばかりの、死神のような男だ！　これはすべて、正統な王族の血が流れる俺を陥れようとする、この男の策略だ！　死神にこの国を乗っ取られたくなければ、信じてはならない！」

大広間全体が静まり返る。

ジョスリアンを敵視する目と、エドガーを敵視する目。

誰しもが、本当の敵はどちらなのかを決めかねているようだった。

そのときだった。

静まり返った広間の奥から、泣き叫ぶような男の声が響く。

「なんと……！　あの慈悲深い死刑執行人の正体は、第二王子殿下だったのですね……！」

皆の視線が、いっせいにそちらに集中した。

会場の後方にいる初老の男が、神を崇(あが)めるかのように床に膝をつき、潤(うる)んだ目をジョスリアンに向けている。その隣には、笑顔のミシェルが立っていた。

エドガーの顔から、みるみる血の気が失せていく。

「……クラル伯爵（はくしゃく）、か？　どうしてここにいるのだ……」

まるで幽霊に出くわしたかのように、恐れをなし、後ずさるエドガー。

ロザリーも「えっ！」と目を白黒させた。

（クラル伯爵って、この国で禁止されている薬草を隣国から密輸した罪で、たしか二年前に処刑されたんじゃなかったっけ？）

だが彼は、たしかにクラル伯爵だった。

二年前よりはいくらか老け、痩（や）せはしたものの、面立ちそのものは変わっていない。

クラル伯爵は立ち上がると、大広間の中ほどまで歩み、今度は周囲の人々に向けて声を張り上げた。

「どうか聞いてくれ！　私は二年前、濡（ぬ）れ衣（ぎぬ）を着せられて死罪を言い渡された！　エドガー殿下が立案した法に反対したからだ！　腹を立てたエドガー殿下は、あらぬ罪をでっち上げ、目障りな私を消そうとしたのだ！」

言い終えたあと、エドガーを睨（にら）んだクラル伯爵の目には、地獄から這（は）い上がってきた者にしかできない奥深い憎しみが込められていた。

青ざめ、ガチガチと歯を鳴らすエドガー。

「だが、金色の目をした死刑執行人が私を逃がしてくれた！　彼は私の無実を認めてくれたのだ！　第二王子殿下、慈悲深い死刑執行人の正体は、あなただったのですね！　お礼をお伝えすることができず、長い間心苦しく思っておりました……！」

クラル伯爵がジョスリアンの前に膝をつき、はらはらと涙をこぼした。

それに倣うように、女性がふたり近づいてきて、クラル伯爵の隣で頭を垂れる。彼の妻と娘だった。

「私もです。第二王子殿下に御恩があります」

今度は、若い男が前に進み出た。彼もまた、昨年処刑されたはずの子爵令息である。

「エドガー殿下の不興を買い、身に覚えのない罪で、死罪になりました。ですが金眼の死神様に救っていただきました」

「私もです」「わしもだ」

ひとり、またひとりと、死刑になったはずの貴族が人混みから姿を現す。

そして涙ながらに、ジョスリアンに向かって礼を述べた。

(たしかにジョスリアン様は、無罪の人をこっそり救っておられたわ。洗脳に逆らえば自分が苦しむことを知りながら、構わずに)

ロザリーは、感動で心を震わせる。

死神として恐れられ、孤独に闇の世界を生きてきたジョスリアンだが、彼の誠実さと優しさは、こうして密かに知れ渡っていたのだ。

「お、お前たち……。呼んでもないのに、いったいどこから入った!? そもそも死人なのに、なぜ揃いも揃ってこんなところにいる!?」

髪を振り乱し、がむしゃらに喚いているエドガーは、ひどく混乱しているようだった。

そんな彼のもとへと、ミシェルがにこにこしながら近づいてくる。

「ジョスリアン殿下の支持者を集めるのは、案外簡単でしたよ。これも、無実の人々を救っていたジョスリアン殿下の清らかなお人柄ゆえですね」

エドガーが悔しげに歯を食いしばり、キッとミシェルを睨みつけた。

「ミシェル、この裏切り者め！」

「裏切り者も何も、王宮魔導士長の僕が仕えているのは君主である国王であって、エドガー殿下ではございません。正しいと思う行動をとったまでですよ。それにしても、ジョスリアン殿下に引き換え、エドガー殿下のしたことは、非道極まりない悪行ですね。ロザリー様も冤罪のようだし、もはや王太子どころか重罪人と呼んだ方がふさわしいのでは？」

わざとらしく肩を竦めるミシェルは、完全に喧嘩腰だった。

「無礼なやつめ……！」

声を荒らげたエドガーが、ミシェルに殴りかかる。

だがミシェルは瞬時に魔法バリアを張り、弾かれたエドガーは、無様に床にすっ転がった。

そんな彼に、とどめのようにエルネストが告げる。

「エドガー殿下。ロザリー様、ならびにその他大勢の冤罪について、殿下を審議にかける必要がございます。その間、殿下とリナ様の身柄を拘束することをお許しください」

王族ゆえ最低限の敬意こそ払っているが、エルネストのその言葉には、有無を言わせない圧があった。

「く……っ！」

エドガーが、嘆きのような呻き声を上げる。

彼が絶体絶命なのは、誰の目から見ても明らかだった。

ジョスリアンは、きわめて冷静に、窮地に追い込まれる兄を眺めている。その肩の上では、カラスが勝ち誇ったように胸を張っていた。

——『ロザリー、安心しろ。いずれ、すべてがうまくいく』

先ほどのジョスリアンの言葉を思い出したロザリーは、ここに来てようやく気づく。

(もしかして、これはすべて計画されていたことなの?)

ミシェルとエルネストは、エドガーの廃太子を目論んでいた。洗脳が解けエドガーを憎むようになったジョスリアンは、すぐさま彼らと結託したのだろう。

ジョスリアンが長く屋敷を留守にしていたのも、エドガーにこき使われていたからではなく、エドガーを断罪する準備をしていたからかもしれない。

(エドガーをコテンパンにするために、死なない程度の魔法の使い方をトレーニングしたんだけど。ひょっとして、私の出る幕はなし?)

愛するジョスリアンを長年苦しめてきたエドガーを、ロザリーは、できれば自らの手でこらしめたかった。コテンパンとまではいかなくとも、火魔法でこっそり自慢の金髪に火をつけるくらいはしないと、気が済まない。

バレないように注意しながら、そうっとエドガーの背後に移動する。大理石の床に尻もちをついたまま、なすすべもなく青ざめているエドガーを、上から見下ろした。

すると、ロザリーに気づいたエドガーの瞳が妖しく光る。

次の瞬間、ロザリーは、素早く立ち上がった彼に羽交い絞めにされていた。

「ロザリー！」

ジョスリアンの声が響いた直後、視界が陰り、体が浮遊した。

気づけばロザリーは、エドガーとともに、別の場所にいた。

屈強な石壁に囲まれた、ひどく殺風景な部屋である。ベッドに椅子、必要最低限の家具しか置かれていない。

「え？　ここはどこ……？」

状況が呑み込めず、ぽかんとしていると、カランと何かが床に転がった。

真っ二つに割れた魔石である。魔力を放出した証拠である、紫色の光を放っていた。

「これはまさか……転移魔石？」

転移魔石は、転移魔法と同じ役割を果たす。転移魔法よりもやや効果が劣り、遠くへの移動に時間がかかるとは聞くものの、百年に一度見つかるか見つからないかの貴重品だった。

「元婚約者なのに、知らなかったのか？　もしものときのために、王族は肌身離さず転移魔石を持っているんだ」

エドガーが、小馬鹿にしたように言う。

窮地に追いやられ、とっさに魔石を使用し、ロザリーもろともあの大広間から抜け出したようだ。

（貴重な魔石を、こんなしょーもないことに使うなんて！）

やはりこの男は、どこまでも愚かだ。呆れた目でエドガーを見つめていると、なぜかフッと艶めいた笑みを浮かべられた。

「ようやくふたりきりになれたな、ロザリー。ここは、緊急時に王族が身を隠す秘密の部屋だ。鉄の二重扉になっていて、外からはただの壁にしか見えないように作られている。この場所を知っているのは、国王もしくは王位継承者だけだ。見つかることはまずない」

「……お逃げになるなら、おひとりでよろしかったのではないでしょうか？　道連れにするにしても、私ではなくリナ様だったのは？」

「リナでは無理だったんだ」

「何をおっしゃっているのです？」

「お前に、もう一度触れたかった」

切なげに言われ、ロザリーは啞然とした。

エドガーが甘えるような口調で続ける。

「分かってる、ロザリー。お前も同じ気持ちだったんだろう？　お前は俺のことが大好きだものな。俺はもう終わりだから、最後に抱かせてくれ」

ロザリーの背筋にゾゾゾッと怖気が走った。

（この人、追い込まれておかしくなっちゃったの？）

「俺は勃起不全なんかじゃないと証明してやる！」

エドガーの目に、強烈な光がともる。

ガバッと抱き着かれ、あまりの気持ち悪さに、ロザリーはおえっとなった。

（ぼっきふぜんってなに？　ていうかこの状況、考えてみれば、思う存分魔法が使える最高な状況じゃない！）

飛んで火にいる夏の虫とは、まさにこのことである。

「あなたなんかに、抱かせるわけがないでしょう？」

嘲笑うように言ったあと、ロザリーは魔力を集中させ、一気に解き放った。

――バンッ！

エドガーの体が、風魔法が起こした突風によって吹き飛ばされる。

石壁に頭をぶつけ、床に倒れ込んだエドガーは、痛そうに頭を抱えながらロザリーを睨みつけた。

「くそっ、魔法か……！」

「ええ。ですが、最近まで魔法は使えなかったのですよ。それがなぜか使えるようになったのは、長年ジョスリアン様を苦しめたあなたに復讐しろとの欲求神のおぼしめしだと思っています」

ロザリーはヒールの音をコツコツと響かせながらエドガーに近づくと、倒れ込んだままの彼を高圧的に見下ろした。

「この体には、指一本だって触れさせません。隅々まで、すでにジョスリアン様のものですから」

「は？　まさか、もうあいつに抱かれたというのか⁉」

エドガーが、額に青筋を立てる。

「くそっ、俺には最後までさせなかったくせに……！　あんな男のどこがいいんだ⁉」

「まず、性格。ジョスリアン様はお優しいです。いつも私を大事にしてくださいます」

「……くっ」

ぐうの音も出ないようだ。

「それから、顔も」

「顔なら、俺も負けてない……っ！」

「残念ながら、ジョスリアン様の方がタイプです」

憐れむように言うと、エドガーの目に憎悪がみなぎった。

どうやら、プライドの高い彼をひどく傷つけてしまったようだ。

「毒婦め、調子に乗りやがって……！」

エドガーは吐き捨てるように言うと、怒りにまかせ、ロザリーめがけて拳を振り上げた。

ロザリーは魔法で突風を起こし、彼の体を再び床に叩きつける。

（爽快！）

「う、うう……っ」

床に激しく背中を打ちつけ、悶えている彼のお腹に、ロザリーは容赦なくヒールの足を乗せた。

ぐっと力を入れると、そこで初めて、エドガーが怯えた顔を見せる。

「私のジョスリアン様に、もう二度と関わらないと約束しなさい」

冷たい声でエドガーを脅しながら、手のひらに氷魔法と風魔法を同時に起こす。

氷の竜巻が、ロザリーの手の中で、みるみる大きくなった。ジャキンジャキンと氷の刃の音を響かせながら、天井に着くほど巨大に膨らんだそれを見て、エドガーが血相を変える。

「な、何をしているんだ!?　それをどうするつもりだ!?」

「あなたにぶち当てるに決まってるじゃないですか。でも大丈夫です、死なないレベルに調整しますので」

にこっと妖艶に微笑み、エドガーのお腹の上に置いたままのヒールをグリグリとしたそのときだった。

ガゴオオン！と部屋全体が揺らぐほどの震動と轟音が、固く閉ざされた鉄の扉から響いた。

――ガゴン！　ガゴン！　ガゴオオン！

「な、なんだ……!?」

尋常ならざる騒音に、エドガーが震え上がっている。

バキバキッと扉が叩き割られ、姿を現したのは、巨大な斧を手にしたジョスリアンだった。

「ロザリー、無事か!?」

「ジョスリアンさま♡」

大好きな彼の顔が見えたとたん、ロザリーは上機嫌になり、手の中の氷の竜巻を消した。

ジョスリアンに続いて中に入ってきたミシェルが、部屋を見渡し、驚いた顔をしている。

「強大な魔力を感じたのでもしやと思い、ただの壁にしか見えなかったここを破壊してもらったんだけど、やっぱり隠し部屋だったのか！」

ロザリーはエドガーを踏んでいた足を離し、ジョスリアンのもとへと駆け寄った。

ジョスリアンはロザリーをかばうように背後に隠すと、エドガーに冷酷な視線を向ける。

「――ロザリーに何をした？」

地を這うように低い声だった。

青ざめて床に転がっていたエドガーと、彼を踏みつけていたロザリー。

先ほどまでの状況を考えると、エドガーが一方的にやられていたのは一目瞭然だが、彼にとっては関係ないらしい。

ジョスリアンはものすごい勢いでエドガーの胸倉をつかむと、その頬を思い切り殴りつけた。

「ロザリーに触れた罪は重い」

「俺は何もしていない！　あの女が一方的に――」

「――黙れ」

怒りの声とともに、ジョスリアンが繰り返しエドガーを殴る。

エルネストが騎士たちを連れて現れ、エドガーを連行する頃には、彼の顔はすっかり腫れ上がっていた。

ぐったりとしているエドガーは、抵抗することなく騎士たちに拘束される。

「エドガーさまぁ」

同じく騎士たちに拘束され、連れてこられたリナが、泣きそうな顔でエドガーに声をかけた。

「転移魔石を持っていたなら、どうして私を連れていってくれなかったんですか？」

「うるさい、君では役不足だからに決まっているじゃないか！」

エドガーに吐き捨てるように言われ、リナはますます目を潤ませた。

「ひどおい……」

ぐずぐずと泣き始めたリナをいっさい見ることなく、エドガーが廊下の向こうへと連行されていく。その背中を見送っていたリナが、悲痛な声でボソッとつぶやいた。

「どうしてこうなるの……？　せっかく【こいよく】のヒロインに生まれたのに……」

ロザリーは耳を疑った。

（【こいよく】ですって？　どうしてこの世界の人間が知らないはずのことを、リナが知っているの？）

「あなた、【こいよく】を知ってるの……？」

思わず聞くと、リナがハッとしたようにロザリーを見つめる。

その目は、驚愕に見開かれていた。

「まさか、あなたも……？」

（うそ、リナも転生者だったの？）

いつになく真面目な顔で固まっているリナの方も、同じことを思っているのだろう。

だがそれについて詳しく確かめる前に、エドガーのあとを追うようにして、リナも廊下の向こうへと連行されていった。

第七章

永遠に君を守りたい

エドガーを捕らえたとの報告は、すぐに床に伏せっている国王のもとへも届いた。

第二王子を支持する派閥によるクーデターに、国王はもはや抗う気力がないようだった。

エドガーがロザリーを城から追い出し、リナとともに傍若無人に振る舞い始めたあたりから、国王は心を病んでいた。おそらく、愛息子の愚かな振る舞いに絶望し、いずれこんな日が来ることを予想していたのだろう。

時間を置かずに、ロザリーとジョスリアンは、国王の寝室に呼ばれた。クーデターの首謀者として、エルネストとミシェルも同席している。

「許せ、ジョスリアン。私が間違っていた。エドガーを愛するあまり、すべてを見誤ったのだ」

憔悴し切った国王が、ポツポツと事の顛末を告白する。

その内容は、驚くべきものだった。

自分の子を孕んで逃亡した侍女の死を知った国王は、庶子であるジョスリアンを引き取ることにした。エドガーのいい遊び相手になると思ったからだ。

だがやがて、ジョスリアンのずば抜けた能力に脅威を感じるようになる。彼がエドガーを凌いで王太子の座に収まり、平民の血が王室を穢す恐怖に怯えた。

そのため王宮魔導士長ホワキンを言葉巧みに言いくるめ、ジョスリアンに禁忌魔法をかけたのだ。

禁忌魔法とは、人間の三大欲求を別の欲求に置換するという、驚異の魔法だった。

三大欲求とは食欲、睡眠欲、性欲のことである。

ジョスリアンの場合は、性欲をエドガーへの従属欲に置換された。

置換された欲求は、潜在的に持っている三大欲求と同等に、魔法をかけられた人間にとって必要不可欠なものになる。

そのため、本能的にエドガーに従うようになったのだ。

(洗脳かと思っていたけど、まさかの禁忌魔法だったのね)

この世界において、三つの欲求は絶対的な存在。それを欺くなど、神への冒涜はなはだしい。

そういえば【こいよく】の中にも、そんな話が出てきた。

王宮魔導士ミシェルのルートで、禁忌魔法によってミシェルの睡眠欲を魔法抑制欲に置換したというものだ。そのためミシェルは、ストーリーの序盤、魔法を使えない魔導士として登場する。推しではなかったため、ミシェルルートは数えるほどしかプレイしておらず、すっかり忘れていた。

「でも、どうして急にジョスリアン様の禁忌魔法が解けたのかしら?」

降って湧いた疑問を口にすると、ミシェルがにこやかにそれに答えた。

「封じられた欲求でも、限界を超えて抱けば、自然と解けるのですよ。といっても、並大抵の欲求では解けません。ジョスリアン様の場合は魔力が複雑に入り組んでいたので、さらに難解でした」

(それってつまり、ジョスリアン様がとんでもない性欲を抱いたから、魔法が解けたということ?)

ロザリーは、彼に処刑されそうになった寸前、とっさに裸の胸をさらけ出して救いを求めたことを思い出す。

あれから、ジョスリアンはロザリーの胸に執着している。今も然りだった。

（死に物狂いの思いつきの行動だったけど、まさかあの行為が、ジョスリアン様にかけられた禁忌魔法を解くきっかけになったなんて！）

私の乳最強！と、ロザリーは心の中で絶賛する。

ロザリーの乳が、彼女の命を、そしてこの国の行く末を救ったのだ。

ロザリーがひとり感動に打ち震えていると、床に伏したままの国王が、言いにくそうに口を開いた。

「実は、ホワキンに命じて禁忌魔法をかけたのは、ジョスリアンだけではないのだ」

信じられない告白に、誰しもが耳を疑った。

「禁忌魔法を二度も……!?　いったい誰にかけたのです!?」

エルネストが、血相を変えて国王に詰め寄る。

すると国王が、震える指でロザリーを指し示した。

ロザリーはきょとんとする。

「え？　私？」

国王が、罪悪感を顔に露にして深くうなずいた。

「そなたの睡眠欲を魔法抑制欲に置換した」

（ゲームの中のミシェルと同じじゃない……！）

つまりロザリーは、高い魔力を持って生まれたものの、置換された欲求によって、自発的に魔法を抑制していたらしい。

(だから、ホワキンの記憶が頭の中にあったのね。禁忌魔法をかけられたときに会ったはずだから)

以前頭の中に浮かんだ、長い顎鬚を持つ眼鏡をかけた老人の姿。あれは、幻なんかではなかったのだ。

(でも待って。魔法が使えるようになったってことは、私の禁忌魔法も解けたということよね？　つまり、封じられた睡眠欲を、限界を超えて抱いたということ？)

たしかにジョスリアンの屋敷に滞在するようになってから、エドガーから解放された安堵で、よく眠れるようになった。とりわけジョスリアンと破廉恥な行為をして、何度もイカされたあとは、泥のように眠ったような……。

ジョスリアンと初めて最後までそういうことをし、裸のまま彼の腕の中で眠った日のことを思い出して、ロザリーは耳まで真っ赤になった。

(そういえばあの日の朝から、信じられないほどの魔力が体にみなぎるようになったのよね)

「なぜ、そんなことをされたのです？」

頬を押さえるロザリーをよそに、エルネストは国王に食ってかかる。国王は言いにくそうに、再び口を開いた。

「ホワキンが、ロザリーは桁違いの魔力を秘めていると言ったのだ。いずれは国一番の魔法使いになるだろうと。だがエドガーにはそれほど魔力がない。婚約者の方が力を持ってしまえばやりにくかろうと思い、ロザリーの魔力を封じたのだ」

ベッドの上でしょげながら語る国王を、ロザリーは呆れた気持ちで見つめた。

(残念すぎるほどの親バカね)

きっと、ここにいる誰もが、同じことを思っているだろう。

しらっとした空気が流れる中、国王が痩せ細った体で、深々と頭を垂れた。

「許してくれ、ジョスリアン、ロザリー。私がすべて間違っていた。どんな罰も甘んじて受け入れよう」


エドガーとリナの処遇は、明日改めて決めることになり、各々が寝室に戻った。

パーティー中に大騒動が起こったおかげで、すっかり夜が更けている。

「ところでジョスリアン様。私はなぜ抱っこされているのですか?」

国王の寝室を出たあと、ジョスリアンはなぜか、ロザリーをお姫様抱っこして廊下を歩いていた。

そういえば、壁の向こうの秘密部屋から国王の寝室へ移動するときも、ずっとこうだった。

「エドガーにひどい目に遭わされた君が心配だからだ」

ジョスリアンが、大真面目な顔でそう答える。

(どちらかというとひどい目に遭ったのはエドガーなんだけど。うれしいから、まあいっか)

ロザリーは、自分を抱く彼の逞しい体にうっとりと身を寄せた。

連れていかれた先は、東棟にある一室だった。

王族だけが足を踏み入れることのできる領域にあるそこは、どうやらジョスリアンが現在使っている部屋らしい。広々とした部屋の真ん中には、キングサイズのベッドが置かれている。

ジョスリアンはベッドに腰かけると、ロザリーを膝の上に座らせ、背中からきつく抱きしめてきた。

「ロザリー、ようやく君に触れることができる。正直、我慢の限界だ……」

うなじに熱い吐息をかけながら、苦しげに告げられる。

急くようにして、ドレスの上からいきなり両胸を激しく揉まれた。

ロザリーのお尻に、硬質なものが当たっている。彼のそこは、すでに臨戦態勢のようだ。

(久しぶりで興奮してるジョスリアン様、かわいい)

ロザリーはされるがまま、彼の手のひらの熱さに翻弄された。

「このドレスは美しいが、目の毒だ。俺以外の男の目に映るのは許せなかった」

胸を揉み込んでいた指先が、布越しに中心をかすめる。

「ん……っ」

ロザリーが身をよじると、ジョスリアンはその部分だけを執拗に指先でいじり始める。

「ん、ふぅっ、あ……っ！」

体をくねらせても、彼の指先が胸の先端から離れることはなかった。さんざんなぶられた胸の先はぷくりと膨れ、ドレスを着たままだというのに、形が分かるようになっている。

たまらず上半身を弓なりにしならせると、ジョスリアンがロザリーのドレスに手をかけた。

ホルターネックの胸元は、いとも簡単にずり下げられ、豊満に実った裸の胸を露にする。

「ああ、ロザリー。君はいつ見てもたまらなく美しい……」

背中に密着した彼の胸板が、激しく上下していた。お尻に触れた昂ぶりは、先ほどよりもいっそう質量を増している。

大きな手のひらが、今度は直に肌に触れてきた。乳房の柔らかさを堪能するように幾度も揉み上げられ、再び先端だけをなぶられる。

きゅっと摘まんで執拗に擦られたかと思えば、指先でカリカリと激しくつつかれた。胸の先端は彼の愛撫を素直に受け入れ、これ異常ないほど硬くしこっている。

「ん、んんっ、ああ……っ！」

ピリピリとした刺激が、胸の先から、稲妻のように体の奥へと突き抜けていった。あふれ出る淫猥な熱を持て余して、ロザリーは自然と膝を擦り合わせる。

「ジョスリアンさまぁ……」

早く、違う場所にも触れてほしい。そんな気持ちを込めて名前を呼んでも、ジョスリアンは、胸の先だけをなぶるのをやめなかった。

ピンと尖ったそこはひどく敏感になっていて、痛いほどだ。愛する人に触れられている悦びがないまぜになって、さらにロザリーを高みへと押し上げていく。

ロザリーは腰を激しくくねらせながら、イヤイヤと首を振った。

「……これ以上はだめっ。乳首だけでイッちゃう……！」

なぜかそれは、とてもはしたないことのように思えた。

ジョスリアンが、吐息だけで笑う。

「イケばいい。こんなのはどうだ？」

胸の先端をいじる指の動きが、さらに高速になっていく。

硬く尖った乳首は、彼にされるがまま、ピクピクとしきりに振動していた。

「あああぁ……っ！」

強烈な刺激が胎の奥へと一気に抜け、ロザリーはあっという間に気を遣ってしまった。腰に力が入らなくなり、背中にいる彼にガクンと身を預ける。

「よかったか？」

ジョスリアンは満足げに微笑むと、ロザリーを優しく抱いてベッドに寝かせた。

息をつく間もなく、今度は唇を貪られる。ねっとりと舌を絡められ、口腔内の隅々まで蹂躙された。体勢が変わったというのに、その間も、彼の指先は執拗に乳首を弾いたままだ。

「ああん、もうっ、それはダメ……っ！」

再び胸だけでイカされる予感がして、ロザリーは嬌声を上げながら抵抗する。

「……敏感でかわいい。君を知れば知るほど、かわいすぎて苦しくなる」

金色の目をとろけさせながら、ジョスリアンはあられもない顔をしたロザリーをうっとりと眺めると、今度はねろりと耳朶を舐め上げた。耳腔をねぶられながら、胸の先を弾かれ続ける。

ピチャピチャという卑猥な音が鼓膜を揺すり、脳髄にまで響いた。

「んぁっ、あっ……！」

そのままもう一度ロザリーが達したのを見届けると、ジョスリアンは今度は、かぷりと乳房を咥えた。

乳輪が隠れるほどすっぽりと口で覆われ、じゅっじゅっと音を立てながら交互に吸われる。そのあとは、ねっとりと味わうようにさんざん舐められた。

「ああ、はぁん……」

胸への執拗な愛撫は、なかなか終わりそうにない。

(今日のジョスリアン様、なんだかいつもと違うわ)

久々だからだろうか。それとも、大仕事を終えたあとだからだろうか。

細かな動きのひとつひとつから、ロザリーの快楽を暴こうとする執念が伝わってくる。

胸だけで何度もイカされ、胸元が彼の唾液まみれになった頃には、ロザリーの腰はすっかりとろけていた。満を持したように、ジョスリアンがロザリーの両足に手をかける。

「すっかりビショビショだ。てらてら光って、夜露に濡れた花みたいだな」

「そんなこと、言わないで……」

大きく開脚させられ、間近でそこを観察されるという痴態を晒されて、ロザリーは羞恥から泣きそうになる。これまで何度もその場所を見られてきたが、今宵は今までにないほどしとどに濡れそぼっているのを、自分でも感じていたからだ。

「恥じなくていい。ここもこんなに大きくなって、かわいいな……」

肉厚な舌が、はしたなく尖った蕾をねぶった。

敏感なその部分を、舌先で繰り返し弄ばれる。トントンと叩くような動きから、くじるような動きへと変わっていった。

「ん、ん、んふっ……!」

否応なしにピクピクと跳ねる腰を、ジョスリアンの腕が優しく押さえつける。そして今度は蕾に吸いつき、強く吸いたてた。

伸びてきた指先が、同時に尖り切った胸の先端を擦り上げる。

敏感なふたつの刺激が合わさり、強大な愉悦となって、ロザリーの体の芯へと押し寄せた。

「あ、んぁ……っ！」

「気持ちいいか？　ロザリー。あふれているぞ」

舌を蕾に押し当てたまま、視線だけをロザリーの顔に向け、ジョスリアンが聞いてくる。

「あぁんっ、気持ちいい……」

泣き声に似た声で喘ぐと、ジョスリアンは満足げに微笑み、蕾に吸いついたまま二本の指を蜜壺の奥へと沈めた。

すでに十分潤（うるお）っているそこは、長い男の指を、いとも容易く受け入れる。

蕾を執拗に舐められながらそこを指でズボズボされたら、もう限界だった。

「ああっ、んぁっ……っ！」

抜き差しされる指の動きとともに、あふれた蜜が敷布にほとばしる。腰が勝手にせり上がり、彼の愛撫をより深くに求めるように、いやらしく揺らいだ。

「ああん、もう……っ！」

「イキそうか？」

「イクぅっ！　イッちゃうの……っ！」

すがるように手を伸ばすと、ジョスリアンはその手を取り、手の甲に優しく口づけた。その間も、蜜壺を激しく蹂躙する指の動きは止まらない。

「ああっ、やあああぁ……っ！」

内壁を指先で繰り返しつつかれ、ロザリーはまたしても気を遣った。

（ジョスリアン様、どんどん床上手になっているわ……。童貞だった頃が嘘みたい）

快楽を叩き込まれ、泥のようにぐったりとした体を投げ出しながら、ロザリーはなんとなくの寂しさを覚える。

だがそんな寂寥も束の間、ハア、と濡れたような息を吐いたジョスリアンが、ロザリーのドレスをすべて剝ぎ取り生まれたままの姿にした。それからトラウザーズの前を寛げ、男根を露にする。

血管が浮くほど硬く張りつめたものを、ジョスリアンはぐずぐずに溶けたロザリーのそこに押し当て、一気に突き入れた。

すぐに、ずちゃずちゃと容赦のない律動が始まる。

肉体と肉体のぶつかるいやらしい音が、さらなる羞恥を煽った。

「んぁ、ダメ……っ！　そんなにしたら……っ！」

「何度でもイケばいい。俺のこと以外、考えられなくなるくらい」

敷布に両手をつき、腰を浮かせながらグサグサと最奥まで肉棒を突き入れているジョスリアンは、今宵は手加減をするつもりがないようだ。

「あぁ……っ！」

ロザリーは腰をビクビクと震わせながら、蜜道に欲をねじこまれる悦楽に耐える。

そんなロザリーを、ジョスリアンは張り付くように見つめながら、絶え間なく揺さぶり続けた。

汗で湿った前髪をかき上げ、獣を彷彿とさせる情欲の滾った目で見下ろされる。むせかえるような雄の匂いに眩暈を覚えた。

ジョスリアンがロザリーの腰をより深く折り曲げ、ぐっと前のめりになって、真上から突き入れるような格好で抽挿を始めた。

真上からガツガツ中を貪られるのは、想像以上の刺激だった。

熟した子種で張りつめた睾丸が、蜜口を叩く。

「やあっ、これ、すごいのぉ……っ！」

猛ったもので中をえぐられる感覚に、我を忘れる。

まるで、彼の性欲を受け入れるだけの道具にでもなってしまったようだ。

そんな背徳感になぜか、この上ないほどの幸福を感じてしまう。

愛する男に脇目も振らずに求められる悦びが、魂までをも満たしていった。

休む間もなく最奥まで穿たれながら、親指でグリグリと執拗に蕾をこねられた瞬間、尿道から透明な液がほとばしる。

「んんんっ、あぁ――っ！」

羞恥を感じる余裕すら与えられず、ロザリーの口から、悲鳴のような喘ぎが漏れ出ていった。

「ああ、ロザリー。どうしてこんなにきれいなんだ……」

ロザリーのとろけた顔を恍惚として眺めながら、ジョスリアンがひときわ奥にズンッと自身を突き入れた。

「う……っ」

ジョスリアンは苦しげに唸ると、背筋を震わせる。同時に膣奥が熱いもので満たされ、ロザリーははくはくと呼吸を繰り返しつつ目を瞠(みは)った。

(今、中で……)

ジョスリアンはこれまで、情事の際、必ず外に吐精していた。

体の関係はあるものの、自分たちは婚約者でも、ちゃんとした恋人でもないからだろう。

ジョスリアンは野蛮なように見えて、そういった紳士的な考え方のできる男だった。

だから中で子種を注(そそ)がれたのは、子供ができても構わないという彼の決意の表れのように思えて、うれしくなる。この先も、彼がロザリーをそばに置く意志があるということだ。

ロザリーはたまらず、逞しい体にぎゅっと抱き着いた。

「もう少しこのままでいて……。あなたの子供が欲しいの」

いつも体裁を気にし、真面目に生きてきたロザリーにとって、こんな気持ちになったのは初めての経験だった。何を捨て置いても、この男の子供を授かりたいと心から思う。

理性ではどうすることもできない、雌としての欲求だった。

「ロザリー……。俺をおかしくさせる気か？」

呻(うめ)くように言うと、ロザリーの要求どおり腰を奥に埋めたまま、ジョスリアンが唇を貪ってくる。

ロザリーはされるがまま、彼の獣じみたキスを受け入れた。

「ハア……」

口元を拭(ぬぐ)いながら、ひどく興奮した目をするジョスリアン。

それからロザリーの体を優しくひっくり返すと、今度は背後から突き入れてきた。

「あぁ――っ！」

萎えるのない雄を剣のようにグサグサと突き入れられ、ロザリーは腰をわななかせながら喘いだ。敷布にしがみつき、後ろから容赦なく穿たれる感覚にひたすら溺れる。

「ああっ、すごいの、これ……！　奥がすごいのぉ……っ！」

涙声で叫べば、耳を甘噛みされ、「奥が好きなのか」と男を感じる声で囁かれた。

さらに速度を上げて、奥をズンズンと穿たれる。

まるで串刺しにでもされたようで、あまりの刺激に、目の前が真っ白になった。

「ああっ、あひっ、あぁ……っ！」

あっという間に気を遣り、力尽きた体をガクンと敷布に倒すと、ジョスリアンは今度は隣に寝そべり横から突き入れてきた。息をつく隙もなく、再び抜き差しが始まる。

同時に胸の先を激しく指先で弾かれ、ロザリーは口の端から涎をこぼしながら甲高く喘いだ。

「あああっ、あっ、あっ、あぁ……っ！」

腰がガクガクと痙攣するのも構わず、片足を上げられ、ずちゃずちゃとより深くを突かれる。

ブシュッブチャッという卑猥な音を立てながら、繋がった部分から、愛液に混ざって白濁した液が吹きこぼれた。ジョスリアンは、吐精しながらこの行為を続けているらしい。

「あ、ああ、はぁ……っ！」

子宮口を絶えず突かれながら、蕾をまた擦られたとき、ロザリーは白んだ視界の中でついに意識を飛ばした。

意識が舞い戻ると、むせかえるような情交の香りの中にいた。

獣の発情期を彷彿とさせる濃密な空気が、部屋中に満ちている。

ロザリーはいつの間にか、ベッドに腰かけたジョスリアンの膝の上に跨っていた。

性器は繋がったままで、緩く揺さぶられ続けている。

ロザリーが気を遣っている間にも精を放ったのか、結合部が白濁でドロドロになっていた。

「ああ、んあ……っ！」

目覚めてすぐに快楽で体がわななき、半開きの口から喘ぎがこぼれた。

「……ロザリー。気がついたか」

汗だくのジョスリアンが、愛しげに、ロザリーのこめかみに口づける。

それから腰をゆっくりと打ち上げながら、甘く耳元で囁いた。

「気持ちいいか？」

「きもちいいわ……」

すがるように、汗で湿った彼の体を抱きしめた。

引き締まった筋肉が、飽和しそうな熱を放っている。

「もっとして、ジョスリアン……」

「ああ……」

ロザリーの求めに応じるように、ジョスリアンが、ゆっくり確実に奥を突いてきた。とろけ切った蜜道は、冷める気配のない男の欲を、いとも簡単に受け入れる。

「……ああ、ロザリー。ここ、しっかり俺の形に馴染んだな。ずっとこうしていたい……」

「ああ、好き、好きなの……。本当に好きなの……」

このまま溶けて、ひとつになって消えてしまえたらいいのに。

好きがあふれて止まらない。

ロザリーのうっとりとした視線を浴びたジョスリアンが、ハア、と濡れたような息を吐いた。

「俺もだ……。ロザリー、もっと気持ちよくしたい……」

ジョスリアンはそう言うと、そのままロザリーの尻を支えて立ち上がる。

自然とロザリーは彼の背中にしがみつき、身を支えた。

立ったままの状態で、ガツンガツンと中を穿たれる。これまでにないほど胎の奥に彼を感じて、ロザリーはかすれ声で喘ぎながら目を剝いた。

「やあぁっ、こんなに奥まで……っ！」

あまりの深さに恐怖すら覚えるほどなのに、押し寄せる荒波のような快楽に体が歓喜している。

「ロザリー、ロザリー……っ！」

ジョスリアンは、浮ついたように何度もロザリーの名前を呼びながら、激しく腰を打ち続けた。

彼に全身を委ねている状態なので、ロザリー自身ではどうすることもできず、ただガクガクと人形のように揺さぶられるよりほかない。

ぐちゃぐちゃと掻き回された胎から、これまでに吐き出された白い精があふれ、ロザリーの生白い太ももを伝っていった。

屈強な肉体で止まることなくズンズンと最奥を突かれ、ロザリーは、あまりの刺激に忘我の彼方へと追いやられる。もはや、半開きの口から嬌声を響かせるだけの何かへとなり果てていた。

「あっ、あっ、んぁ、あっ、あぅ……っ！」

「ああ、出る……っ！」

背筋を震わせ、何度目になるか分からない精を吐き出すと、ジョスリアンはようやく自身を引き抜き、ロザリーを優しくベッドに寝かせてくれた。

ロザリーは未だ息が切れているというのに、彼はもう落ち着いている。底知れない体力は、少々怖いほどである。

愛する彼にさんざん抱かれた体は、体液まみれで重くだるいが、この上ないほどの幸福に満たされていた。

ジョスリアンは、優しい目でロザリーを見つめながら、愛しげにピンク色の髪を撫でている。

「何を考えている？」

「ジョスリアン様に出会えて、よかったと考えていました」

初めて彼に会ったときはひたすら怖かったのに、今はこの世の誰よりも信頼している。

――『俺はもう二度と自分を見失わない。決めたんだ、一生をかけて君を守ると』

大広間で聞いた彼の言葉を噛みしめる。泣きたいくらいうれしかった。

体と命を交換した間柄ゆえ、本当の意味では愛されていなくとも、大事にされているのが伝わってきた。それだけでもう、ロザリーは十分だった。

「そうか」

ジョスリアンはそう答えると、ロザリーの額（ひたい）に口づけ、細い腰を艶（なま）めかしく撫で回してくる。

（あんなにしたのに……まだ物足りないのかしら？）

彼の顔をジトッと見つめながら、そんな恐れを抱いていると、今度は瞼（まぶた）に口づけを落とされた。

「君のその目が好きだ」

大人びた眼差しで、そんなことを言われる。

「……目ですか？　胸じゃなくて？」

「胸も好きだが、目は子供の頃から好きだった」

「子供の頃から……？」

会ったことがあったかしらと、ロザリーは首を傾げる。

ジョスリアンが、フッと相好を崩した。

「子供の頃から君を知っていた。毎日、図書室で勉強している姿を見ていたからな」

「え？　図書室って……」

たしかに、妃教育が始まり城に通うようになった九歳頃、毎日のように図書室にこもっていた。

あの頃からエドガーの態度はすでに冷たく、彼に好かれたくて必死だったのだ。

「まさか見られていたなんて、思ってもいませんでした」

「人がいないときは不安げなのに、人前では強がる、その目に魅せられた。あの頃、俺は王宮で孤立していた。君もきっと、孤独なんだろうと感じたんだ。窓越しに君に魅せられているときだけ、俺はひとりじゃないと思えた」

「……そんなふうに、思ってくれていたのですね」

母を亡くしてから浮浪児同然の暮らしをし、その後、城に引き取られた彼の過去については知っている。自分でも知らないところで、彼の孤独に寄り添えていたのだと知り、胸が温かくなった。

同時に、ひとりきりで頑張り続けていた過去の自分も、彼に抱きしめてもらえたような心地になる。

「ジョスリアン様、やっぱり大好きです」

心のままに、ぎゅっと彼に抱き着く。こんなにも彼を愛している自分を、今は誇りにすら思っていた。

潤んだ目で見つめれば、金色の瞳に淡い情欲の炎がともる。

互いの温もりを求めるように、自然と唇が重なっていた。

息苦しくなるほどの幸せが込み上げる。

硬質な感触が、ロザリーの太ももをかすめた。

「ジョスリアン様」

「……すまない」

短いキスのあと、額をひっつけ、恥ずかしそうに目を伏せるジョスリアン。

ロザリーはそんな彼に微笑みかけると、昂ぶりを指先で優しく撫で上げた。

自分を求めて欲を露にしたものが、愛しくて仕方ない。

先走りの滴を指先で絡め取り、猛った筋に塗り込める。雁首を包み込むようにして、鈴口のあたりを親指でそっと擦った。

熱くて硬質な肌触りに、己の情欲が煽られ、熱い吐息が口から漏れ出る。

「ああ、ロザリー……」

ジョスリアンが、色気を滴らせながら、苦しげな顔をした。

「来て」

彼の耳元で、甘く囁いた。理性の届かない心のずっと奥が、切実に彼を欲している。

「……いいのか？」

「いいの。気が済むまで抱いて、ジョスリアン」

「ロザリー……」

ジョスリアンが低く唸った。それからロザリーを組み敷くと、これまでの情事で十分潤っているそこに、吸い寄せられるように己を埋めていく。胎いっぱいに彼を感じ、また泣きたいような気持ちになった。

彼とひとつになると、あるべき自分に戻れたような気になるのはなぜだろう。

再び中を穿たれながら、ロザリーは今までにないほど激しく喘いだ。

「ああっ、んああっ、あぁ……っ！」

ジョスリアンは朝まで一度も抜くことなく、ロザリーの中に精を吐き出し続けた。


翌日を迎えた。

謁見の間にはすでに、国王をはじめとした要人たちが、多数揃っていた。

ロザリーはジョスリアンと並んで立ち、その向かいには、エルネストとミシェルがいる。

騎士たちに連行され、エドガーとリナが姿を現した。

昨日の暴走はどこへやら、一晩を牢獄で過ごしたふたりは、すっかり憔悴していた。

(エドガーの廃太子は決まったも同然と、エルネストは言っていたわね。王族だから露骨な処罰はないにしても、今後政治に関わることはないだろうとも)

そしてリナは聖女だから、罪が軽くなるとのことだった。たとえ脆弱であろうと、彼女の結界のおかげで今この国は守られているのだ。そんなリナを罰して精神的に追い込むのは、国を危険に晒すも同然という見解なのだろう。

(魔法包囲網の魔術式が編めたと伝えたら、リナの処罰も変わるのかしら)

ロザリーは複雑な心境になる。

リナもおそらく転生者だったと知った今、前のように彼女を憎めなくなっていた。ヒロインに転生したら、ロザリーだって調子に乗っていたかもしれない。実際前世では、【こいよく】のヒロインになりたいと何度も思っていたのだから。

「エドガー。そなたへの深い愛情が、結果的にそなたを壊してしまった。私は愚かだった」

玉座に座った国王が、弱々しくエドガーに謝る。

エドガーは父王の謝罪に無言を貫いた。

代わりに、周囲を睨み据える。

「死刑でも流罪でも、好きにしろ。立派な第二王子がいるんだから、俺などもう用済みだろ」

それからエドガーは、ロザリーに挑発的な視線を向けた。

「ロザリー、お前の目論見どおりになってよかったな。お前はハナから俺のことをうっとうしく思っていただろう？　いつもお高くとまって、ピリピリしていたものな」

エドガーのその言葉は、思いがけずロザリーを傷つけた。

彼に未練などいっさいないが、一生懸命だった過去の自分まで否定された気分になり、いたたまれなくなる。

ロザリーは真顔になった。

「エドガー殿下。今はまったくそうは思いませんが、婚約破棄を言い渡されるまで、私は殿下に好意を持っていました。そして殿下のお役に立てるよう、私なりに努力してきました。今はまったくそんな気にはなりませんが、過去の私はそうだったのです」

すると、エドガーが嘲笑を浮かべる。

「ジョスリアンにべったりで、よく言うな。俺と婚約していた頃とは、態度がまったく違うじゃないか」

「あの頃は、王太子殿下の婚約者という立場でしたので、人にも自分にも厳しくするしかなかったのです」

「ふん。あとからなら何とでも言えるな」

エドガーが肩を竦めたそのときだった。

「殿下、ぶしつけながら申し上げますじゃ！」

要人たちの中から、しわがれた声が響いた。杖を持った手をぷるぷる震わせながら歩み出てきたのは、黒のローブに身を包んだ魔導士ワーグレだった。

「師匠!?」

ロザリーが驚きの声を上げると、ワーグレが「やっほい」と手を挙げる。

(師匠がどうしてこんなところに？)

ワーグレは、ロザリーに魔道具の作り方を教えてくれた尊い魔導士だ。とはいえ神がかった魔道具技巧力がありながら、それについては広まっておらず、王宮魔導士たちの間では窓際族魔導士として疎まれていた。

突然しゃしゃりでてきたよぼよぼの魔導士に、エドガーが怪訝な目を向ける。

「なんだ、お前は？」

「殿下は、ロザリーちゃんの苦労を何も分かっておられぬ」

「ロザリーちゃん……？」

よりいっそう眉間に皺を寄せるエドガー。

ワーグレが、ポケットから何かを取り出した。

ピンク色をした手のひらサイズのそれは、ロザリーが開発した魔道具〝魔強の鏡〟である。

「ロザリーちゃんが城に戻ったと聞いての。これを返しに来たんじゃ。ロザリーちゃんが一生懸命作ったものじゃから、わしが持っとるのはおかしいからの」

エドガーに見せつけるように、〝魔強の鏡〟を掲げるワーグレ。

「エドガー殿下。ロザリーちゃんの身に何があったかは、この老いぼれも耳に入れております。これは、魔力を奪われていたロザリーちゃんが、殿下の役に立ちたいと開発した魔道具〝魔強の鏡〟ですじゃ。ロザリーちゃんは、幼い頃から魔道具作りを懸命に学んできたのです。殿下が落馬した際の大怪我が回復したのも、この鏡で治癒魔法を強化したからじゃ！」

（師匠……）

いつもぷるぷるしているだけのワーグレが、こんなに熱い心の持ち主だとは知らなかった。

ロザリーは思わず胸を震わせる。

要人たちがざわついた。

「そういえば、エドガー殿下の怪我の治療中、ロザリー様はあの場で呑気(のんき)に鏡を眺めていた。なんと怠惰(たいだ)な婚約者だと罵(のの)られていたが、殿下のためにひっそりと魔道具を使われていたのか」

エドガーが、信じられないというように目を見開いている。

今さらなことにどう反応していいか分からず、ロザリーは黙ってうつむいた。

「ロザリーちゃん、とりあえずこれは返そう。わしが持つにはかわいすぎるデザインじゃしの」

「師匠……、ありがとうございます」

ロザリーは、ワーグレから〝魔強の鏡〟を受け取った。

じりじりと焼けつくような視線を感じる。

顔を上げると、エドガーと目が合った。ロザリーを見つめるエメラルドグリーンの瞳が、戸惑うように揺らいでいる。彼のそんな表情を見るのは初めてで、ロザリーは妙な気持ちになった。

だが、すべてはもう過去の話である。

今さら罪悪感を抱かれても遅い――遅すぎるのだ。

顔を逸(そ)らし、エドガーの視線から逃れる。

ロザリーの気持ちを分かっているかのように、隣にいるジョスリアンが、きつく手を握ってくれた。

その直後、エドガーの横で小刻みに震えているリナが視界に入る。

リナは、謁見の間に来てから一言も発していない。

そういえば、大舞踏会で会ったときから、普段の彼女に比べて大人しかったように思う。もっと奔放で、弾けたような性格のはずだったのに。

そこでロザリーは、大きく息を呑んだ。

リナの肩のあたりが透けて、背後の景色が見えている。

「リナ様⁉　肩が……」

リナが、我に返ったように自分の肩を見下ろした。そしてみるみる青ざめ、嘆き声を上げる。

「やっぱり‼　嫌な予感がしてたけど本当にバッドエンドを導入したのね……‼」

ロザリーは、リナのもとへと駆け寄った。

彼女も転生者だったと知った今、戸惑いつつも、気にせずにはいられない。

「これはいったい……どういうことなの？」

狼狽えていると、リナがあきらめたように言う。

「あなた、【こいよく】ユーザーだったんでしょ？　なら分かるかしら？　どうやら攻略対象の心を射止められなかった私は、バッドエンドルートまっしぐらみたい。つまり、もうすぐ元の世界に帰されるわ」

「え？　え？　【こいよく】のヒロインにバッドエンドなんてあったの？」

「私が開発チームにいた当初はなかったけど、バージョンアップで導入するって噂があったの。攻略対象の仕事を手伝ったり、神殿で国民のために尽力したり、聖女としてコツコツ努力しないとそのうち力を失うっていう話だったはずよ。ボツ案になったと思ってたのに……。あーあ、やられたわ」

「開発チームって……。ええっ！　まさかの開発者⁉」

ロザリーは思わずリナに詰め寄っていた。

その間もリナの透明化は進み、今ではもう全身が薄らいでいる。

「あなたが、あの何度もやり込んだ【こいよく】を作ったっていうの？　プログラマーになりたいっていう私の夢を生んだ【こいよく】を！」

目をキラキラ輝かせると、リナが呆気にとられたような顔をする。

それから、吹き出すように笑った。

「その様子じゃ、【こいよく】をずいぶん気に入ってくれてたみたいね。私が【こいよく】プレイ中にこの世界に飛ばされる前は、クソゲーだの昭和クサいだの叩かれてたけど」

ぶりっこやしたたかではない、彼女の普通の笑い方を見るのは初めてだ。

「そもそもあなたのせいよ。あなた、悪役令嬢のくせにぜんぜんいじめてこないし、ストーリーが進まなくて焦ったの。だから余計な工作をしたってわけ。バッドエンドが本当に導入されてたなんて予想外だったから、無敵だと思って、調子に乗りすぎてしまったわ」

リナが深いため息をつく。

「まあ、でも……【こいよく】のヘビーユーザーに出会えた、それだけでも十分な成果だと思うことにするわ……」

——あなたの勝ちよ、ロザリー。

囁いたあと、リナの姿は音もなく消えてしまった。

謁見の間全体が、しんと静まり返る。

「なんだ？　何の話をしていたんだ？　そしてリナはどこに消えた？」

突然のことに、エドガーが魂を抜かれたような顔をしている。

「リナ様を召喚されたときと同じ聖力を感じました。おそらく、何らかの強制力が働いて元の世界に戻されたのかと」

ミシェルが、深刻な口調で言った。

「大変じゃないか！　結界はどうなる!?」

エルネストの声で、センチメンタルな気分になっていたロザリーは、一気に現実に引き戻される。

(そうだ、結界！　リナがいなくなったら、彼女が張った結界はどうなるの!?)

最悪の状況を想像して、みるみる青ざめた。

ミシェルが通信用の魔道具を耳に当て、何やら話し込んでいる。

話を終えた彼は、見たこともないような焦った顔をしていた。

「……谷付近にいる魔導士から連絡があったのですが、結界が跡形もなく崩落したようです。オーガが大量になだれ込んでくるのも、時間の問題でしょう」

謁見の間が、絶望と混乱に包まれた。

「ああ、この国はついに終わった……」

「逃げろ！　今のうちに、隣国に逃げるんだ！」

パニックになり、早々に謁見の間から走り去る者までいる。

しかし、自分たちの保身ばかり考えている要人たちの中で、ジョスリアンだけは違った。

金色の瞳を光らせながら、マントの下に背負った斧(おの)に手をかけている。

「トパ村の人たちが危ない。今すぐに行かなければ」

ロザリーも、トパ村の子供たちのことを思っていた。

――『ねえ、ロザリー。アイラも、ロザリーみたいにきれいになりたい。そして大きくなったらいい男をつかまえたい』

アイラの無邪気な声が耳によみがえる。

未来を見据(みす)えて宝石のように輝いていた瞳。

ロザリーを慕って群がってきてくれたときの、子供たちの無邪気な笑顔。

(いくらジョスリアン様でも、馬で行ったのでは間に合わないわ)

ロザリーは悟(さと)った。

トパ村の人たちを救えるのは、この世界でただひとり、ロザリーだけだ。

思えば、今世も前世も自分のことばかり考えて生きてきた。

前世は忙しさにかまけて、周りのことなど何ひとつ見ようとしなかった。

努力をし続けてきた今世もそう。結局のところ、すべてはエドガーに好かれたいという自己愛が原動力になっていた。

だが禁忌魔法をかけられてもなお、無罪の人を救い、トパ村の人々を守るために奔走していたジョスリアンの生き方が、ロザリーを変えた。

最期くらい、ロザリーもジョスリアンのように清らかに生きたい。

(死んじゃうかもしれないけど、運がよければまた転生するかも。――でももう、しなくていいか)

ジョスリアンと出会って、人を愛することの歓びを知った。

生まれ変わっても、これ以上の愛を知ることはないと言い切れる。

ロザリーは、そっとジョスリアンに微笑みかけた。

「大丈夫です、ジョスリアン様。私が行きます。私、魔法包囲網の魔術式を編んだの。ちゃちゃっと行って、ぱぱっと張ってきます」

「は？　何を言っている？」

ジョスリアンが眉をひそめる一方で、なすすべもなく沈んでいたミシェルが弾かれたように顔を上げた。

「まさか！　例の魔術式を完成させたのですか!?」

「ええ、そう。ちょっと大がかりだから、本当は大勢の魔導士に協力してもらいたかったけど、連れていくのはさすがに無理そう。だけどたぶん、ひとりでもどうにかなると思うわ。〝魔強の鏡〟もあるし」

手にしたピンク色の鏡を掲げて見せる。

「行くってどうやって……まさか、転移魔法を使えるのですか？」

ミシェルがハッとしたように言う。

彼の疑問にうなずいて応えると、ロザリーは念を込め、体から大量の魔力を放出した。

まばゆい白い光が、部屋全体を呑み込んでいく。

「うわっ！」

あまりの眩しさに、あたりにいた人々がとっさに目を閉じた。

ただひとり、穴が開くほどロザリーを見つめているジョスリアンを除いて――。

「愛してます、ジョスリアン様」

ロザリーは最後にそう言い残し、ジョスリアンに笑いかけると、謁見の間から姿を消した。

あっという間に、ロザリーはトパ村の谷付近にいた。

(本当に来れた……)

体に帯びていた白い光が、徐々に薄れていく。

かなりの魔力を消耗したが、たぶん大丈夫だ。ぎりぎりまで使えば、魔法包囲網をなんとか築くことができるだろう。

「あれ？　ロザリー？」

あどけない声がした。アイラが、まん丸な目を見開いて、ロザリーを見上げている。

「どっから来たの？　ここ、さっきまで誰もいなかったはずだよ！」

「アイラ……」

ロザリーは、小さな少女をひしと抱きしめる。

「間に合った！　よかった……！」

「どうしたの？　今日のロザリー、なんかへん。あの音とかんけいある？　へんな音がするからみんなで様子を見にきたんだ」

よく見ると、周囲にはトパ村の人々が集まっていた。

皆が、不思議(ふしぎ)そうに結界のある方向を眺めている。

ドドドドド……と、徐々に近づいてくる轟音(ごうおん)に気づき、ロザリーは真っ青になった。

おそらく、オーガの大群の足音だ。

数体というレベルではない。何百、もしかするとそれより大勢いるかもしれない。

ロザリーは急いで立ち上がると、大声を張り上げる。

「結界が消えたの！　オーガの大群が襲ってくるわ！　みんな、今すぐ家の中に入って！　しばらく出てきてはダメよ！」

「結界が消えただと？　ああ、嘘だろ……」

「きゃああっ、オーガの大群が襲ってくるだって!?」

パニックに陥った村人たちが、泣き叫んだり、逃げ惑ったりしている。

ロザリーは続けざまに声を放った。

「みんな落ち着いて！　家に入ったら、オーガが中に入ってこれないよう防御魔法をかけるから大丈夫よ！　そのうちジョスリアン様が来て、オーガを倒してくださるわ！」

ジョスリアンの名が出たとたん、混乱していた村人たちの目に希望の光がともる。

「ああ、ありがたい！　彼女の言葉に素直に従おう！　皆、慌てずに家の中に入るのだ！」

村長の号令のもと、村人たちが大急ぎで各々の家に駆け込んだ。

「アイラも急いで」

未だロザリーの足元から離れないアイラに声をかける。

「ロザリーは？　どうするの？　アイラのおうち来ていいよ！」

にこにこと笑うアイラの頭を、ロザリーはぽんと撫でた。

「優しい子ね。でも、私は大丈夫よ。心配しないで、行く宛があるの。さあ、早く家の中に入りなさい」

アイラは褒められたことに気をよくして、へへんと笑って家の方へと駆けていった。

全員が家に入ったようだ。オーガの足音は、より近づいている。

ロザリーは念を込め、トパ村にあるすべての家に防御魔法をかけた。

それから、魔法包囲網を築くために結界へと近づいていく。

オーガの谷を臨む荒野に、ヒールの足でズサッと立ちはだかった。

遠くに、ものすごい勢いでこちらに迫ってくるオーガの大群が見える。結界に常駐している魔導士や兵士たちは、恐れをなして逃げ出してしまったようだ。

ロザリーは目を閉じ、すうっと息を吸い込むと、魔法包囲網の魔術式を頭の中に思い浮かべた。

指先から魔力を放ち、膨大な量の魔術式を、間違いのないよう確実に編んでいく。

とてつもない魔力と労力を要した。

激しい魔力の消耗によって、全身から汗が吹き出し、立っていることすらままならなくなる。

それでも地面にぐっと足を押しつけて、絶対に気を抜かないよう、細かく細かく魔法を編んでいく。

オーガの大群は、すぐそこまで来ていた。ひょっとすると間に合わないかもしれない——。そんな焦りに駆られ、ドクドクと心臓が鼓動を速める。

それでもあきらめずに、ロザリーは魔法を編み続けた。

(あと少し……！)

指先の感覚がなくなり、自分がちゃんと呼吸をしているのかすら分からなくなる。

それでもロザリーは、最後までひとつの欠陥もなく、魔法を編み終えた。

ジャキン！と空気が震える。

火・水・土・風。万物をつかさどる四元素魔法が緻密に編み込まれた魔法包囲網が完成した。

息も切れ切れに、懐（ふところ）から取り出した〝魔強の鏡〟をかざす。

すると、魔法包囲網がさまざまな色を放ちながら、トパ村を守る障壁となって空高く伸びていった。強大な魔力が複雑に絡み合い、ジリジリと音を立てている。

（ああ、間に合った……）

ホッとすると同時に、ロザリーは足元から地面に崩れ落ちた。

ズンッ、ズンッ、と地面が揺れている。

なけなしの力でどうにか瞼を押し上げれば、結界の内側に、五体のオーガが入り込んでいるのが見えた。どうやら魔法包囲網を完全に築く前に、入り込んでしまったようだ。

血のように真っ赤な瞳、全身を覆うブツブツとした醜い突起、ぎっしりと牙（きば）の生えた口元。

醜悪な食欲（フドル）の魔獣は、ロザリーという獲物に気づくなり、脇目も振らずに迫ってくる。

（間に合わなかったのね。でも彼らは、私を食べればいったん満足するわ。その間にジョスリアン様が来て、村の人たちを守ってくれるはずよ）

ジョスリアンは絶対に来てくれる。

それは分かり切っていることだった。

そのたしかな信頼が、命を失いかけている今、ロザリーに泣きたいほどの安堵をもたらした。

（ジョスリアン様。私がいなくても、ちゃんと人参（にんじん）食べられるかしら……）

遠のく意識の中、ロザリーが最後に思ったのは、そんなことだった。

＊＊＊

ジョスリアンはこれまで、恐怖という感情を抱いたことがない。

巨大な魔獣を目にしても、戦地で凄惨な現場を目にしても、怖いと思うことはなかった。

おそらく、自分は人として何かが欠落しているのだ。

禁忌魔法が、一要因ではあったのだと思う。だがそれ以前から、ジョスリアンは感情の起伏の乏しさを自覚していた。

感情はたぶん、母を亡くし、ひとり孤独に生きねばならなかったあの頃、どこかに捨ててきてしまった。

唯一心が大きく揺れ動いたのは、図書室の窓から、ひとりで懸命に勉強をしている少女を見たときだけだ。

――猫に似た、紫色の目をした少女。

そして大人になった彼女が目の前から忽然と消えた今、ジョスリアンは生まれて初めて恐怖という感情を知った。

(先ほどまで、すぐに触れられる位置にいたのに)

だが、もういない。

トパ村の人々を救うために、ひとり、覚悟を決めて行ってしまった。

あの滑らかな白い肌も、柔らかな胸も、ふっくらとした紅色の唇も、心を熱くさせる甘い声も、まざまざと思い出せるのに。この手に、今もくっきり彼女の感触が刻み込まれているのに。

それなのに、彼女だけがいない。

あまりの恐怖に、体の奥底から震えが込み上げる。

ロザリーを失うことが、この世の何よりも——自分の死よりもよほど怖い。

「ロザリー……」

どうしようもなく声が震えた。

馬でトパ村に向かったのでは間に合わない。そんなことは、百も承知だった。

そのとき、エドガーがおもむろに玉座の前に歩み出る。

「父上、転移魔石を渡してください」

「あ、ああ……」

国王が、慌てたように懐から転移魔石を取り出した。

エドガーは転移魔石を受け取ると、ジョスリアンに向けて放り投げる。

ジョスリアンは、反射的にそれをパシッと受け取った。

「行け、ジョスリアン。これは命令だ。あの女を救え。恩を売られたままでは気味が悪い」

エドガーが、いつもの卑下するような口調で言った。

「言われなくとも」

ジョスリアンは語気を強めると、すぐさま転移魔石を握り込んだ。

ロザリーのところに行きたいと、強く念じる。

魔石が手の中でカッと熱くなり、紫色の光を放った。

気づけばジョスリアンは、トパ村に着いていた。

手のひらから落下した魔石が、地面で真っ二つに割れる。

だだっ広い荒野には、見上げるほど高い魔法包囲網が、すでに築き上げられていた。

ジリジリと音を立て、新たな結界となって、この国を守っている。

魔法包囲網ができる前に入り込んだのか、五体の巨大なオーガが、こちらへと迫ってきていた。

そして下に目を向ければ――ロザリーが、ジョスリアンのすぐ足元に倒れている。その隣には、ひび割れた〝魔強の鏡〟が落ちていた。

「ロザリー！」

慌ててロザリーを抱き起こす。青白い顔で、彼女は人形のようにぐったりと意識を失っていた。

口の端から血が滴っている。

一度に大量の魔力を消耗すると、魔力欠乏症になり、体内に傷がつくと学んだことがあった。

ジョスリアンはぶるりと身を震わせた。

――『よく頑張ったわね、ジョスリアン。それなのに、世の中は本当に不平等ね』

彼女の声がする。

――『すき、だいすき』

恐怖を超え、ジョスリアンの心が泣いていた。

――『あなたの子供が欲しいの』

残されたのは、底知れぬ怒りただひとつ。

ズン、ズン、ズン。

涎を地面に滴らせながら、格好の獲物を見つけたオーガが近づいてくる。

ジョスリアンはマントを剝ぎ取ると、ロザリーをその上にそっと寝かせた。青白い額に、己のすべてを込めて、優しいキスを落とす。

それから背中の巨大な斧を抜き取り、肩に担ぐと、人々に金眼の死神と恐れられた目で、醜い魔獣をえぐるほど鋭く睨みつけた。

「地獄に落ちろ。強欲な怪物どもめ」

そう吐き捨て、渾身の力を振り絞り、斧を振り上げる——。

＊＊＊

ロザリーは、果てしなく長い間、光の中をさ迷っていた。

ふわふわとして、体は定まることなく宙に浮いている。

自分が今、記憶の中を辿っているのが、ロザリーには分かった。

死ぬ前に見る走馬灯というやつだろうか。

さまざまな見覚えのある場面を過ぎたあと、ロザリーは、ナサレア城の図書室にいた。

王太子妃になるために懸命に勉強をしていた、子供の頃の記憶だ。

窓の向こうに、金色の目をした黒髪の少年がいる。

ロザリーはすぐに気づいた。

(ジョスリアン様だわ)

そういえば、窓の外からこちらを覗く少年と、かつて目が合ったことがある。

真昼の光の中、金色の瞳の煌めきに、一瞬だけ魅せられた。

ジョスリアンは、子供の頃からロザリーを知っていたと言った。ロザリーの方でも、本当は彼のことを覚えていたのだ。

（子供のジョスリアン様、かわいい）

体はまだ小さく、顔も幼い。

そして、どこか寂しげだった。

今すぐあの場所に行って、彼を抱きしめたいと思った。

抱きしめて、愛していますと繰り返し伝えたい。

今となってはもう、叶わぬ夢だけれど——。

「ジョスリアン、さま……」

思わずこぼれた声は、ひどくかすれていた。

「ああ、ここにいる」

ハッとするほど鮮明な声が返ってきて、ロザリーは目を覚ました。

重い瞼を押し上げると、自分をひたむきに見つめる金色の瞳と目が合った。

大人の、今のジョスリアンだ。

手のひらを強く握られている。心までをも溶かすような温もりに、ロザリーはじわじわと現実に呼び戻された。

「ここは……？」

「トパ村にある家だ」

たしかに、部屋の内装に見覚えがある。トパ村の祭りに行ったときに宿泊した部屋だ。

「どうしてこんなところに……、あ……」

ロザリーは、意識を失う前のことを思い出す。消えたリナに、あどけないアイラの笑顔、そして迫りくるオーガの大群に、命からがら築き上げた魔法包囲網。

「魔法包囲網を張ったあと、君は七日間眠っていた」

ジョスリアンが言った。

「七日もですか……？」

「ああ、大量の魔力を消費し、体がボロボロだったんだ。魔導士たちが結託して治癒魔法を使い、どうにか一命をとりとめた」

心のどこかで、ここは死後の世界なのかもといぶかっていたロザリーだが、ここに来てようやく、生きていることを実感する。

肩の力が、みるみる抜けていった。

「本当に助かったのですね……」

「ああ。……だが、魔法はもう使えないらしい。ひどく消耗すると、そういう現象が起こるのだとミシェルが言っていた」

ジョスリアンが、言いにくそうに声音を下げた。

ロザリーはふわりと笑う。

「別にいいですわ……。エドガー様をコテンパンにしたし、魔法包囲網を築いたし、思い残すことは何もありません」

「そうか。君がそう言うなら安心した」

ジョスリアンが、苦しげながらも、安堵の表情を見せた。

沈黙が訪れる。

だがその間も、ジョスリアンはロザリーの手を離そうとはしなかった。

ぽたり。固く握り込まれた手の甲が、滴で濡れる。

驚き、顔を上げると、ジョスリアンの目に涙の粒が浮かんでいた。

「ロザリー、愛してる」

ジョスリアンが、涙をポロポロとこぼしながら言った。

「愛している……。胸が張り裂けそうなほどに」

今にも消えそうな声で、切々と言葉にされる。

そうしている間も彼の目からは絶え間なく涙がこぼれ、頬を滑り落ちていた。

ロザリーは、前世でも今世でも、こんなふうに男の人が泣くところを見たことがない。

とりわけ彼は、泣くような雰囲気の人ではなかったのに。

生死の淵(ふち)をさ迷っていた自分が、それほど彼の感情を揺さぶったのだと知り、胸が熱くなった。

どうにか体を起こすと、手を伸ばし、指先でそっと彼の涙を拭う。

ジョスリアンが子供のように泣く姿は、不謹慎だが、きれいだと思った。

「愛してるって、初めて言ってくださいましたね」

「……そうか？　ずっと思っていた。言葉足らずですまない」

「体目当てだと思っていましたわ。そんなことも言われましたし」

「そんなわけがないだろう」

ジョスリアンが、泣きながら顔をむすっとさせる。

「冗談です」

ロザリーは、そんなジョスリアンに優しく微笑みかけた。

体だけを求められているわけじゃない。

愛されていると、感じてはいたのだ。

熱い眼差しや、体に触れてくるときの優しい手つき、ロザリーの名を呼ぶ声。

その節々に、彼のあふれんばかりの愛情が込められていた。

ロザリーが、自分に自信を持てず、認めることができずにいただけだ。

だが今は、痛いほどに彼の想いを感じる。逃れようがないほど、ロザリーが愛しくて愛しくて仕方がないと、彼のすべてが訴えている。

「ずっと好きだった。子供の頃から」

「……まあ、あの頃からですか？」

「ああ。俺の初恋だ」

思い出したばかりの、子供の頃の彼の姿が頭に浮かんだ。

まさかそんな前からだとは思いもよらず、ロザリーは心を震わせた。

(私はずっと、ひとりじゃなかったのね)

思わず目元を潤ませると、彼が唇で涙を拭ってくれた。

そのままどちらからともなくキスを交わし、抱きしめ合う。

窓から陽光の降り注ぐ部屋で、互いの温もりを感じながら、生きている歓びを分かち合った。

エピローグ

新しい婚約者が好きすぎる

ロザリーが目覚めたという噂(うわさ)を聞きつけた人々が、入れ替わり立ち替わり、家にやってきた。とりわけ感極まっていたのはアイラだ。

「ロザリー、目がさめたの⁉　わーん、死んじゃったかとおもった‼」

わんわんと泣くアイラの頭を、ロザリーは繰り返し撫でてやった。年の割にませた少女だと思っていたが、やはりまだまだ子供である。

アイラの長いこの先の人生を思うと、楽しみで仕方がない。こんなに優しい子なのだから、きっと、素敵な大人の女性になるだろう。

しばらくして、ミシェルも訪ねてきた。

今もトパ村に滞在し、魔法包囲網の様子を見たり、ロザリーの経過を見守ったりしてくれているらしい。

いつも澄まし顔の彼にしては珍しく、ロザリーが魔法包囲網を命がけで築いたことに対して、涙ながらに繰り返しお礼を言ってきた。

「それからこの手紙が、ロザリー様宛で、リナ様が拘留されていた牢獄に残されていたそうです。失礼ながら中を確認させていただいたのですが、まったく読めませんでした。ロザリー様に渡そうか迷ったのですが、念のため」

　ミシェルから受け取ったその手紙には、ロザリーには見覚えのある文字がしたためられていた。

　前世で使っていた言語である。

　不思議な懐かしさを覚えながら、ロザリーは手紙を読み進めた。

《悔しいけど、【こいよく】ユーザーだったっぽいあなたに、もしものときのためにいいこと教えてあげる。【恋の欲求～異世界王宮物語～】には、続編の考案があったのよ。企画段階で私はこの世界に飛ばされたから、結局どうなったかは知らないけど、往年のファンのためにエロゲにしようかって話だったの。新キャラ中心だけど、宰相のエルネストがドM設定で出てきたり、前作キャラの登場もちらほら考えていたわ。あとね、一部に人気のあった死刑執行人も絶倫設定で出したら？って案があったのよ。だから彼、あっちの方も期待できるわよ♡》

（え、えろげ……？）

　読み終えたロザリーは唖然とする。

『あっちの方も期待できる』って……？

　その部分をもう一度読んだロザリーは、首まで真っ赤になった。

（すみません。すでにお試し済みです……）

　頬を押さえていると、ミシェルがコップに水を入れて差し出してくる。

「顔が赤いようですが、まだ体調がよくないのでは？」

「あ、ありがとうございます……。大丈夫なので、心配なさらないで」

　ロザリーは、動揺を鎮めようと水をごくごく飲んだ。

「今、巷は『ロザリー様は本物の聖女だった』って話で持ち切りらしいですよ」

ミシェルがうれしそうに言った。

——本物の聖女。

身を挺して魔法包囲網を築き、この国をオーガの脅威から救ったロザリーは、そんな呼び方をされるようになった。

(私が、聖女なわけないじゃない。ただの努力家よ)

耳にするたびに、そんな違和感を抱いてしまう。

だが悪女という噂は立ちどころに消え、好意的に見られるようになったため、悪くは思わなかった。リナの件の冤罪が、広く世間に知れたのも、一要因ではあるだろう。

エドガーはこれまでの非道な行いを咎められ、廃太子となり、謹慎処分を受けている。

今後の処遇は決まっていないが、政治に関わることはもうないとされている。結界崩落事件のあとから、人が変わったように大人しくしているらしい。

禁忌魔法を二度も指示した国王も、政治的権力をはく奪され、名ばかりの君主になり下がった。

今後は新たに立太子するジョスリアンが中心となって、宰相をはじめとした要人たちの支えのもと、国を動かしていくとのこと。

ジョスリアンは、トパ村の人々を、早急に違う地域に移住させた。

無人となったトパ村の外れで、ロザリーの築いた魔法包囲網は、順調に国を守っている。

そのうえ兵力が強化され、以前より谷の警備が徹底されるようになった。

ロザリーは体が完全に回復してから、トパ村を離れ、フォートリエ公爵家に戻った。

「おお、ロザリーよ！　心配したぞ！　無事でよかった！」

「この国のために全力を尽くして、本当に立派だわ！　さすが、私たちの自慢の娘！　そして今日もなんてかわいいの！」

両親は涙ながらにロザリーを抱きしめ、その後は今まで以上に甘やかすようになった。

ロザリーが戻ったという噂が広まると、フォートリエ公爵家にはひっきりなしに客が訪れるようになった。そしてこの国の窮地(きゅうち)を救ったロザリーを口々に褒め称(たた)え、これまでのことを謝罪し、感謝の気持ちを伝えてきた。

（ずっと嫌われ者だったから、こういうの、なんだか慣れないわね）

立太子に向け過密スケジュールに追われているジョスリアンとは、この頃まったく会えていない。

「ああ、ジョスリアン様が足りないわ……！」

ジョスリアン恋しさに、ロザリーは悶(もだ)えながら日々を過ごしていた。


ナサレア王国の辺境の地に、結界に代わる魔法包囲網が築かれてから二ヶ月後。

王都ダンバルアの一区にある大聖堂で、ジョスリアンの立太子式が行われる運びとなった。

招待された貴族はもちろんのこと、大聖堂の前には、長らく陰でこの国に貢献していた新たなる王太子をひと目見ようと、平民たちも詰めかける。

欲求神(ルキア)の祭壇の前で、ジョスリアンがこの国への忠誠を誓う。

金の徽章(きしょう)が輝く濃紺のジュストコールに身を包み、凛々(りり)しい所作(しょさ)で儀式を進めるジョスリアンに、末席にいるロザリーはうっとりと見惚（みと）れていた。

およそ一ヶ月ぶりに見るジョスリアンから、目が離せない。

（はあ、久々に見たらもっとかっこいい……♡）

いつもは無造作に下ろされている前髪を横に流すのは、公（おおやけ）の場に出るときのお決まりらしい。

そうすると持って生まれた気品が押し出されて、彼の野性的な魅力と合わさり、絶妙な具合になるのだ。

（誰がスタイリングしてるのか知らないけど、グッジョブだわ）

黒以外の服を着ている彼を見るのは初めてだが、たまらなく似合っている。

ちなみに、ジョスリアンの衣装についてはあらかじめ探りを入れ、自分もちゃっかり合わせて紺色のドレスにした。

パニエで膨らんだ華やかなデザインで、そこかしこに薔薇（ばら）のモチーフがあしらわれている。ロザリーのピンク色の髪にもしっくり合っていた。

立太子の儀式を終えたあとは、街道に出てパレードだ。

ジョスリアンを乗せた馬車が、王都一区を一周するらしい。

（街道がよく見える、帽子屋の裏の丘は争奪戦ね！　早めに席を確保しなきゃ！）

ロザリーは誰よりも意気込んでいた。

このために、わざわざ最前列の席を断り、あえて出入りのしやすい末席に座ったほどだ。

大好きなジョスリアンの姿を、余すところなく目に収めたかったからである。

闘志に燃えたロザリーが、儀式が終わるなり、さっそく大聖堂を出ようとしたとき。

「ロザリー」

背中から呼ばれ、ロザリーは目を瞠った。

祭壇の前にいたはずのジョスリアンが、いつの間にかすぐ後ろにいる。

「ジョスリアン様？」

「これからパレードだ。ともに行こう」

当然のように手を差し出され、さすがのロザリーもためらった。

祝典のパレードの馬車に、王族以外が同席した前例はない。

「ですが、私は部外者ですから……」

目の前のジョスリアンのかっこよさに眩暈を覚えながらも、おずおずと身を引く。

するとジョスリアンは眉をひそめ、何を思ったか、その場にひざまずいた。

「それなら部外者でなくなればいい」

ロザリーの手を取り、身をかがめると、その指先に口づけるジョスリアン。

「ロザリー・アンヌ・フォートリエ公爵令嬢。どうかこの俺——ジョスリアン・ネイト・ナサレアの妻になってくれませんか？」

ロザリーをまっすぐに見上げる、男らしく整った相貌。

金色の瞳に乞うような眼差しを向けられ、心臓がひときわ大きく跳ねた。

いつの間にか大聖堂中が静まり返り、ふたりに視線が集中している。

いろいろあったものの、ロザリーはわりと最近まで、彼の兄である第一王子の婚約者だったのだ。

興味を抱かれるのは当然だろう。

だが、どんな視線もロザリーは気にならなかった。

そもそも偏見の目には慣れている。慣れすぎてしまったほどに。

心がはち切れるほどの幸福に満たされていく。

ジョスリアンのことが好きで好きで仕方がないこの気持ちは、もう誰にも止められない。

「はい、喜んで」

ロザリーは少女のように笑って、彼の求婚を受け入れた。

とたんにジョスリアンは相好を崩すと、たまらないとでもいうように、ロザリーをひしと抱きしめる。

人目もはばからず抱き合うふたりの、深く想い合う気持ちが伝わったのだろう。周囲から歓声が上がり、割れんばかりの拍手が湧き起こった。

ふたり寄り添うようにして、大聖堂から出る。

大聖堂の前には、老若男女問わず観衆がひしめき合っていた。この国の新たなる王太子に向けた、祝福の声が飛び交っている。

「行こう、ロザリー」

「はい、ジョスリアン様」

湧き立つような歓声の中、ジョスリアンがロザリーの手を引いて歩いていく。

向かう先には、金模様の施された、絢爛豪華(けんらんごうか)な四頭引きの馬車が待ち構えていた。

「カアッ！　カアア〜！」

大聖堂の三角屋根のてっぺんで、二羽のカラスがまるで真似事をするように身を寄せ合い、ふたりを見守っていた。

振り返ってまでカラスたちを見上げ、儀式の間は絶対に見せなかった、うれしそうな表情を浮かべるジョスリアン。

（いちいち、かわいい人）

そんな彼に、ロザリーはよりいっそう身を寄せた。

「ジョスリアン様、大好きです」

胸元をむぎゅっと押しつけると、すぐさま彼は顔を真っ赤にする。

あんなこともこんなこともした仲なのに、これだけのことで恥じらう姿に、ますます愛しさが込み上げた。

婚約したばかりのふたりを乗せた馬車が、人々の絶え間ない歓声を浴びながら街道を走り始める。

真昼の空は、どこまでも澄んだ水色だ。

出会ったのが暗い処刑場だとは考えられないくらい、希望に満ちた明るい世界だった。


〈完〉

番外編

ジョスリアン、強がる

ロザリーが聖女の結界に代わる魔法包囲網を築いてから、二週間が経とうとしていた。

念のためトパ村で療養を続けているものの、魔導士たちによる治癒魔法のおかげで、快方に向かっている。

（来週には家に戻れるかしら？）

ベッドに座り読書をしながら、ロザリーは考えた。

手紙で無事は知らせているが、父と母が心配しているので、なるべく早く帰りたい。

すると家のドアが開き、ジョスリアンが中に入ってきた。

「ロザリー、起きていたのか？　しんどくはないのか？」

「はい、大丈夫です。最近はすっかりよくなったのですよ」

「だが、医者はまだ安静にした方がいいと言っていた。無理はするな」

「分かりました」

ジョスリアンが、ロザリーの隣に腰を下ろした。

エドガーに代わり立太子することが決まった彼は、いったんトパ村を離れナサレア城に戻っていたが、今朝再びこの地に来た。城に滞在していた二週間足らずの間にややこしい後処理を済ませ、トパ村の住人たちの移住計画まで取り決めたのだから、その手腕には驚かされる。

「ところでジョスリアン様、どうして半裸なのですか？」

「子供たちと川で魚を捕っていた。大漁だったから、最後にいい思い出ができたと喜んでいたぞ」

「それはよかったですわ。子供たちがこの村で過ごすのも、あと三日ですね。寂しくなりますわ」

「新しい集落は、王都からさほど離れていない。また一緒に子供たちに会いに行こう」

「はい、楽しみにしています」

ジョスリアンに微笑（ほほえ）みかけられ、あまりのかっこよさに、ロザリーはぼうっと見惚（みと）れる。硬く盛り上がった胸筋と、惚れ惚れするほど引き締まった腹筋に、自（おの）ずと視線がいった。

（そういえば、結界が崩壊する前日に城で抱かれてから、そういうことをしていないわ。ああ、今すぐにでも押し倒したい）

「じっと見てどうした？　子供たちのことが心配なのか？」

「あ、え？　その、はい……」

澄（す）んだ眼差（まなざ）しを向けてくるジョスリアンに、『あなたを襲いたいと考えていました』とは言いにくい。

「子供たちなら心配ない。教育施設も作る予定だから、ここよりもずっと暮らしがよくなるはずだ」

その後もジョスリアンは、自ら考えた子供たちの貧困政策を語り続け、ロザリーは改めて彼の優しさと聡明さを知った……のだが。

途中であることに気づいて、激しく動揺した。

「あの、ジョスリアン様。それ……しんどくはないですか？」

恥じらいながらも、聞かずにはいられない。

彼の下衣の中心部分が、明らかに膨らんでいる。ジョスリアンは興奮の素振りひとつ見せていないため、見間違いかと思ったが、そうではないようだ。

（しばらくしてないもの。ジョスリアン様だって、ムラムラしているはずよね）

彼も同じ気持ちだったのだと分かって、内心うれしい。

ところがジョスリアンは、平然とかぶりを振った。

「しんどくはない。最近は放っておいても平気になったんだ。成長したのだろう」

「成長？　そんなことがあるのですか？」

「ああ、鍛えているからな」

「鍛えて……？」

鍛えたらどうにかなるものだったらしい。

「だから何もせずともこれは鎮まる。俺のことは気にせず、ゆっくり休んでくれ」

「……ありがとうございます」

こうまで言われて、やりたいとは言えなかった。なにせ彼は多忙な日々を送っているのだ、ゆっくり休みたい日もあるだろう。がっかりしたものの、そのうちにロザリーは、隣に座る彼に寄りかかるようにして眠ってしまった。

不穏な物音がして、ロザリーは眠りの淵（ふち）から呼び覚まされた。座ったまま眠ったはずなのに、いつの間にかベッドに横たわっている。

すぐそばから、荒い吐息が聞こえた。

薄目を開けて様子をうかがうと、すっかり暗くなった部屋に、色気たっぷりで苦悶の表情を浮かべるジョスリアンがいる。

「ああ、ロザリー……、早く触れたい……っ」

彼は横になったままハアハアと獣のような息を吐き出し、陰茎を丸出しにして上下に激しくしごいていた。天を突くようにそそり立ったそれは、鈴口からあふれた透明な液によって妖しい光沢を放ち、ぬちゃぬちゃと卑猥な音を響かせている。

うすら寒さを感じて、ロザリーが自分の体をよく見ると、夜着の前ボタンが外され片方の乳房が放り出されていた。ジョスリアンはロザリーの片乳をオカズに、自慰行為をしているらしい。

(何もせずとも鎮まるんじゃなかったの？)

ロザリーは呆れたようなホッとしたような気持ちになると、片乳をしまいつつ、ベッドから身を起こした。必死に自身を慰めていたジョスリアンが、サアッと青ざめる。

「すまない。我慢できなくなって、つい」

「『成長した』とか『鍛えている』とか、何だったのですか？」

「……ただの強がりだ。療養中の君に無理をさせたくなかったから」

しょげたように、ジョスリアンが言う。

(私の身体を気遣ってのことだったのね)

やはりジョスリアンは、ジョスリアンだった。

疲れたから休みたいというような、軟(やわ)な肉体の持ち主ではない。そしてどこまでもひたむきにロザリーを求めつつも、大切にしてくれる。

所在なさげに、下衣を引き上げようとしているジョスリアン。

「ジョスリアン様、待ってください。私がします」

愛しさが胸にあふれ、気づけばロザリーは、彼の足の間に体を滑り込ませていた。

雄の匂いを発している怒張と向き合う。赤黒く醜悪な見た目なのに、放っておけない気持ちになるのは、好いた男の大事な部分だからだろう。

「ロザリー？　な、なにを……」

「じっとしていてください」

妃(きさき)教育で読まされた閨(ねや)本の記憶を頼りに、まずは鈴口にあふれた先走りの液を、舌先でチロチロと舐め取る。それから雁首から筋の隅々まで、丹念に舌を這(は)わせていった。

「う……っ」とジョスリアンが唸り声を上げると同時に、まるで歓喜に震えるように、そこがビクンと跳ねる。

亀頭全体をすっぽりと口に含み、視線だけを上げると、色欲に溶けたような顔をした彼と目が合った。ジョスリアンはすぐさまハッと目を見開き、飛ぶようにしてロザリーから距離を取る。

「……これ以上は駄目だ」

「『安静に』とは言われたけど、『やっちゃダメ』とは言われていません」

「言われてみれば、たしかに。——いやいや、ダメだ！」

「ゆっくりなら、大丈夫ですわ」

ロザリーはジョスリアンに微笑みかけると、ワンピースタイプの夜着に手を入れ、自ら下着をずり下げた。見せつけるように夜着の裾を捲る。そこがすでに濡れているのは、もう分かっていた。

「ほしいの、ジョスリアン様……。くれないと、余計にどうにかなってしまいますわ」

ジョスリアンがゴクリと唾液を嚥下する音が、頑なだった彼の理性が崩壊する合図のように、部屋いっぱいに響き渡った。

ロザリーはあっという間に敷布に押し倒され、昂ぶりをぬかるみに押し当てられていた。ゆっくりと時間をかけて、奥まで埋められる。最奥を軽く突かれたあとで、またゆっくり腰を引き戻された。

「あぁん、気持ちいい……」

じっくりと彼の感触を刻み込まれるのは、激しいのとはまた違うよさがあった。じわじわと愛を植えつけられる幸福感に、心と体のすべてが満たされていく。

「……しんどくはないか？」

「しんどくありません……。ジョスリアンさま、もっとして……」

「ああ、ロザリー……、好きだ……」

彼の吐息の余韻すら愛しくて仕方ないのは、死を覚悟した経験のあとだからだろう。

愛した男と体を繋ぐ悦びは、生きている歓びでもあった。

彼の動きに合わせるように、這うような腰のくねりが止まらない。溺れるほどの愛液にまみれた膣壁が、離すまいとするかのように、男の欲望をしめつける。ジョスリアンが、腰を動かしながら苦しげに吐息を震わせた。

「ロザリー……。あまり動かれると、我慢できなくなる……」

耐えるように苦悶の表情を浮かべるジョスリアンに、胸がきゅんとなる。なぜか、困らせてやりたいような嗜虐心が芽生えた。

「ん……っ、はやく、動いてもいいのですよ……」

互いの熱い吐息が重なる距離で、ロザリーは彼の両頬に手を添え、甘く懇願する。

「いや……、ダメだ……、絶対に……」

途切れ途切れの声ながらも、ジョスリアンは頑なだった。

それほどロザリーを大事に思ってくれているのだと分かり、胸が温かくなる。

たまらず彼の背中にしがみつき、唇を奪っていた。ぎこちなく舌を滑り込ませれば、すぐに肉厚な舌がそれに応えてくれる。夢中になって舌を絡ませ合いながら、彼の欲望をより奥へと導くように腰を大きく揺らしていた。

「あっ、んあっ、あっ、あぁ……っ！」

ゆっくりもいいが、やはり本能では貪欲に深みを求めてしまう。

「く……っ!!」

ドクンと精を放たれたのが分かった。体の奥にまで彼の温もりが届き、たとえようのない幸福感が胸に押し寄せる。

額に汗をにじませながら息をついているジョスリアンと見つめ合っているうちに、膣内に再び質量を感じた。

「あぁ、またおっきく……」

すぐに、緩い抽挿が再開される。

ジョスリアンはその後も、ロザリーの身体を労わるように、ゆっくりと穿ち続けた。体の中心から溶かされていくような快感で頭の中が飽和し、ロザリーはあえかな喘ぎを口からこぼし続ける。

「んふ……、ジョスリアンさまぁ……」

そして彼の腕の中で何度も甘イキさせられながら、愛する人とひとつになれる歓びを、ひと晩中嚙みしめたのだった。

あとがき

はじめまして、朧月（おぼろづき）あきです。

このたびは『処刑寸前の悪役令嬢なので、死刑執行人（実は不遇の第二王子）を体で誘惑したらヤンデレ絶倫化した』をお読みくださりありがとうございました。こちら、ありがたいことに、2023eロマンスロイヤル大賞にて金賞をいただいた作品になります。

このお話を思いついたのは、フランス革命期の処刑人、アンリ・サンソンについてネットで調べていたときでした。冒頭のシーンが頭に浮かび、プロットを組み立てているうちに、なぜかコメディ要素多めのくだらないエロ話になってしまい……。「どうしよこれ」と思っていたところ、eロマンスロイヤル大賞の募集を見つけて、何年か前に応募しようとして間に合わなかったことを思い出し、挑戦を決めました。

そこで過去の受賞作の選評を参考にして、自ら未来を切り開くヒロイン像と、キラキラしたロイヤル感を足しました。ロザリーのチート力や終盤の舞踏会シーンは、くだらない初期プロットにはなかったものです。処刑とか死刑執行人とか物騒でしかなかったタイトルに、ロイヤル感ありますよ！というアピールで『王子』というワードも追加しました。やたらと長くなったこのタイトルが功を奏したのかは分からないのですが、受賞できて本当にうれしいです。

執筆中は、とにかくヒーローのジョスリアンを書くのが楽しかったです。『死刑執行人が悪役令嬢の誘惑にあっさり落ちる』という大筋から、まずは見た目は怖いけど実はウブな童貞ヒーローを考えました。そこからキャラを具体化していくうちに、武器が巨大な斧になり、人参が苦手になり、友達がカラスになり、ロザリーをオカズに自家発電ばかりするようになり……。気づけばキモかわいいような感じになってしまったので、受け入れてもらえるか心配だったのですが、わりと好評だったので救われました。心の広い読者様方には、感謝の気持ちでいっぱいです。本作を書き終えてからも、しばらく頭の中に四六時中ジョスリアンがいて困ったほど、私にとって印象の濃いキャラになりました。

登場人物たちの今後を、考えている範囲で書きます。ロザリーとジョスリアンは、もちろん結婚します。結婚後もお互いの溺愛ぶりがすごいです。ワーグレ師匠がくれたいかがわしい玩具のプレゼントに顔を赤らめつつも、ひそかに使う気満々です。田舎の領主となったエドガーのEDは治りません。ミシェルはドS、エルネストは隠れドMのままです。カラス夫妻はナサレア城の庭に巣を作り、卵をたくさん産んで、末永く幸せに暮らします。

最後に、お礼の言葉を。

まずはイラストを描いてくださった、天路ゆうつづ先生。私の妄想でしかなかったジョスリアンとロザリーに、こんなにも美しい命を吹き込んでくださりありがとうございます。見目麗しいイラストがたっぷりで、宝のような一冊になりました。

それから、本作に携わってくださったすべての出版関係者様に、厚くお礼申し上げます。

そして、ムーンライトノベルズで読んでくださった読者様と、本書を買ってくださった皆様。本当にありがとうございました。またいつか、私の書いた物語を読んでくださったらうれしいです。

朧月あき

本書は「ムーンライトノベルズ」(https://mnlt.syosetu.com/top/top/)に
掲載していたものを加筆・改稿したものです。
この作品はフィクションです。実在の人物・団体・事件などにはいっさい関係ありません。

●ファンレターの宛先
〒102-8177　東京都千代田区富士見 2-13-3　eロマンスロイヤル編集部

処刑寸前の悪役令嬢なので、死刑執行人（実は不遇の第二王子）を体で誘惑したらヤンデレ絶倫化した

著／朧月あき

イラスト／天路ゆうつづ

2024年 3 月 4 日　初刷発行

発行者　山下直久
発行　株式会社KADOKAWA
〒102-8177　東京都千代田区富士見2-13-3
（ナビダイヤル）0570-002-301
デザイン　小石川ふに(deconeco)
印刷・製本　TOPPAN株式会社

●お問い合わせ
https://www.kadokawa.co.jp/（「お問い合わせ」へお進みください）
※内容によっては、お答えできない場合があります。
※サポートは日本国内のみとさせていただきます。
※Japanese text only

ISBN978-4-04-737839-1　C0093　　Printed in Japan
定価はカバーに表示してあります。